女子有財便是福

下

文創風 1190

竹笑 著

目錄

第十六章

幾日後，宋槿安如往常一般坐馬車奔向奉城。

此刻已經天黑了，林家別院的金銀樓裡，燈火通明。

從極北之地石河來的陳管事，恨不得再往後退一步，貼到後面的牆上，離主子遠遠的。

林棲氣得在屋裡轉圈，一刻都坐不住。「你老實說，老頭是不是幹什麼見不得光的事情去了？這才多久，又來向我要銀子，他到底是做什麼虧本買賣了？」

最後幾個字聲音大得嚇人，站在門外的丫鬟、小廝們腿腳發抖，春朝擺擺手，叫他們都下樓去，離遠一點，別傻站在這兒。

門外的人能走，站在門內被老爺派來要銀子的陳管事無處可躲，只能偷偷捂住亂顫的心肝，小聲地把老爺的安排說了出來。

「老爺說，這個月您的海船應該回來了，肯定收了筆大錢，讓您多給點，回頭他十倍、百倍還給您。」

林棲冷笑。「呵呵，百倍？我看他光本金都還不起。

「春黛呢？我把春黛留在石河管帳，你都來幾趟了，春黛沒叫你把那邊的總帳帶給我看看？」

「春黛姑娘說了，不過老爺吩咐，都還沒到年底，盤什麼帳？」

林棲咬牙切齒。「他就是瞞著我唄，真當我是挖銀礦的！」

氣也氣了，罵也罵了，既然已經上了賊船，這個時候就沒有半路下船的道理。給銀子的時候，林棲真的想問問那老頭，他知不知道，這一遭要是賭錯了，林家就真的完了。

這一次，老頭要銀子，其他東西也要，糧食、布疋、棉花，她一個人拿不出這些，還要找商會的朋友拿。看在這麼多年的關係上，大家都沒賣她貴價。

準備這些東西需要些時日，陳管事留了下來，天天跟著二管家宋朴在倉庫和碼頭兩邊跑。

林棲心裡有些擔憂，晚上睡不好，早上起來用膳的時候，問春朝。「咱們家的船最遠能開多遠？」

春朝笑道：「那要看什麼船。去歲新製的船上加了好些傢伙，霍英說開那樣的大船出去，沒人敢攔，開到哪兒都行。」

啟盛朝還沒有研究出火炮，林棲她一個文科生也沒有那個本事弄出來，不過她找來幾個做鞭炮的人，改了配方，把炸藥弄出來了，已經偷偷裝備到她的那條船上。

幾個知道內情的人，偷偷開船去海上炸魚，據說效果很好。

春朝安慰主子道：「您別急，老爺那裡是條路子，您和公子這裡又是一條路子，咱們各走各的，一條路不通，還有另一條呢。」

林棲搖搖頭。「我都還說不準，妳倒是有信心。」

春朝給主子盛了一碗青菜粥。「大不了咱們棋差一著輸了，就算死，奴婢也陪著您。」

林棲輕哼一聲。「大清早的，說這些晦氣話幹麼。」

春朝露出個甜甜的笑。「那咱們說點高興的，今日一早大管家說，去西域的商隊回來了，已經到京都郊外的莊子，說這次帶回來很多香料呢。」

「哦，那咱們的香鋪子又要賺好些銀子了，確實值得高興。」

林棲在淮安走不開，去西域的商隊回來了，她沒空親自去。宋朴送走陳管事後，被派去京都清點貨物，以及給這次出差回來的管事、護衛、小廝們發獎金。

這一個多月家裡進出銀子的額度大，春朝帶著家裡的帳房守在金銀樓忙了好幾天，才趕在月底把帳本清出來。

春朝捧著帳本下樓，看見幾個小丫鬟冷得搓手。「樓裡不允許見火，妳們都不知道去外頭烤火嗎？僕婦沒幫妳們準備炭爐？」

小丫鬟們笑呵呵的。「準備了，炭爐在樓子後面的屋裡放著。」

「主子對我們好，發下來的冬衣厚著呢！我們不冷，就是剛剛去洗了手回來，搓一搓就不冷了。」

春朝點點頭。「妳們別在這裡守著，自己排班去後頭烤火休息。」

「知道了。春朝姊姊慢走。」

春朝捧著帳本去後院，後院的僕婦告訴她，主子去前院見客了。

「這個時候，不早不晚的，誰找到家裡來了？」

「不知道，傳話的小廝說是林家那邊的遠親，騎馬過來的，帶著兩個護衛。」

手裡的帳本重要，不能隨意交給其他人，春朝只能自己先看著。「你們去忙吧，我等等主子。」

「哎，您先歇息，我們去給您上壺熱茶。今年這鬼天氣，剛立冬沒幾天就這樣冷。」

前院待客的大廳裡，黃花梨的茶桌擺得端端正正，桌上放著一個雕刻精美的首飾盒半打開著，一套極品血玉首飾極其奪人眼球。不過屋裡的人都沒有多看一眼。

「妳爹在極北之地幫我管著軍隊，我兒子又被妳救了，沒想到本王和你們家如此有緣分。」

林棲心裡冷哼，什麼叫幫你管著軍隊，怕是倒貼銀子給你養軍隊吧？

林棲虛偽地笑了笑。「既然有緣分碰到，也不能見死不救。家裡人來人往，怕把消息傳出去，保護不好世子，前些日子就把世子送到桃源縣去了，那裡清靜，更加安全。一切都是為了世子安全，若有照顧不周的地方，還請王爺見諒。」

謝元顯已經知道兒子在桃源縣，但他還是要來淮安一趟，下午他還要去奉山書院，最後才去桃源縣接兒子。

謝元顯不傻，很輕易地就聽出林棲的不高興，想起林秋江曾經說過，他的女兒在外自由慣了，有些沒大沒小。

送完謝禮，說完道謝的話，謝元顯也沒有多留。

林棲心裡鬆了口氣，她最不喜歡和這些天潢貴冑打交道，想趕緊把人送走。

「我見王爺帶來的人似乎不多，不如叫我家護衛送你們去奉城吧。」

「那就多謝了。」

霍英接了主子的命令，帶著十個護衛隨侍在四王爺身邊。

見王爺想騎馬趕在天黑之前去奉城，霍英看了眼天色。「王爺，冬天的天色黑得早，恐怕我們走到半路就要天黑，反正趕不及，您不如坐馬車去？」

謝元顯擺擺手。「不用。」

雖說沒有坐馬車，謝元顯帶來的馬匹都留在林家，換了林家的駿馬出門。

一行十多個人，分成好幾撥出城，到城外聚集後，齊齊往奉山書院奔去。

如霍英所料，他們走到半路就天黑了，所幸今晚月光還算亮堂，總算在關城門前趕到了奉山書院。

謝元顯顯然不是第一次來奉城了，進城後直奔董秋實家。

董秋實沒想到謝元顯居然親自來，趕緊囑咐下人關門，他領著四個弟子趕緊來拜見。至於張紹光，他不適合出現在這樣的場合，早就避出去了。

「我等拜見四王爺。」

「不用多禮，起來吧。」

謝元顯領頭走在前面，董秋實帶著四個弟子走在後面。

這個時候已經過了晚膳的時辰，管家問過之後，俐落地上了幾大碗肉絲麵，讓這些遠客填飽肚子。

祭了五臟廟後，謝元顯臉上的表情鬆弛了些，還有心情跟董秋實幾人說笑了幾句。

「誰是林秋江的女婿？」

宋槿安垂眸站出來，拱手拜下。「拜見四王爺，學生宋槿安。」

謝元顯點點頭。「你和你娘子成婚，你老丈人都沒有提前接到消息，他當時可是很氣憤。以後見了面，你要是不能讓他滿意，只怕日子不好過。」

宋槿安眼觀鼻、鼻觀心，心裡道：我跟我娘子過，我娘子歡喜，我日子就好過。

董秋實哈哈大笑。「林秋江那小子知道他女婿是我學生了嗎？」

「知道，相當嫉妒，說當年你入閣時，他就想拜你為師，可惜你沒看上他。」

「不是沒看上他，只是那會兒，我樹大招風，無論收誰當弟子，都要惹來一場風波。」

他開始收弟子，也是致仕後才有的心思。

說了些家常話，謝元顯說起他這次來的目的。他接到父皇的詔書回京都，專門繞了一大圈來淮安，一是為了兒子，二是為了來見董秋實。

「聽說父皇幾次招你回去，你真不回去了嗎？」

「不回去了，老夫這把年紀，還跟他們鬥什麼？我帶出來的這些學子，我的弟子，他們這些年輕人才是啟盛朝的未來。」

「你真不怕我們兄弟幾個爭鬥起來，把皇朝折騰沒了？」

「哈哈哈。」董秋實豁達地笑了。「哪朝哪代的皇子奪位不是鬥得跟烏雞眼似的，你們這才哪兒到哪兒。說到底，坐在皇位上的是你們謝家人，你們要真的自己把自己鬥垮了，自然有其他人坐上那個位置。」

「董秋實，別以為我敬你幾分，你說話就能如此沒有分寸。」謝元顯身上氣勢逼人，除了董秋實，其他四個年輕人嚇得不敢說話。

董秋實可不怕他。「呵，瞧瞧您的好哥哥們，這都動手誅殺才幾歲的姪子了，您父皇都能忍？今天能殺姪子，明日……」

「董秋實！」謝元顯怒吼一聲。

一時屋裡無聲，董秋實鄭重跪下，拜倒在地。「四王爺，您可知奉山書院幾百年前建立的時候掛的牌匾是什麼？」

「為國為民！」

「四王爺，興，百姓苦！亡，百姓苦！請您看在天下百姓的分上，千萬別……您一時心軟，換來的可能是國破家亡，百姓流離失所啊！」

「董秋實，你知道你在說什麼嗎？」

「四王爺，我董秋實大膽問一句，軍餉，朝廷是攔著不給，還是沒銀子給？」

謝元顯沈默了。「我這次回京都，會解決好。」

冬天的夜晚，沒有夜風吹過來，只是站在廊下，寒氣透骨，讓他們腦子無比清醒。

宋槿安只是個普通學子，就算跟著夫子和老師開了些眼界，他也不知道，看起來欣欣向榮的國家，居然已經有搖搖欲墜之勢。

江雲楓吐出一口熱氣。「你們三個別想那麼多，我家兩個哥哥，一個涼州衛，一個在寧夏衛，傳回來的消息，邊疆情況都還算穩定。」

劉闊是商人之子，更加感慨。「江南是溫柔鄉，商貿發達，就算家裡過不下去了，那些窮苦百姓賣了自身，至少能有口飯吃。其他地方……」

葉明看著黑洞洞的天色。「我爹在益州做官，那裡自古以來就是安樂地，號稱天府之國。我們四個師兄弟，認真算起來都沒有吃過大苦。」

宋槿安應了一聲。「有田有地，家人安康，還能外出求學。」

江雲楓冷得直哆嗦。「快別感慨了，想得再多咱們也幫不上忙，還不如回去好好睡一覺，明早起來多背兩頁書。」

「走走走，快回去。」

「五師弟，今晚我跟你睡吧，這麼冷的天，我一個人睡不著。」

「哎，五師弟，你別跑。」

宋槿安裝作聽不見，宋淮生提著燈籠引路也跑得老快。

睡在暖呼呼的床上，宋槿安閉眼想著，明年一定要中舉才好。

第二天，謝元顯在奉山書院待了半日，上午見了一些夫子，用了午飯，才騎馬趕回淮安，坐林家的商船去桃源縣。

沒過兩天，謝元顯送了一封信給林棲，大意是兒子謝重潤不跟他回京都了，請她幫忙照看著。

「他什麼意思，叫我像對待子安一樣對待謝重潤？

「對外說謝重潤是子安的書僮？」

林棲越來越暴躁，把信紙揉成一團。「有那麼富貴的書僮嗎？」

不管林棲如何暴躁，反正謝元顯已經走了，他兒子早就住在宋家村。那邊對外的說法，謝重潤是遠方親家的兒子。

宋槿安知道後也沈默了半晌，這些天潢貴胄做事情就這麼不靠譜嗎？萬一出點什麼岔子，他們宋家賠得起嗎？

兩夫妻商量後，又把家裡的護衛派了一隊回宋家村，搞得孟元傑都納悶，這兩夫妻在搞什麼，家裡養著幾十個護衛，是覺得本官治下不安寧？

家裡來了這麼個金疙瘩，肯定瞞不過家裡的主人，劉氏知道阿潤的身分後，嚇得好幾晚睡不著覺，半夜起來都要去隔壁小兒子房間看看，確定床上躺著兩個小兒郎才放心。

「吳嬤嬤，我的心啊，擔憂地睡不著，妳說說，這樣的貴主，怎麼落到咱們家來了？」

吳嬤嬤勸道：「您別急，咱們家就這麼大，屋裡屋外守著多少護衛？家裡到處是眼睛看著，出不了事。」

劉氏被勸回屋休息，在床上翻來覆去還是睡不著，她突然從床上坐起來。「吳嬤嬤，妳說，我明兒把阿潤送到玉清觀去？」

「夫人，您就睡吧。去哪兒，咱們說了不算。」

劉氏嘆息一聲，又躺下了。

謝重潤不知道主人家擔憂地睡不著，第二日醒來，用了早飯，跟著他的新朋友宋二郎跑去桃源縣碼頭上玩。看到有小孩胸前掛著木頭箱子賣瓜子，他好奇跟著去，學人家吆喝做生意，半日賺到十文錢，高興得不得了。

「張海，快給本世子磨墨，我要寫信給我爹，告訴他我賺著銀子啦！」

「哎，奴才這就給您磨墨。」

謝重潤咬著筆頭思索，十文錢該怎麼分呢？給他爹五文錢，給他娘五文錢？五文錢能買什麼？

張海撓頭。「給王妃娘娘買根木簪子？」

「五文錢買不到木簪子。買冰糖葫蘆？」

謝重潤想了想，跑去找他的好朋友。「宋子安，我們明天還去碼頭賣瓜子吧。」

「好呀，好呀，我想掙錢給我娘買衣裳。」

兩個小夥伴一拍即合，第二天花光兜裡的十文錢，去木器店買了做小生意的木箱子，揹上木箱子去叫賣，感覺自己瞬間就神氣起來了。

劉氏想把這祖宗送走，謝重潤在桃源縣卻是混得越來越熟。天氣越來越冷，這些花生、瓜子等炒貨生意越來越好，他們每日開開心心地出門賺錢。

宋槿安和林棲接到劉氏寫的信，安慰了幾句，暫且放下。進入十二月後，兩人都忙碌起來。

奉山書院十二月底要淘汰一批不合格的學子，緊接著要招考一些新的學子進去。董秋實已經提前跟宋槿安說了，今年沒有不合格的學子，這就意味著招進去的學子可能不會太多。

張紹光本來在奉山書院蹭書讀就挺努力的，這會兒被表妹夫頭懸梁、錐刺股的幹勁嚇著了，也跟著熬夜讀書，被趙管事罵了一頓。

「你可知道讀書最重要的是什麼？是身體！身體熬壞了還有什麼好前程？宋槿安衝刺考奉山書院，有你什麼事？你只是考個秀才，別搞得跟考進士一樣，裝模作樣的。」

張紹光心想，考秀才的就不配努力了？

每年十二月底，林家要算總帳，這幾日進去金銀樓送帳本做總結的管事絡繹不絕，林棲忙得走不開。

元旦那日，宋槿安要考試，林棲提前好幾日送信回桃源縣告訴劉氏後，元旦前一日她去了奉城。

林家在奉城有別院，知道她要去，宋槿安叫宋淮生把行李搬到別院去。

「準備得怎麼樣？這才半月沒見，你怎瘦了這麼多？」林棲有些心疼。

宋槿安握住她的手。「最近讀書用功了些，等明日考完試就好了。」

「你好好考，實在考不過找董秋實給你走後門。」

宋槿安笑出了聲。「妳呀，讓老師聽到了，肯定要說沒出息。」

林棲笑道：「我只是說萬一，萬一考不進奉山書院也沒什麼，你有董秋實當老師，以後照樣前途光明。」

宋槿安笑著嘆息一聲，也就是她一直對自己如此有信心。

翌日一早，天不亮，宋槿安就睜開了眼睛，林棲也跟著醒了。

「妳繼續睡，我起床醒醒神。」

林棲跟著坐起來。「沒事，我也起來醒醒神。」

簾子掀開，冷空氣進來，林棲冷得一哆嗦，不用出門，這會兒她就已經醒神了。

宋槿安勸不住她，只能幫她拿來棉衣，讓林棲穿得厚厚的。

「你去讀書，一會兒我送你去書院。」

「好。」摸了摸她的鬢角，宋槿安只覺得心裡暖融融的。

林棲很重視今日的考試，昨兒過來的時候把家裡的廚娘都帶來了，此刻廚房裡熱氣蒸騰，已經忙開了。

「怎麼還備著冰皮月餅的料？」

「給董掌院那邊準備的，表公子昨日過來特意交代了，上午給那邊送幾盒過去。」

林棲點點頭。「先別管他們的點心，趕緊把早飯準備好。」

「只差一籠包子還沒蒸好，其他的都準備妥當了，照公子的口味，都準備鹹的。」

「甚好。」

看時辰差不多了，林棲親自去書房叫他出來吃飯，用完早飯，又親自送他去書院。

林家別院和董家分別在一條街道的兩邊，相隔不遠。宋槿安這邊上馬車，那頭董秋實就看到了。

劉闊說話泛酸。「有娘子就是不一樣，有人管吃管喝還送考。」

董秋實白了他一眼。「羨慕人家，就去娶個娘子。」

哼！每次都來這一句，也不見他老人家介紹賢良淑德的女子。

他們師兄弟三個還沒有娘子，並不是娶不到娘子，而是他們還沒到娶娘子的最好時候。至於什麼時候才是好時候，大概是金榜題名那一天吧。

今日宋槿安參加考試，作為老師的董秋實為了避嫌，只負責總管招考事宜，具體的安排和考題，他一律不管。

今日的考題只有一個：重農稅，輕商稅！

就六個字，只是對現在啟盛朝稅制的客觀陳述，沒有引導，沒有說好不好，學子可隨意發言。

光這一道考題，就攔住了許多人。一心只讀聖賢書的學子不懂稅收。就算知道國家重農稅、輕商稅的人，也不知道具體稅制是怎麼運作，當然就無法對此發表看法。

考場裡的學子們都明白，以奉山書院的風格，絕對不是讓他們對這個稅制歌功頌德，說些不著邊際的話。

一時之間，大家的表情都嚴肅起來。

董秋實招招手，負責監考的夫子送上考卷，董秋實看了之後，放下考卷，目光落在宋槿安身上。

宋槿安不疾不徐地磨墨，他出身農家，知道農稅是怎麼回事，又有一個積極交商稅的娘子，對於當朝稅制，他有些心得。他的意見是，在稅收上重農輕商不可取！

屋裡一群人憋紅了臉，提筆不知道如何作答的學子裡面，有個學子卻下筆如有神助，似乎腦中已打好草稿，他只需照著抄寫出來一般。

宋槿安一下子引起夫子們的注意。他一心答題，待他寫完，不知不覺間，身後站了好多人。

「看什麼看，答完卷就交，坐在這兒耽誤時辰，是想蹭我們書院的飯吃嗎？」

一臉嚴肅的夫子張口罵人，屋內的學子們低下頭，倔強地繼續答卷，不能就這麼認輸了。

宋槿安檢查了答卷後，第一個站起來交卷。他交卷之後，有好些學子也陸續答完。

交相傳閱完宋槿安的答卷，幾個老夫子題下「言之有物，可堪大任」等評語。

最後答卷送到董秋實手裡，他滿意地點點頭，這小子不錯！

宋槿安回到家裡，林棲也不問他考得如何，只準備了好些好吃的、好喝的。

「昨日走之前家裡殺豬了，就為了讓你今日能吃上豬蹄，一隻清燉，一隻紅燒，還有兩個肘子，做成酸辣和鹹的，保證你都喜歡。

「對了，廚娘帶了好些海鮮過來，在家裡提前處理好了，昨日到奉城就上鍋繼續燉，一會兒你就能吃上佛跳牆。」

林棲跟報菜名似的念叨了一堆好吃的，張紹光在一旁聽著嚥口水。

劉闊、葉明、江雲楓師兄弟三人走進來。「師弟妹，這麼多好吃的，五師弟只有一個肚子哪裡吃得完？」

林棲笑起來。「還不是給師兄們準備的嘛！」

「哈哈哈，就等妳這句話了。」

今天中午吃得豐盛，各種大魚大肉擺滿飯桌，看那個架勢，真是恨不得把她相公瘦下去的肉給補回來。

小狗子也跟過來蹭吃蹭喝，他好羨慕呀，有娘子就能吃這麼多好東西。

張紹光嘲笑他。「毛都還沒長齊，想什麼娘子不娘子的，回去喝奶吧。」

小狗子冷笑。「有本事，你去我祖父面前說？」

張紹光慫了，他肯定不敢的。

家裡師兄弟們吃好料，肯定不能忘了在書院忙碌的老師，林棲叫廚娘裝了好幾個食盒，將飯菜送去書院。

夫子們閱卷速度快，已經把中考的學子選出來，這次考試七十餘人，中了四人。他們正忙完，就聞到掌院桌上大餐的香味。

「這麼大一桌，掌院一個人哪裡吃得完。」

「哈哈哈，我們給掌院幫幫忙，可別浪費了。」

這麼多菜，他一個人肯定吃不完，董秋實不介意分享，趕緊給自己盛了一碗佛跳牆，其他的隨便他們分。

「去歲招考，報考三百餘人，只招了一個學子進來，可把他們嚇退了，今年報名參加的居然沒有過百人。」

「今年品質不錯，居然有四個學子考中。」

「今年招得多，明年報名的學子肯定就多了。」

夫子們一邊吃、一邊議論，說完招生，又說到今年招的四個學子，他們選出來的頭名是宋槿安，董秋實的弟子。

「掌院，咱們有一說一，你這弟子在稅制上的理解比你廣博深刻，換我當年還是戶部尚書的時候，我肯定竭盡全力推行他的革新之法。」

董秋實點點頭。「有些激進，會動到一些人的利益，但是對國家有益。」

眾位夫子連連點頭，他們都是這樣認為。

宋槿安這個學子，如若遇到明主，以後前程差不了。

下午未時，考中的學子名單貼出來，他們的答卷也一併貼出來，看過答卷之後，沒考中的人都默默散了。

這四份答卷，也隨著他們散去大江南北。

每年奉山書院的考試都會引來很多目光，每年考中的學子，其名字和答卷也會被其他人爭相傳閱，今年為最。

稅制這個問題，夠實在，也夠吸引目光，更加讓人關注的是，今年的學子真的給出解決辦法，而不只是泛泛而談。

四張答卷擺在當今皇上的御案上，「宋槿安」三個字被皇帝記在心裡。

董秋實收了個好弟子！

第十七章

宋槿安考上奉山書院引來很多人的目光，但知道他是董秋實的關門弟子，承認他的優秀似乎就沒有多難。不過，羨慕嫉妒還是有的。

淮安府學的學子們知道結果後都驚嘆，誰能想到，半年前還是一文不名的小秀才，這會兒就已經站在天下學子們都仰望的位置了。

裴錦程和宋槿安自來關係就好，有好些人到他面前說酸話，裴錦程冷笑。

「是金子總會發光，你是塊好石頭說不定就被拿去修城牆了，但你要是一堆扶不上牆的爛泥，放哪兒也沒用。我勸你們啊，有那個空閒不如好好讀書。我再不行，我也有個當官的爹，有個舉人的功名。你們有什麼？來這兒讀書都是全家勒褲腰帶送來的吧？你們一個個的，對得起你們操勞的爹娘嗎？」

裴錦程本就不是客氣的人，今兒有人送到面前找罵，他不罵到這些狗東西退避三舍，就對不起自己。

裴錦程身邊沒人敢去，康紹奇這邊也無人敢惹，只有季越那邊，有些人明裡暗裡嘲笑他抱錯大腿，揣度他心裡說不定很後悔。

季越如往常一般讀書寫字，不為外人所擾，至於是不是真的不為所擾，只有他自己心裡清楚。

宋槿安夫妻在奉城留了幾日，也不是為了聽老師指點，而是因為小狗子和宋槿安那三個師兄捨不得他們家廚娘的手藝，天天都想來他家蹭飯吃。

江雲楓是個不要臉的，還私下跟廚娘許諾，去他家當廚娘肯定給她好待遇。

廚娘們連忙搖頭，跟著主子月錢高，還能學獨門手藝，平日裡也沒什麼勾心鬥角的事，去哪兒能有這樣的好事？

江雲楓問她們每個月多少月錢，廚娘們給他比了個數字，還補了一句。「這都沒算四時八節的賞銀、夏天的冰、冬天的炭火，還有一年四季的衣裳，偶爾主子給方子，退休後還能養老。」

江雲楓師兄弟幾個都咋舌。「這待遇，京都王府裡也給不起呀！」

劉闊道：「我看這比當個小吏還划算。」

有個廚娘得意笑道：「不怕告訴幾位公子，我原來就是從京都王府裡自己贖身出來。為了進林家，我把小半輩子的積蓄都拿去打點了。」

「我的老天爺，當下人還要自己打點？」

「那當然了，想進林家有手藝是最基本的，那麼多有手藝的人裡頭，誰能說自己就是頂尖的？」

張紹光看著他們三個人就跟傻子似的，他都笑出來了。「你們別打我表妹家下人的主意了，她家下人一個蘿蔔一個坑，沒人會挪窩。我家下人有厲害的，都不顧老主子顏面，跑去我表妹家自薦，連我爹娘都無可奈何。」

劉闊、葉明和江雲楓都是有探索精神的人，拉著林家的下人聊了一下午，最後都覺得，林家管理下人的法子如果能推廣到整個啟盛朝，那麼整個國家將大不一樣。

「退休工資這個誰給得起？退伍的傷殘士兵都做不到管他們到老，何況普通百姓。」

「辛勞一輩子做的貢獻，還不能讓他們老了有個保障嗎？」

「其實高門大戶裡的世僕，主家也管養老。」

「得了吧，那是人家的後代還在家裡當差，小的養老的，老的那些早不拿月錢了。」

「獎金這個制度其實就是賞銀，我家過年的時候也賞。」

「你們賞不賞都是隨你們心意，想給多的時候就多給點，想給少的時候就少給點，哪有像林家這樣明白的？」

三個師兄弟商量之後，都覺得林家管理下人的法子好，不過好歸好，卻不是誰都能用，也不是誰都能用得起。

林家的下人聽這些讀書公子議論後，都覺得自己運氣好，現在年輕能憑著本事跟著主子過好日子，老了還有保障，多好的事。

江雲楓欣賞人家的手藝，又給不出好待遇，只能嘆著氣走了。

張紹光把這件事當笑話似的講給林棲聽，林棲只笑著說：「如果他們真能把林家的制度推廣到整個啟盛朝，倒是功德無量，以後必當名垂青史。」

宋槿安搖搖頭。「推廣不了。」

晚上，江雲楓點了一大桌好菜，吃了個夠本，下次再吃到林家廚娘的手藝不知道是什麼時候了。

「下次正月初六，拜師宴，廚師我家出。」

拜師宴的日子已經定下來了，正月初六就在奉山書院擺宴，林棲決定用自己家的廚子。

「哈哈哈，那我們就等著妳家的好飯菜了。」

夫妻倆翌日一早回淮安，宋槿安在家歇了歇，下午就去府學見掌院，從明日起，他就要離開府學了。

掌院看過他的文章，稱讚他寫得好。「那就提前祝你明年秋闈取得好名次。」

「多謝掌院！」

如今宋槿安在淮安府可謂是小有名聲，知道他如今在淮安，想上門拜訪攀關係的人不少，但不是誰都能進得了林家別院的大門。

宋槿安只在家裡招待了裴錦程、石川和孫承正，其他人一概不見。

後來有人上門打聽，林家下人只說公子去奉城了。

裴錦程回家跟他爹說：「我就說吧，宋槿安不是那樣沽名釣譽的人。」

「他現在有這樣的名聲，也不用沽名釣譽。對他來說，下一步能考中舉人才是頭等大事。」

「放心，他肯定考得上，我猜測應該是頭幾名。」裴錦程和宋槿安關係好，更知道他的根底，宋槿安現在的學識比他當初考舉人的時候還高出一大截。

裴淵明輕笑道：「你這小子還挺有運氣，府學那麼多人，和你同屋的宋槿安最有出息。」

「哈哈哈，那也是他家飯菜好吃，我這是蹭飯蹭出來的交情。」

「交情歸交情，以後能不能成為摯友，再說。」裴淵明這輩子活到現在，見多了當年一起努力考科舉的同窗，入朝後因為站隊不同，慢慢地分崩離析，幾年後再見已是仇人。

裴淵明又說：「不過奉山書院的學子立身正，想必宋槿安入朝後，你們兩個也能繼續來往。」

裴錦程笑呵呵地抖腿。「只要他家廚娘的手藝還是如往日一般好，我們就是好朋友。」

「你小子，給我正經點。」

裴錦程輕哼一聲，老實坐好。

快迎來臘月了，宋家會不會送臘八飯呢？

臘八節一早，裴錦程起床就問：「宋家送節禮來了嗎？」

「少爺喲，您從昨晚回來就交代了，要是送來了，門房那邊還能不跟咱們說？」

裴錦程早飯都沒吃，就等著宋家送禮。裴夫人知情後，氣得想罵人，哪見過這樣的人，等著人家送來粥飯填肚子，說出去也不怕人笑話。

裴錦程不聽，等到辰時，宋家送節禮來了，他笑呵呵地親自去接。

「我家主子知道公子喜歡吃，所以給您送了兩個口味的臘八飯，還有廚娘今早現做的點心，給您揀了幾樣送來。」

「哈哈哈，回去幫我謝謝你家主子，下次我請他喝酒。」

送走宋家的小廝，裴錦程自個兒端著飯去飯廳。「快去叫我祖父、祖母，問他們吃不吃。」

辰時這會兒，宋家夫妻倆已經在張家了，中午在舅舅家用了午飯，下午坐船回桃源縣。

劉氏知道兒子和兒媳今日要回來，喜得從早上臉就掛著笑。

今兒宋子安和謝重潤也沒去碼頭賣瓜子，兩個小夥伴穿得暖暖的，拎桶拿著簍子去河邊抓魚。

「抓大的，等我大哥、大嫂回來，叫廚娘給咱們做沒有刺的魚。」

「你家裡的廚娘不能做？」

「不能，我大嫂家的廚娘手藝最好。」

太監張海跟在後頭。「哎喲，公子，小心袖子濕了，要得風寒的。」

「沒事，你過來，幫我把袖子挽起來。」
「奴才這就來。」
宋家的小廝跟在後頭，互相之間遞眼色，這在宮裡當過差的就是不一樣，拍馬屁的時候表情很誇張，跟臺上演戲的角兒似的。
下午，宋槿安和林棲回來了。
現下正是農閒時間，宋家村裡除了在縣裡幹活的，其他人都在村口看熱鬧。
宋家的馬車進來了，自認和宋槿安關係不錯的人，故意高聲喊道：「槿安回來了。」
宋槿安下車，溫聲問好。「六叔您老好，這就回來了。」
老者被宋槿安喊一聲叔，自覺頗有臉面，高興地應了一聲。「哈哈哈，回來就好，你娘在家等著你呢。」
「這就回去了。」
宋槿安一路打著招呼回到家，春朝笑著跟娘子說：「咱們家到底是不一樣了。」
林棲微微一笑。「這才哪兒到哪兒。」
等到宋槿安考上舉人，考中進士，再做官，那時候才是真的不一樣了。不過，有今天這樣的情形，只能說修建碼頭的銀子沒白出。
宋槿安扶著林棲下馬車，劉氏從家裡走出來了。「回來了，一路上累不累，餓不餓？娘叫人給你們準備吃的。」

「娘，我們不餓。您這些日子在家過得可好？」

門外還有外人在，劉氏不好直說，只點著頭說好。待到進屋後，家裡只有自己人，劉氏才唉聲嘆氣。「阿潤那孩子就喜歡住在咱們家，叫他去凌霄道長那兒他都不願意，還整日去碼頭賣瓜子，我可操心得睡不著。」

林棲笑出了聲。「娘，孩子放在咱們家，他爹都不擔心，您擔心什麼。」

宋槿安也勸。「四王爺留了不少侍衛在縣裡，現在就住在咱們家別院，世子的安全，他們比咱們更關心。」

劉氏搖搖頭。「過年阿潤回去嗎？」

宋槿安和林棲對視一眼。「看這情形，應該是不會走了。」

劉氏扶額。「這當爹的、當娘的，心可真大，年後走嗎？」

謝重潤跑進來。「嬸嬸，您盼著我走呀？」

劉氏連忙道：「沒有的事，嬸嬸就是怕你爹娘想你。」

「我寫信給我爹娘，因為家裡亂得很，我爹娘叫我好好待在您家，等子安的哥哥考進士的時候帶我回去。」

劉氏腿一軟。大郎僅是個秀才，考進士要等到什麼時候？

林棲見婆婆真的擔心，趕忙道：「年後子安要去淮安讀書，到時候阿潤也跟著我們去淮安。」

劉氏得到媳婦的承諾，稍微放下心來。「阿潤去淮安安全嗎？」

「安全著呢，讓他給子安當書僮，一起去書院讀書。」

謝重潤正要反對，林棲馬上說：「這話是你爹說的，你要是不同意，我叫人送你回家。」

謝重潤跺腳哼了一聲。「讀書就讀書。」

解決了心裡的擔憂，劉氏臉上的愁色少了些許，這才想到兒子。「聽她們說，大郎考中奉山書院了？」

「考中了，正月初六要辦拜師宴，到時候娘要跟我們一起去奉山書院才好。」

「好好好，前幾日聽宋舉、宋問兩個小子回來說，奉山書院是天下第一書院呢，我肯定去。」

宋子安挨著大嫂撒嬌。「我也想去。」

「去，咱們一家人都去。」

謝重潤也想撒嬌，林棲趕忙制止他。「為了你的安全，你就別去了，要是被人認出來，你就只能回家去了。」

謝重潤生氣，這個女人回來了，樣樣都不隨他的意。

「大嫂，妳帶廚娘來了嗎？我和阿潤想吃沒有刺的魚。」

「帶了，想吃什麼，你自己去跟廚娘說。」

宋子安去拉小夥伴。「阿潤，咱們去廚房。」
「我要去。」謝重潤跟著小夥伴跑了。
宋槿安回來了，宋家幾個族老請他過去坐，在縣學教書的石夫子也叫他去喝茶，還有雲嵐請他們夫妻吃飯，孟縣令家也邀劉氏去賞花。
一家人到了縣裡兵分兩路，宋槿安去石夫子家，林棲和婆婆去孟家。
林家女眷到孟家之後，劉氏跟孟夫人喝茶閒聊，林棲和孟倩娘一處說話。
林棲喝了口茶。「之前跟妳說過，我相公的拜師宴定下來了，正月初六，妳去不去？」
孟倩娘眼睛一亮。「去，怎麼不去，我就等著妳邀請我呢！嘿嘿，除了我，還有我爹娘也想去。」
「你們這是全家出遊呀？」
「那可不。」
另外一邊，孟夫人也跟劉氏說起奉山書院，對宋槿安一頓猛誇，要不是劉氏腦子裡還繃著一根弦，都要被誇得找不到北了。
「哪裡哪裡，我家大郎只是個秀才，您家公子都做官了。」
「妳也別急，我家老爺說妳家槿安前途無量，別看今年是秀才，等到年後秋闈考過就是舉人了，年底去京都，等到後年春闈，考過就是進士了，快著呢。」
「瞧您說的，舉人、進士哪裡是那麼好考的，我聽說一輩子都不中的大有人在呢。」

「哈哈哈，好姊姊，妳就信我吧。妳家槿安考奉山書院的卷子傳出來了，我家老爺看了，誇了他好半天呢。」

劉氏臉上的笑意藏不住，一副期待的模樣。孟夫人多麼知情識趣的人，抿了口茶，又誇起來了，可是搔到劉氏的癢處了。

這一天，宋家三個大人早上出門，等到傍晚才回家，一家人都心情甚好。

劉氏看著兒子和兒媳，笑得合不攏嘴，真是佳兒佳婦啊。

翌日，小夫妻倆去山上見了師父，凌霄道長看到他們高興不已，想留他們住幾天。

「師父，這會兒住不了。等到年後，我回來陪您住幾日。」

「住幾日？」

「大概住個三、四日吧，正月初六要辦拜師宴，我們初五就要去。」

凌霄道長點點頭。「你們兩個八字相合，互相幫襯著，好日子還在後頭。」

宋槿安笑著看了林棲一眼。「是我沾了娘子的福氣。」

林棲頓時傲嬌了。「你知道就好。」

小夫妻倆陪著師父用了午飯，待到師父歇午覺才下山，下山後也沒回去，去了孫承正家和雲嵐家走了一趟。

雲嵐已經有三個月身孕了，冬天穿得厚，肚子倒是不太顯。

「我懷著孕，正月裡不好出門，妳家的喜事，我就去不了了。」

「沒事，等妳生了孩子，咱們再找空閒聚。」

雲嵐笑著點點頭。「等到秋闈後，我肚子裡這個就出來了。」

林棲看著她的肚子。「妳家這是要雙喜臨門了。」

「借妳吉言，咱們最好同喜。」

林棲忍不住笑。「我肚子裡可沒貨，生不出來。」

「話別說早了，說不定就來了呢。」

林棲從雲家出去，想起她月事不規律，等回淮安了，再請大夫把脈。不求雙喜臨門，只求身體安康。

「妳想什麼？」

林棲笑著瞥了丈夫一眼。「不告訴你。」

翌日早上出發，回到淮安安頓好後，林棲叫來大夫把脈。

正要去書房的宋槿安停下腳步。「怎麼了？身子不舒服？」

「沒有不舒服，例行把脈檢查一下身子。家裡養著大夫，自己一次沒用，總覺得虧了。」

屋裡眾人都笑了起來。家裡原本是沒有大夫的，需要的時候都是去醫館請。現在家裡養的這個，還是因為韓霜當時傷重，主子覺得家裡養個大夫穩妥一些，這才叫霍英發動他的江湖人脈，去藥王谷撈了一個神醫回來。

春朝笑道：「聶神醫來了咱們家後，這幾個月除了跟著大總管採買藥材之外，都沒怎麼出過門。他現在和咱們後廚、總管都已經是稱兄道弟的交情了。」

「妳不提我還沒想起來，他吃東西那麼挑剔，伙食費比你們貴多了，月例銀子也不見他少拿。」

「主子您可別說這個。聶神醫厲害，他來家裡幾個月，好幾個身患陳年舊疾的人都被他治好了，還有在外的管事們聽說他的名聲後，專門跑來找聶神醫看病。聶神醫現在在咱們府裡地位高著呢，不說後廚，咱們家裡的下人就沒有不捧著他的。」

「我說呢，上個月做總帳的時候，一個個來得那麼積極，連最遠在京都的管事都來得那麼快。」

正說著話，聶神醫來了，除了當時簽身契的時候，這是第二次見到他。第一次見面就是個皮包骨的小老頭，今兒一見，這都白胖起來了。

「哈哈哈，霍英那個小子說話靠譜，進您家這幾個月，沒有江湖中人追殺，各種好藥材任我用，還有一群好手藝的廚娘伺候著，真是求都求不來的好日子。」

宋槿安和林棲都笑了，頭一回見人把賣身說得這麼喜氣洋洋。

宋石擺好筆墨紙硯候在一旁，聶神醫瀟灑地甩開袖子，他今兒要給主子露一手真功夫。

半晌後，他驚了。「您這是有孕了？一個多月了？」

宋槿安無語。「……」

林棲愣住。「……」

你是神醫，你問我們？

夫妻倆對視一眼，有些不敢相信。這，一點徵兆都沒有，就懷孕了？

「等等，我今兒是來找你看月事不規律。」

聶神醫搖頭晃腦，又換了隻手把脈。「確實有些不規律。等孩子生下來後，坐月子的時候一起調理吧。」見兩個年輕主子一副茫然的模樣，他揚起下巴。「你們別不信，我以前還被請去京都給達官貴人家的婦人們看過病，調理身子，我可是相當拿手。」

「聶神醫誤會了，我們只是沒反應過來。」宋槿安連忙道：「我娘子這些日子也不見身上有什麼反應，您再幫忙檢查看看。」

林棲一臉緊張。兩輩子第一次當媽，怎麼不給點提示？不是說懷了身孕會有瞌睡多、孕吐這些毛病，她怎麼一樣沒有？

聶神醫滿意了，覺得自己神醫的名頭得到了應該的尊重。「娘子身體好，從小到大應該都被照顧得很妥當，加上現在孩子月分小，所以才沒什麼反應。」

宋石的娘子笑著跑進來。「沒有反應才是好事，最好後面幾個月都這般好過。」

林棲笑著看她。「聽說當年妳生粱生的時候反應可大了。」

「那可不，吐得昏天黑地，前幾個月除了酸菜下稀飯，其他的都吃不了。不過淮生他娘懷孕的時候反應小，那時候咱們都說淮生這小子是生來報恩的。」

宋淮生他娘杜氏走進來。「快別提了，長大了才知道這小子多麼讓人操心。」

不過一會兒工夫，林家生產過的婦人們都跑來了，含蓄或主動地推薦自己。主子懷孕肯定要她們幫把手，春朝帶著的幾個小丫鬟都沒成婚，不懂怎麼照顧懷孕的婦人，現在正是主子需要她們的時候，也是出頭的好時候！

聶神醫大手一揮，寫下好幾張食療的方子，林棲看了一眼，葷素搭配，看著跟菜譜似的，應該味道不錯。

「主要還是以娘子您的口味為主，我寫的食療方子，您要喜歡就吃，不喜歡咱們再換。反正家裡養著那麼多手藝好的廚娘，這時候總要享受享受。」

林棲笑了起來。「可不是嘛。」

宋槿安拿著方子看，對林棲說：「以後只要我在家裡，我陪著妳吃。」

「嗯。」

屋裡的婦人越來越多，聶神醫找了個空檔跑了，被這麼多人看著，林棲也有些頭疼。「張嬤嬤呢？我懷孕這段時日，吃穿上讓張嬤嬤管著。」

張嬤嬤是她娘安排給她的僕婦，可以說是從小帶她長大，是個非常體貼溫柔的婦人，而且又沒有仗著帶大主子就自認高人一等的想法。她長大後用上嬤嬤的時候不多，但也非常尊重她。

穿著一身青色襖裙的張嬤嬤往前幾步。「奴婢知道了，回頭跟春朝姑娘商量。」

「嗯，妳辦事，我放心。」

張嬤嬤露出溫和的笑容。「多謝主子信任。」

大家見大管家的娘子和二管家的娘子都沒有討到差事，都跟著散了。

張嬤嬤平時不顯山、不露水的，沒想到真到這種時候，主子還是最看重她。

事情安排完了，下人都被打發下去，屋裡只剩下他們夫妻倆。

林棲摸著肚子。「我怎麼一點懷孕的感覺都沒有呢？」

他的手溫柔地覆在她手背上，宋槿安道：「我有，想到幾個月後我們的孩子呱呱墜地，我就激動得恨不得時日過快些。」

「快點好，快點出生，我也少遭罪。」林棲一拍大腿。「忘了給爹娘報喜。」

「不急，現在去寫信。」

夫妻倆去書房，宋槿安寫給劉氏，林棲寫給遠在極北之地的爹娘。

剛才還說沒有懷孕的感覺，給爹娘寫信時就有感覺了，林棲已經開始暢想生兒生女了，寫到最後，還不忘畫一個笑臉表示自己很高興。

厚厚的一疊信紙晾乾放在一起，林棲嘆氣。「這個時候那邊應該已經大雪封路了，不知道年前他們收不收得到。」

「會收到的，即使年前收不到，年後也能收到。」

下午把信寄出去，去極北之地的信使還沒跑出淮安，在桃源縣的劉氏已經收到了，她看完信後，就趕緊去祠堂向宋家的列祖列宗報喜。

下午去玉清觀送信的小廝回來，從山上帶回來一箱極品燕窩，還有一些其他的溫補食材，劉氏打開看了一眼，連忙把她準備的東西一起叫小廝送去淮安。

「阿彌陀佛，無量天尊，槿安有後了。」

掌管家裡內務的吳嬤嬤笑著過來。「夫人真是高興迷糊了，怎麼唸了佛號又唸道號。」

「哈哈哈，不管了，都有用，回頭我都去還願。

「幸好林棲剛忙完年底，這會兒能好好養胎，要不然可要累著她了。」想到大郎說林棲管著鋪子忙，劉氏又擔心起來。

「夫人您別操心，娘子身邊能人多著呢，不會讓主子累著。」

「好好好，妳們都是得力的。」

謝重潤和宋子安從碼頭回來，謝重潤扭頭對小夥伴說：「你要當叔叔了呀，以後你的小姪子能叫我叔叔嗎？」

「你沒有小姪子？」

謝重潤撇嘴。「我娘只生了我一個，哪裡來的小姪子？」

宋子安得意地拍了拍他肩膀。「那我讓你也當叔叔。」

「說好了，等我掙到銀子，我給小姪子買銀手鐲。」

「嗯，我們一起買，你買一只，我買一只。」

兩個兜裡都沒有幾兩銀的小傢伙商量著花費支出，唉，賣瓜子來錢太慢了，要把生意做大些才好賺大錢呀！

林棲肚子裡孩子還沒三個月，除了家裡人，外人都不知道消息，和他們家相熟的人家，只覺得姚氏往林家別院跑得有些勤快，今兒送雞，明兒送鴨的。

這還沒過年呢，就開始送年貨了？

到了年關，加上娘子有孕，宋槿安這一個月都在淮安幫忙處理瑣事，跟奉山書院和老師那兒告了假，等到正月初五才去奉城。

林棲身為孕婦，每日吃好睡好，舅舅和舅母隔一、兩天就要上門來看她，家裡的事還不用她操心，等到過年的時候，她的小臉肉眼可見地變圓潤了。

林棲照鏡子的時候，雙手捧著自己的臉，心裡是崩潰的。

我怎麼長這麼多肉？後面還有八個多月可怎麼辦？

宋槿安連忙安慰。「不胖，是這鏡子不好，待會兒叫春朝換張顯瘦的鏡子。」

林棲氣得想捶他。「那是換一張鏡子的事嗎？我身上長肉了，我還能不知道嗎？你摸摸我的腰。」

宋槿安摟著她的腰，抱著她笑。「好了，妳原本就有些偏瘦，現在這樣稍微長點肉，更好看。」

「真的嗎？」

「當然是真的，不信妳問張嬤嬤和春朝她們。」

林棲心裡不信他的說詞，但是他這麼一安慰，她心裡多少好受點。

「過年我少吃點，你可別勸我多吃，小心我罵人。」

「都聽妳的。」宋槿安低頭，親吻她臉頰。

靠在他懷裡，林棲雙手抱著肚子，長嘆一口氣，有些感慨，又有些愉悅歡喜，說不出心裡究竟是個什麼滋味。

今年過年要回桃源縣，小夫妻倆臘月二十八在舅舅、舅母家吃了團圓飯，下午坐商船回宋家村。

今年的宋家村和往年大不相同了，因為縣裡修建碼頭，整個村都得益，首先是幫工那幾個月掙了不少銀子，再加上一些學了手藝的人在縣裡找到差事，今年村裡人的日子都好過起來。

年節期間，到處跑的賣藝人最知道哪個村富裕，這才臘月二十八，流浪的賣藝隊伍已經來村裡兩次了，每次吹拉彈唱，熱熱鬧鬧，還有舞龍舞獅的人敲鑼打鼓，都要去宋槿安家轉一圈。

今兒小夫妻倆下午回去，賣藝的還沒走，在村口碰到，林棲叫丫鬟打賞了銀子，又撒了好幾把喜錢。

謝重潤和宋子安也跑去跟小孩們一起撿錢，謝重潤邊撿邊說：「宋子安，你嫂子真有錢。」

宋子安眼明手快地撿起一文銅錢塞兜裡。「都是新錢，亮的。」

宋槿安下車，拱手見過父老鄉親們，說笑幾句，這才叫車伕趕馬車回家。

「子安，上來。」

「哎，嫂子，我來了。」在小夥伴們的注視下，宋子安興高采烈地爬上馬車。

謝重潤不是個見外的人，見宋子安上馬車了，他也撅著屁股爬上去，張口就說：「嫂嫂，妳真好看，有銀子又大方的人都像妳這樣好看嗎？」

張嬤嬤和春朝兩人都笑了起來，這小世子說話真有意思。林棲也笑了，從馬車旁邊的櫃子裡拿了兩個錦囊，給他們倆一人一個。

「嫂子提前祝你們虎年大吉，來年身體康健，像小老虎一樣。」

「謝謝嫂子。」謝重潤高興了，拿到香囊一捏，憑藉他多年收禮物的手感，裡面肯定是裝金銀製的吉利小物件。

回到家裡，兩個小傢伙跑回屋打開一看，還真是一隻銀製的小老虎，還有金製的老虎腳印。樣子不算特別，關鍵是個兒大，特別實誠。

「嫂子真是大方人兒，子安你等著吧，等到過年的時候，咱們還要拿壓歲錢。」謝重潤已經在盤算，過年能收多少銀子。

宋子安撓頭。「那咱們年後不用賣瓜子，也夠給小姪子、小姪女買手鐲了？」

「年後咱們要去書院讀書，沒空去賣瓜子啦。」

「對哦。」宋子安趕緊把銀子存起來。

林棲回到宋家村，劉氏什麼都不敢讓她做，有什麼事都使喚兒子，大兒子沒空就使喚小兒子跑腿，總之，不能累著她兒媳。

「娘，我真不累。」

「不累也歇著。」

好吧，歇著就歇著。

過年幾日，林棲就在家裡吃吃喝喝、散散步，其他的都用不著她。

宋槿安就忙了，見宋家族老，和村裡年輕人一處說話，還要去縣裡拜見夫子，和同窗相聚，林棲跟著去了一次，還是夫妻相攜去孟家拜年。

對了，還出了一次門，大年三十祭祖。一般祭祖都是男人的事，和林棲這種外嫁進來的年輕小媳婦沒什麼關係。沒想到，宋家族老們請她去祠堂院子裡觀看祭祖。

雖說沒有進祠堂，但在宋家村婦人們的眼裡，林棲的地位很不一樣了。

哥哥進去祭祖，宋子安陪著大嫂，還一直問大嫂冷不冷、渴不渴，哄得林棲高興不已，給了他好大一筆壓歲錢。謝重潤也跟著小夥伴享福。

大年初一起床，兩人坐在床上數銀子。

謝重潤再一次感嘆。「以後你大嫂就是我大嫂，每年發壓歲錢的時候可別忘了我。」

宋子安已經看透小夥伴的本質了。「你就是貪我大嫂的銀子。」

「哈哈哈，別這麼小氣嘛，等我以後有銀子了，我也給大嫂。」

「你什麼時候有銀子？」

謝重潤脫口而出。「等我爹……」

等我爹當皇帝了，我就有銀子了。

「等你爹幹麼？」

「哼，不跟你說，到時候你就知道了。走，咱們去跟長輩拜年。」

「好呀！」

第十八章

大年初一下午，宋槿安上山邀凌霄道長下山來住幾日。

凌霄道長知道弟子懷有身孕，也不挑禮，施施然跟著下來，還帶了好幾箱吃的、用的。

「有些是我這些年存下來的，專門留給妳用的。旁邊那一箱是我親手縫的衣裳，不知道是男是女，什麼顏色都做了一些。」

林棲一件件展開看，笑著說：「謝謝師父。」

凌霄道長在宋家住到正月初五就回道觀了。宋槿安一早送她上山，下來後直接去碼頭，一家人已經在船上等他了。

商船辰時抵達淮安，一家人回家安頓好行李，將謝重潤交給丫鬟照顧，再坐上馬車帶著護衛去奉城。

家裡的廚娘和小廝已經提前去奉城那邊準備，明日宴客需要用到的食材也都送過去了，這些都交給宋石和宋朴兄弟倆支應。

到奉城已經下午了，宋槿安剛安頓好母親和娘子，老師那邊來人了。

「蕭大人昨兒來了，還有幾個老爺以前的故交，這會兒在書房喝茶，老爺請您去。」

宋槿安急步往董家去。「蕭大人？我大師兄蕭陌然？」

「正是。」

第一次見到傳聞中的大師兄，宋槿安對蕭陌然的第一印象，乍看是世家公子，身上穿戴無一不精心，對人態度很溫和如春風拂面。只是，這都是表面上。

見小弟子來了，董秋實向他介紹人。「這是張大人、李大人、徐大人，這個是你大師兄蕭陌然。」

宋槿安拱手見禮，幾個大人都誇他少年英才，蕭陌然也笑著說：「有你這樣厲害的師弟在，我們這些做師兄的心理壓力頗大呀。」

「師兄謬讚。」

「哪裡是謬讚，你問問老師，我說的可是真心話。」

董秋實不緊不慢地喝了口茶，才道：「你們兩個都是我董秋實的弟子，各有各的長處。我還是那句話，無論是在野還是在朝堂，做人做事對得起自己的良心就成。」

見這兩個師兄弟言談之間火氣有些重，其他幾個大人連忙岔開話題。「董老頭，後頭還收弟子不？你要看得上，我把孫子帶來給你瞧瞧？」

「對嘛，既然都開口收徒弟了，就不能半途而廢，你還年輕呢，有得是時間多培養幾個俊傑出來。」

眾人哈哈大笑起來，董秋實也笑，說只管帶孩子來家裡玩，有沒有那個緣分再看。

屋裡長輩們都在笑，宋槿安站在一旁面帶笑容，蕭陌然臉上笑意淡淡的。

宋槿安晚上沒回去，陪著老師招待幾位大人，淺酌了幾杯，待送走了客人才回去。

蕭陌然以主人的姿態，送這位師弟到大門口，宋槿安拱了拱手，才上馬車。看著馬車走遠了，在前頭彎進林家別院，他露出一個輕蔑的笑容。

臥室裡，響起了水聲，經年的老僕替主子扭了一把熱帕子。

董秋實接過抹了臉，擦擦手，把帕子丟到盆裡，激起的水花落了一地。

水盆裡熱氣蒸騰，董秋實長嘆一口氣。「槿安回去了？」

「回去了，蕭大人親自送到大門口。」

「呵，陌然那孩子，出身太好了些，雖說在讀書上有些天分，在做人為官上，終究是……」

「都是老爺您的弟子，脾性雖說有些不同，到底人品還是不差的。」

董秋實搖搖頭。「老九啊，今兒你沒看到，那位蕭大人險些當著外人面鬧師門不和，要不是槿安識大體圓過去，只怕那幾個老小子就要當面看我笑話。」

董秋實越說越生氣。蕭陌然跟著他讀書的時候有些傲，他覺得不是什麼大毛病，這會兒再看，收弟子還是要看心性好的，妄圖收下他再好好教導改正，那是癡人說夢，他也想明白了。「老九，說到底，還是爭權奪利罷了。」

老僕沒應聲，伺候主子歇下，靜悄悄出門，轉頭去管家的院子。

「九叔，您這會兒找我幹什麼？」

「聽說蕭大人喜歡吃蟹黃湯包？」

「是，蕭大人在咱們家住了一、兩年，廚房裡都知道他的口味。不過這個時節弄螃蟹還真有些麻煩，要不是咱們這裡水路多，離海近，還真有些不好弄。」

「蕭大人架子大，咱們這樣平民人家，真有些伺候不起了。」

這會兒管家察覺出不對勁，只笑著說：「蕭大人來得急，咱們今兒也沒準備好，蕭大人想吃合胃口的，只怕要叫他自己家的廚子伺候了。」

今兒來的客人多，管家忙著安頓遠客去了，不知道蕭大人怎麼得罪這位老爺子。待九叔離開後，管家叫今兒伺候的小廝過來一問，自然全明白了。

「聽說林娘子喜歡吃鹹的，家裡買的螃蟹也用不上，一會兒你送去。」

「林娘子懷著孕呢，這個她能吃？」

管家狠瞪一眼。「林娘子不能吃，宋公子不能吃？宋夫人不能吃？張公子今兒不是去林家別院住了嗎？他不是也愛吃？」

「那蕭大人那兒……」

「蕭大人是自己人，沒那麼講究，咱們吃什麼他吃什麼吧。」

「聽您的，小的這就去廚房交代。」

翌日早晨，宋槿安看到桌上的蟹黃湯包，好奇道：「家裡廚娘不是一早去書院食堂了嗎？還費心做這個？」

林棲抬了下巴，示意他。「東邊，你老師家送來的。」

宋槿安是個細心的人，略一想就明白了。

林棲打趣他。「宋秀才混得不錯嘛，你這後來者居上，把前浪趕到沙灘上去了？」

宋槿安笑著抿了抿嘴。「別鬧，快用飯，一會兒還要去老師那邊。」

「放心，今兒肯定不會給你丟面子。」

用完早飯，夫妻倆換了身見客的衣裳。

林棲穿了一身端莊貴氣玉色衣裙，樣式簡單，料子卻相當好。首飾也儘量樸素，大方的圓髻上簪著兩支玉簪，耳垂水滴式的鏤雕玉墜。誰都挑不出一個錯來。

宋槿安今日穿青色書生袍，樣式不出奇，也是面料好，頭上的髮簪和林棲是同樣的玉料雕刻而成。夫妻倆站在一處，別人見了都要誇一句成雙成對，舉案齊眉。

劉氏帶著小兒子過來，笑著誇道：「還是林棲會選衣裳。」

林棲笑著點點頭。「回頭我給您也選一身。」

人靠衣裳馬靠鞍，誰不喜歡欣賞俊男美女？夫妻倆跟著老師去到書院，讀書人詞彙量足，加上書院裡和宋槿安關係好的人今日第一次見到林棲，好話連篇，可把林棲誇得心滿意足。

當然，這只是同輩相交，在外人面前，要的就是和諧團結。

宋槿安跟著老師去見人，老一輩的不會這樣打趣小輩，只有蕭陌然笑著誇了句。「師弟真會選娘子。選個好娘子，後頭就是通天路了。」

劉闊、葉明、江雲楓聞言一愣。大師兄今兒早飯吃辣椒嗎？說話這樣衝。

宋槿安臉色冷下來。「比不得大師兄，有家族幫襯，說話行事能如此無拘無束，頗有些名士風采，活該浪蕩山水間才是。」

江雲楓板著臉一下沒忍住，噗哧一聲笑了出來。現場人多，沒人察覺，他趕忙捂住嘴轉身，默默露出八顆牙齒。

宋槿安真有你的，會說話。

浪蕩山水間，這是說他在朝廷沒有作為了？蕭陌然垂眸，一個靠娘子人脈才能進府城的小秀才，居然敢如此諷刺他？看來他爹說對了，這個小子心氣高呢，日後必然想和他搶奉山書院領頭人的位置。

師兄弟打了機鋒，好歹不算過分，董秋實懶得搭理他們，只顧著和好長時間不見的老友敘舊，等到吉時到了，這才整肅衣冠，待弟子敬上拜師茶，他輕抿了口，叫了聲好徒兒。

這一場拜師宴，蕭陌然從頭參與到尾。老師給師弟們介紹人脈時，蕭陌然有些吃驚，老師對自己的態度並不如他想像中那樣，也不得不承認自己不是老師心目中繼承奉山書院人脈和名望的最好人選。

拜師宴後，他第一次正眼看這個出身寒微的師弟，幾番試探後，他明白這個人不只是簡單攀附，他的野心不比自己少。

蕭陌然走之前，請幾位師弟吃飯，順便預祝幾位師弟科舉順利。

「希望後年春闈後，能在殿試看到幾位師弟。」

「多謝師兄。」

送走蕭陌然後，幾個師兄弟對視一眼。

「中午做的那個什麼四君子湯還有沒有多的？」

「走走走，去林家別院，能吃一頓是一頓。」

宋槿安笑著請三位師兄回家，中午拜師宴的席面，叫廚娘又上了一桌。

拜師宴後，張毅和姚氏夫妻倆在奉城住了兩天準備回淮安，唯張紹光一個人被留下。

「爹娘，都還沒過元宵，讓我回家休息幾日嘛。」

張毅瞪他。「都什麼時候了還休息？人家考舉人、考進士的都在埋頭苦讀，你還休息，想不想考秀才了？」

「我跟他們又不一樣。」

姚氏叫大兒子張建業套馬車，收拾行李往車上一放，臨走前交代張紹光。「在奉城好好讀書，不懂的就多去請教槿安，院試前兩日叫你大哥接你歸家。」

見馬車無情離去，張紹光急了，大吼一聲。「欸！欸！你們這就走了？」

林棲站在一旁。「表哥，別喊了，快去讀書吧。一會兒宋槿安回來了，我叫他去找你。」

張紹光無奈嘆氣，再忍忍吧。

幾日後，林棲收到下人的傳話，原來是謝重潤那小傢伙被留在淮安，不見人回來，氣呼呼地鬧著要去奉城。

宋槿安要留在奉山書院讀書，不能陪她回家常住。「其實奉城這邊有幾個書院也很不錯，子安和阿潤來奉城也很好。」

「也對，至少奉城不像淮安那樣人來人往。」謝重潤那小子的身分不容易被戳穿。

夫妻倆商議後，叫霍英回去帶話，謝重潤當然沒有意見，收拾好包袱就跟來奉城，此外，還有林棲手下的人。

奉城這邊的林家別院只是二進院子，住不下林家的丫鬟、婆子、小廝，還有護衛、管事、帳房一干人等。

林棲交代宋朴去買院子，宋朴做事俐落，不過一天時間，就把林家別院後頭那家二進院子買下來，兩家牆院打通，才能住下這麼一大家子人。

後院兩進給下人住，前頭兩進院子留給他們一家人和謝重潤住，前頭倒座房是護衛的地方，保證主子的安全。

待人都安頓好後，劉氏很滿意。「家裡下人得力，雖說沒有在淮安院子大，也能好好地住到孩子生產。」

林棲算了一下日子。「生產日子肯定在秋闈後。」

她覺得，如果要生產，還是在淮安方便些。

「也對，等槿安要鄉試的時候，咱們一家子再回淮安。」

一家子住在奉城，讀書的讀書，養胎的養胎，照顧兒媳的照顧兒媳。

初夏的時候，舅母姚氏來了奉城一趟，看林棲過得這樣舒心，私下跟她說，她婆母是個好人。

林棲輕笑點頭。「表哥這回如願以償考上秀才，後頭還讀書嗎？」

姚氏笑著搖搖頭。「那小子本就不愛讀書，現在考上秀才，完成我和妳舅舅的心願，再也不肯捧書本，昨日把書房都鎖了。」

林棲樂開了花。「這是表哥能幹出來的事。」

姚氏也跟著笑。「罷了，妳舅舅說，考上秀才就挺好，以後他愛幹麼就幹麼吧。」

話是這樣講，張紹光鬧著要跟船去海外，張毅和姚氏都不同意，他大哥直接說，敢出海就打斷他的腿。

張紹光被限制在家裡管理鋪子，海外去不成，他爹娘現在一心操持他們兄弟的婚事。大哥今年弱冠，再不成婚，爹娘就要把他趕去和尚廟了。他小一些，但是也討不了好。

張紹光有時候受不了，跑去奉城找宋槿安夫妻倆吐苦水，第二天又要坐馬車回淮安看鋪子，日子過得比考秀才那會兒還難。

林棲不厚道地笑了。按照舅母的性格，若真下定決心了，想必兩個表哥的喜事就要近了。她吩咐春朝先擬定好送禮的單子。

「八字還沒一撇呢，娘子您也太著急。」

林棲打了個哈欠。「反正我閒著也沒事。」

她懷著孕，家裡從管事到下人都很懂事，能不驚動她的都自己處理了，她日子過得閒適舒心，就想給自己找點事來做。

就這麼悠悠哉哉的，日子一天天過去，不知不覺就從初夏晃到初秋，林棲的肚子也跟春天種下的瓜果一般，慢慢地長大成熟。

負責幫她養胎的聶神醫早就告訴他們，肚子裡懷著兩個。

雙生子容易早產，宋槿安也擔心她，離秋闈還有半個月，就叫下人伺候她先回淮安。

「妳先回家，再過十幾日我就回淮安。」

「子安和阿潤呢？」

「他們倆還是留在奉城讀書，我看著他們。」宋槿安考上舉人後，肯定還是要跟師兄們一樣跟著老師在奉山書院讀書。

林棲點點頭。「那娘也留在奉城照顧你們。」

劉氏不同意。「我跟妳去淮安，他們三個自有下人照顧。」

翌日一早，天光微亮，趁著早上涼快，林棲打著哈欠被扶上墊得厚厚的馬車上繼續睡。車伕趕車穩，等林棲睡了個回籠覺醒來，已經到淮安了。

劉氏扶著她下車。「妳可慢點。」

「娘放心，我知道。」

張嬤嬤昨日晚上就回淮安了，這會兒帶著丫鬟、婆子已經把清夏居打掃乾淨。

林棲慢慢在園子裡逛著，跟劉氏閒聊。「大半年沒回來，咱們院子裡的草木又旺盛了許多。」

「妳看湖裡的荷葉，長得真好，照顧湖水的下人用心了。」

「嗯，他們看管院子也盡心了，都有賞。」

一路睡回來，林棲這會兒精神好，中午還到張家用了午飯，下午姚氏拿畫像給她看，說這都是她看好的人家。

林棲笑道：「都折騰半年了，還沒找到合適的？」

「哼，別看妳大表哥平時沈穩的樣子，挑剔著呢。」

林棲看完畫像。「這些小娘子無論是長相和出身都不算差，大表哥還看不上，說不定他心裡有好人選。」

「他有人選能等到現在？」

「舅母，您回去問問大表哥，好好跟他說說。您這樣埋頭苦找，他又不搭理，您受累多不划算。」

姚氏咬牙。「妳說得對，回頭我找他說說。」

等到宋槿安回淮安準備鄉試的時候，張紹光著急跑來搬救兵。「快去我家，我哥要被我爹打死了。」

宋槿安和林棲一下站起來。「怎麼了？」

「我大哥看上了一個小娘子，那小娘子原來有未婚夫，後來說她行為不檢點被退婚了，我哥想把那小娘子娶回來，我爹生氣請家法了。」

「娘子，我跟表哥先過去。」

林棲叫下人備車，張嬤嬤扶著她去馬房。「娘子您別急，張家舅老爺夫妻倆是個疼孩子的人，大公子想必受些皮肉之苦，出不了岔子。」

林棲沈著臉，如果真如二表哥所說，舅舅不會氣成那樣子，其中可能還有些不能說的緣由。

林棲坐馬車去到舅家，有宋槿安勸著，她到的時候已經打完了。進去前廳，只看到她大表哥趴在條凳上，光著上半身，背上烏紫一片，還有些血跡。

張家的下人都退得遠遠的，屋裡只有他們一家，宋槿安扶著她坐下。

張毅瞪著小兒子。「誰叫你把你表妹叫來的？」

張紹光縮著脖子，咕噥著。「不勸一勸，難道真要打死我哥？我哥也不是真壞，他壞了人家的名聲，不是要把她娶回來嗎？」

張毅怒吼。「這能一樣嗎？老子花銀子送你們去讀書，詩書禮儀都學到狗肚子裡去了？」

林棲聽了會兒，拼湊出大概。大表哥看上了一個小娘子，即使後頭知道那小娘子有未婚夫，也沒擋住他的心思。元宵節燈會的時候，他去找那個小娘子，跟在人家身後逛燈會，那時候人多擠來擠去的，兩人原本隔著十幾步遠，居然被擠到一起了。那小娘子被擠到他懷裡，他再也不撒手。小娘子的未婚夫從另外一頭趕過來看到了。

於是乎，小娘子被退婚，名聲也壞了，大表哥上趕著想去娶人家，那小娘子恨著他，哪裡肯答應，他就隔三差五偷偷摸摸地去送溫暖、道歉。

忍了這麼久，大表哥今日肯說出來，一是舅母問他了，二是那小娘子家裡在找未婚夫，因為她名聲壞了，找合適的不容易，這回找了個二婚的去做填房。大表哥哪裡捨得，就想自己先下手。

林棲不好發表意見，坐在一旁等她舅舅和舅母發落。

打也打了，罵也罵了，這事說到底是他們家的錯，姚氏說了句。「先告訴我是誰家的，我去打聽打聽，若是人不錯，我和你爹就去給你賠罪下聘。」

張建業難得露出笑臉。「多謝娘。」

看了一場熱鬧，宋槿安夫妻倆回去，回頭就叫小丫鬟送一盒傷藥過去。

後日就是鄉試，狀元樓裡到處是讀書人。在府學讀書的學子占了地利之便，狀元樓每日都會專門留一間屋子給他們使用。

石川和孫承正去過狀元樓一回就沒再去了，直到鄉試前一日才來林家別院。

孫承正忍不住道：「他們聚在一起，不說交流學業，整天都在猜測考官喜好，我看他們那樣，也不像能考得上。」

宋槿安給他倒茶。「聽說今年來淮安的主考官是翰林院湯大人，這位是翰林院從五品侍讀學士。」

孫承正眼睛亮了。「湯大人喜好什麼樣的文章？」

石川鄙視他。「剛才還在嫌棄人家，這會兒你怎麼也打聽這個了。」

「我跟他們可不一樣，我就是隨便問問。」

宋槿安溫聲道：「打聽打聽無妨。聽我老師說，湯大人為人耿介，喜好中正平實的文風。」

孫承正一拍桌子。「這不就是我的風格嘛！」

宋槿安笑了起來。「湯大人出身寒門，估計和我等一般，年幼時沒有名師教導，也沒處學習華麗張揚的行文。」

聽到這裡，石川和孫承正心裡有數。兩人在宋家用過午飯才回去，石川和孫承正對視一眼，和季越聊了聊主考官的消息。

「多謝。」季越心下感動，外面的消息傳得到處都是，這時候能得到真實的消息，還願意告訴他，真是難得了。

石川拍了拍他的肩膀。「晚上別溫書了，早些睡，明日還要早起。」

季越感激地點點頭，稍晚便回到屋裡。

「回來了。」雲嵐站起身。

她七月生產，如願以償生了個兒子，剛坐完月子就來照顧夫君，特地請了個奶娘在老家照顧兒子。

「嗯，妳剛生產完不久，別著急做繡活，多養養身子。」

雲嵐此時看著相公，目光裡都閃著溫暖的光，笑著點點頭。

翌日卯時，以狀元樓為首的客棧燈火通明，小二熟練地敲門，叫秀才公們起床。一刻鐘後，眾人快速用了早飯，提著考籃上街往考院去。

宋槿安也是卯時起，輕手輕腳出門，叫丫鬟不要吵到娘子。他用完早飯檢查好考籃，下人已經套好馬車等著他了。

外面天光還不是很亮，考院附近已經聚集不少人。今歲淮安府報名參試的秀才約莫兩千人，按照以往舊例來看，每次鄉試錄取名額不會超過一百，整個啟盛朝加起來也不會超過一千五百人。

天色漸亮，看到身邊這麼多人，在場的人心裡一緊，都沒有十足十能中舉的把握。

孫承正、石川和季越排隊在前面，孫承正看到宋槿安，猶豫了一下，從隊列裡退出去，排到宋槿安身後。

宋槿安感到好笑。「你跟著我幹什麼？」

孫承正嘿嘿一笑，摸了摸他的胳膊。「沾沾你的好運氣。」

宋槿安笑了起來。「別想太多，盡全力去考。」

一番搜檢後，幾人順利進入考院，主考官湯大人唸了聖上旨意，淮安知府葉大人說了些勉勵勸學的話，才正式發卷。

鄉試考三場，尤重首場，考四書五經，題目是「在其位謀其政作何解」。

宋槿安作文沒有奉承一類的華麗辭藻，開篇破題，引出主論：懶政的形成和危害。不外乎是官員三年換一屆，不修官衙、不勤政，只待三年後又換去別的地方，好些官員就這樣囫圇著混過一生，花著朝政的銀錢卻沒做多少實事。

提出了問題，又該如何解？

跟著老師，宋槿安在奉山書院見了很多人，也開了眼界，更看出其中的不妥。像桃源縣孟大人那樣一心做事的官不多，懶政的那些官員真的全是不願意幹實事的嗎？或許，從制度上改革，能有些許改變。

宋槿安心中有無盡之言，下筆更加有神。每場考三日，他第二日下午就謄抄好答卷。待墨乾了後，收起來，睡了個好覺。

雖說入秋，秋老虎還是厲害，兩日沒有漱洗，臭酸味在考院上空飄蕩，好多人只覺得鼻子都不靈了。特別是分到茅廁附近的，能堅持考完就很不容易了。

第一場過後，第二場考詔、表、誥、判，相對第一場就輕鬆很多。

三日復三日，後又三日，三場考完，就連自認身體很不錯的宋槿安走路都有些飄忽。

林家的下人早準備好了。「快，馬車趕過來，公子在這裡。」

宋淮生眼尖，看到主子的身影，趕緊跑過去扶著，接過主子手裡的考籃。

許如意、梅蕊和雲嵐也叫了馬車過來接人。

孫承正考第二場的時候就有些著涼。許如意早有準備，已買了藥熬好。

考生們出了考場，今日無力呼朋喚友，全都回去看病的看病，洗澡的洗澡，再吃飽肚子好好睡一覺是正經。

林棲等在家裡，看著下人伺候宋槿安漱洗進食，就趕緊叫他回屋裡休息。

考試這幾日，一直縮在那狹窄的考房裡活動不開，這回躺在家裡床上，腿總算能伸直了。

「考舉人真是不容易呢。」

「可不是。這回要是過了，明年春闈那一場是最難受的。冰天雪地、凍手凍腳的，如何能寫好字？」

家裡的下人們，對主子非常有信心，鄉試結果還沒出來，這就開始展望考進士了。

歇了一夜後，隔日淮安城重新熱鬧起來，青樓楚館、客棧酒肆都成了秀才們高談闊論之地。說起治國之策，在其位謀其政作何解，似乎人人都可說上一二。

言及啟盛朝開國君主如何文武雙全、治國有方，當今聖上如何勤政愛民等等，這些連京都都沒去過的人，都能如數家珍。看他們如此舌粲蓮花，真正了解時政的人聽了都要發笑。

一位身著粗衣的老先生坐在狀元樓大堂，聽得這些言語，搖了搖頭。「讀書和出仕之人的差別，真是雲泥之別。」

「聽說那位寫改革稅制之策的學子，今歲也參加淮安鄉試。」

「哦，董秋實的弟子？」

「正是那位。」

「董秋實那個小子初次為師，依老夫看，他收的大弟子蕭陌然就很一般。」

年輕那位笑道：「收了五個弟子，暫且來看，這位最小的弟子胸中很有溝壑，不只是追逐名利之徒。就算五個裡能有一個，這個成材率算是不錯了。」

「哼，董秋實也就是仗著出身奉山書院才能收到這麼好的弟子。」

「是是是，如若老師有宋槿安那樣的弟子，想必能教導得更加出色。」

老先生含笑不語，心裡頗為認同。

「走吧，去淮安城走走，等鄉試落定，就輪到咱們幹活了。」

一老一少從狀元樓出去，街上人來人往，一個沒注意，他們就消失在人群中。

第十九章

大部分住在客棧裡的學子們呼朋引伴好不熱鬧，今天林家別院也熱鬧。

今天一早，府學裡睡飽了的學子們，結伴去文芳街找石川、孫承正和季越三人，都來找宋槿安對答案。畢竟是奉山書院掌院的弟子，他們默認宋槿安學識比自己強。

林家別院待客的前廳，數十個學子手裡都拿著自己默寫下來的文章，一邊交換著看，一邊參考宋槿安的答案。

林棲散步走到窗邊瞅了一眼，這不就是考試後對答案的現場嗎？

「宋兄，你幫我看看這個破題如何？我拿給夫子看，夫子說我這破題一般，承題還算不錯，我心裡忐忑，你看這個……」

「宋兄，你這道表寫得妙啊！從頭到尾一氣呵成，讀起來真是舒服。」

「完了，我破題就歪了，今年我怕是沒希望了。」

林棲一手扶著腰，一手扶著春朝的手，慢悠悠回清夏居。「我看他們一時半刻怕是說不完，妳叫後廚準備好宴席待客。」

「奴婢送娘子回屋就去安排。」

如林棲所料，府學這些學子待到了午時。張紹光跑過來看熱鬧，一併陪著客人用飯。飯後喝了兩杯清茶，這些人才一起告辭。

待林棲午覺醒後，宋槿安正在窗邊看書，她揉了揉眼睛，笑著看他。「考試都考完了，不休息？」

宋槿安放下書。「看的是妳的書，現在不看才子佳人，改看江湖豪傑了？」

林棲笑起來，拉著他的手臂坐起來。「這些都是如意的珍藏，我的才子佳人換給她看了。」

兩人一邊說著話，下床的時候，林棲只覺得肚子疼，眉頭都皺了。

「怎麼了？」宋槿安緊張地捂住她肚子。

「肚子疼，不知道哪個小東西踢了我一腳。」

宋槿安稍微鬆了口氣。「嚇死我了，我以為妳要生了。」

「聶神醫說就在這幾日了，看他們想什麼時候出來。」

懷孕期間，有宋槿安陪著她散步，她只覺得自己身子養得挺好，孩子也不大，生產的時候肯定會快一些吧。

想到生孩子的疼，有時候都自己嚇得直哆嗦，就跟頭上懸著一把刀一樣，沒砍下來之前，未知的恐懼是最可怕的。

林棲只能讓自己不要多想，多出去走走，和丫鬟、婆子說話。

下午，董秋實帶著三個弟子過來了。

林棲驚訝。「你們是來等鄉試放榜？」

董秋實看著宋槿安道：「一會兒把你的文章拿給我看看。」

江雲楓師兄弟三個笑著說：「師弟妹別緊張，五師弟聰明博學，鄉試肯定沒問題。」

師徒幾個坐一起說話，林棲在旁邊聽了一會兒，站起身出去。

驚爆消息，康家人的好日子要完了！

去年康政私下偷偷販運私鹽，鬧得淮安官場上人盡皆知，靠著他背後的勢力勉強壓下去，本來等他今年任滿便離開淮安，這事就此揭過。

康政是三皇子的人，三皇子外家母族二舅是正三品吏部左侍郎，要給康政這樣的從五品外官換個地方任職，那是信手拈來的事情，沒想到這回踢到鐵板了。

康政的事本來就不是秘密，這事被二皇子的人察覺了。在二皇子一派人的眼裡，這就是三皇子一派親自送上來的刀柄，不插一刀都對不起這個機會。

二皇子的人收集證據之後，沒有當朝彈劾，而是私下把摺子送上去，皇上安排御史臺的人和欽差大臣來淮安探查。事情鬧得這麼大，康家討不了好。

據董秋實說，二皇子的母妃鄭賢妃娘家不強，朝堂上幾個鄭家人都是鄭賢妃生了二皇子後，這十幾年來慢慢提拔起來的，分布在工部、戶部和吏部，官職都不大，最大的一個也就是前年推上來的吏部右侍郎。

三皇子出身好，吏部裡多得是他外家的人，吏部尚書雖說是皇帝親信，但和李德妃娘家也有些姻親，三皇子在吏部人脈廣。在吏部說得上話，就更容易招攬人支持他。

這次如果真的把康政和三皇子牽連上，吏部左侍郎被拉下去，二皇子的人再擠上來，同時占據吏部左侍郎和吏部右侍郎，他在六部就有了根基，四個成年的皇子裡，二皇子的影響力當排在首位。

回到清夏居，林棲叫人把宋石找來。遇到大事，她最信得過宋石、宋朴兄弟倆。

春朝把院子裡的小丫鬟們都打發出去，親自守在門口。半晌後，大門從屋裡打開，宋石對春朝點了點頭，從家裡後門出去，提著幾斤豬肉往張家去，後又去陶家送肉。

家裡待客，中午家裡殺了豬，這會兒天氣還熱，鮮肉也不好留，都分送出去。家裡還留了幾十斤，晚上吃瓦片烤肉。

劉闊、葉明和江明楓都好奇，還有這樣的吃法？

「試試廚娘做的新醬料，這個酸梅醬味道不錯。五香辣椒粉也可以試試，每次烤肉，喜歡這個味道的人最多。」

「要說會吃，還是你們家厲害！」江雲楓這個吃貨敬佩不已，為了能吃上好肉，親自養豬也是絕了。

林棲哈哈大笑起來。「今年家裡養的豬多，多做一點臘肉、醬肉、香腸，等過年送給你們做年禮。」

「那就先謝謝了。」

小狗子吃得頭也不抬，心中羨慕兩個還沒出生的小寶寶。

眾人熱鬧地用完晚飯，各自回屋休息。

林棲今兒吃得爽快，晚上睡了個好覺，但是和往常一般，半夜還是要起夜。肚子又動起來，壓迫著她，她睡意太濃，憋著不肯起來，突然猛地疼一下。

她一動，宋槿安就醒了，撐起身看她。「怎麼了？」

看她神色不對，他趕緊掀開簾子，簾子外面的燭光照進來。

一陣疼痛襲來，林棲咬著牙。「我好像要生了！」

宋槿安急忙下床叫人，聲音太響，外頭的張嬤嬤聽到動靜。

「主子，怎麼了？」

「快叫人，娘子要生了！」

宋槿安想要抱她去隔壁產房，林棲沒讓。

張嬤嬤帶著人衝進來。「娘子先忍忍，這一下疼過了，下來走兩步，咱們走去產房。」

劉氏簡單地綰了個髮髻跑過來，整個別院的下人都動了起來。

林棲剛在預備好的產房躺下，宋槿安跌跌撞撞地跑去，卻被婆子攔在門外。

「公子，您去隔壁屋等。娘子生產，您進去不妥。」

「我娘子生產，我是她相公，怎麼不妥了？」宋槿安這時候六神無主，一被攔住就怒了。

門口還在理論，屋裡突然傳出一聲痛呼，宋槿安只覺得腿都軟了，什麼都不管不顧，悶頭往裡衝。

林棲捂住肚子，疼得一頭汗。

「很疼嗎？」宋槿安撲過去。

林棲點點頭，疼得直抽氣。「兩個小東西，不知誰踢了我一腳，想如廁……」

「我扶妳入廁。」

林棲無語，只想叫他滾出去，她還要不要面子了？

「都老夫老妻了，這點……」

林棲本來身體就難受，突然就怒了，拍著床鋪罵人。「誰跟你老夫老妻了，宋槿安我告訴你，你就是老成風乾的橘子皮，老娘依然貌美！」

「是是是，妳貌美，都是我的錯，我不該說……」

屋裡這麼多人，還是女人更懂女人一些，張嬤嬤勸他出去，別耽誤事。

劉氏向來溫和的一個人，第一次什麼都不說，伸手就打兒子，大聲叫他滾出去！

屋裡只剩下婦人們，林棲只覺自在些，叫丫鬟扶著她去後頭淨房。

張嬤嬤和春朝跟在主子身邊最久，最知道主子的脾氣，即使生產這樣的當口，也要顧及主子的心意，確定主子還撐得住，趕緊叫人都出去，等主子收拾好了，再進來扶回產房。

劉氏急得原地轉圈，小聲念叨。「都什麼時候了還在乎這些？」

林棲太在乎了，不管什麼時候，都想讓自己有尊嚴一些。但是，當孩子真要出來的時候，她躺在床上的時候，尊嚴什麼的都忘了，疼到極致的時候，只覺得，為人母太不容易了。

屋裡傳來嬰兒哇哇的哭聲，宋槿安趴在窗邊，傻乎乎地笑。

過了會兒，劉氏和張嬤嬤一人抱著一個襁褓出來。

劉氏高興得瞇起眼睛。「我懷裡這個是大閨女，張嬤嬤懷裡那個是二小子。」

「好好好，都好，都好。我娘子呢？」

看到孩子，還沒忘記孩子他娘，張嬤嬤這個老僕很是高興，笑著說：「娘子已經收拾好了，生完孩子，累得睡著了。」

「不移回臥房？」

「要移，這會兒天涼，有晨風，等到正午時分再移動。」這都是娘子提前定好的。

劉氏抬頭望了一眼天，笑呵呵的。「喲，天亮了，兩個孩子出生的時候真好。」

董秋實上了年紀，覺淺，雖說客房離清夏居這邊有些距離，他還是聽到了動靜，披著衣裳出來。小廝說娘子要生了，他就一直等著。

母子平安的消息傳來，他望著發白的天際，前頭湖裡，在晨風中搖曳的荷塘，翹起嘴角。「兩個小傢伙有名字了嗎？」

小廝笑著回答。「還沒呢，在奉城的時候，家裡主子想了好些名字，到現在只定下了小名。」

董秋實滿意地抬腳去前廳。這就是老天爺要他來幫忙取大名嘛！

劉氏聽說當世大儒要為她孫兒、孫女取名字，心裡樂意，宋槿安卻沒有馬上同意，只說要去問問他娘子。

董秋實暗中瞪他。腰桿子竟然這般軟？

宋槿安低頭，只當沒看到老師的眼色，趕緊去清夏居看妻兒。

林棲一覺睡到中午，睜開眼睛看到宋槿安，她虛弱地啞著聲音問：「孩子呢？」

「在隔壁，張嬤嬤照看著。」

「餵奶了嗎？」

「餵了些水，孩子還在睡。」

「你把孩子抱來，我來餵奶。」

宋槿安不讓。「早前找了三個奶娘，有奶娘在，哪裡用得著妳。」

「你知道什麼，我還沒餵過呢，我的奶不比奶娘的好？」她找奶娘是找來幫她晚上帶孩子的，讓她能好好睡覺。白日裡她還是想自己餵母奶。

兩個小不點，小名分別叫大寶和小寶，很快地喝上了母乳。

餵飽孩子後，林棲只覺得肚子餓得打鼓，送來的雞湯，即使沒什麼鹽味，她也一口氣喝下半碗，這才覺得胃裡有東西了。

宋槿安和林棲商量老師要為孩子取名一事之後，他去前廳，只見老師和三個師兄已經在用膳了。

「恭喜恭喜，五師弟喜得貴子、貴女呀！」

「坐我這邊。」

宋槿安笑著走過去。「老師和師兄們下午去幹什麼？」

「哈哈哈，下午幫你兒子、閨女取名字呀。」

董秋實瞪了江雲楓一眼，江雲楓嘿嘿一笑。「取名字肯定要老師來，哪裡用得上我們。我們下午準備去狀元樓逛一逛。」

「晚上回來用飯嗎？」

「回來！」外面的飯哪裡有家裡的好吃。

用完午飯，連午覺都沒睡，師兄弟結伴走了。董秋實拉著他去書房，一是看他鄉試的答卷，二是給徒孫取名字。

答卷他看過後，董秋實給了句準話。「湯林那個人肯定看得上你這幾篇文章，就是排名前後的問題罷了。」

看完卷子，又說起孩子取名的事，宋槿安實話實說。「我娘子說，取幾個，她來選。」

董秋實冷哼一聲，雖說不是特別滿意吧，但也還行。

花了一下午工夫，師徒兩人商量著寫下三個小郎君的名字，又寫下三個小娘子的名字。

等他們取好名，林棲午覺睡醒都準備吃晚飯了。

「讓我看看你們忙活一下午的成果。」

兩個孩子都放在她身邊，她接過一張花籤，她道：「宋熠不錯，宋清夏不錯。」

宋槿安不著痕跡地推薦自己取的名字。「宋清荷不比宋清夏好？冰清玉潔，亭亭玉立，不蔓不枝。」

林棲呵呵一笑。「可能我對蓮花、荷花一類的名字有偏見吧，我覺得清夏很好，這個名字叫起來大方。」

「聽妳的。」

兒子的名字是他取的，閨女的名字是老師取的，算是平手吧。

董秋實得知林棲的選擇後，笑了。他原先看到荷塘的時候想到了這個名字，不過，荷花用來取名就有些俗了，還是清夏有氣質些。

現在已經入秋，其實宋清秋也不錯，但是他老人家還是喜歡夏天，小娘子就該像夏日一般蓬勃有生氣。

老頭心裡高興，晚上都多吃了半碗飯。

劉氏得知孫兒、孫女的大名定下來了，就催夫妻倆趕緊向北邊寫信報喜。還有後日孩子洗三，要去奉城把子安和阿潤接回來。

洗三要請親朋好友來祝賀，林棲請了舅舅一家，還有關係好的商業夥伴如陶潛一家。宋槿安那邊只請了裴錦程、孫承正和石川，宋家那邊等孩子滿月再說。

劉氏連聲說好，如果兒子中了，到時候回宋家村，滿月和兒子中舉的喜事一起辦，雙喜臨門。

這兩、三日忙著照顧女主子，還有家裡的兩個小主子，又接著辦洗三，林家下人都沒心思關注外面的事。

淮安的主考官湯大人帶著手下人忙了小半月，總算把考卷全部統計出來，傍晚定下中榜的名單，才終於從這牢獄似的屋裡走出去。

外面的秀才們也知道明日要放榜了，哪裡睡得著，這一晚上談詩詞風月，聊中舉後的前程仕途，鬧著通宵不睡，就等著明天一大早去看榜。

天色剛暗下，外面正熱鬧，清夏居裡，宋槿安去隔壁看完孩子，就陪著娘子睡下了。

「中了！」

「哈哈哈，我真的中了！從今天開始，我張一白就是舉人老爺了！」後又哭起來。「我的娘啊，兒子中了，您泉下有知就安息吧，下輩子投個好人家，不要記掛兒子！」

眾人羨慕地看著這個三十來歲的秀才公，露出又是羨慕、又是同情的眼神。

石川和孫承正對視一眼，他們兩個都沒有中，不禁感覺有些悲涼。季越卻是一臉欣喜，這次取了八十九位舉子，他排名四十六位，算是在中間吧。

孫承正羨慕地看著榜首。「槿安和我們真是不一樣，咱們桃源縣，明年怕是要出個進士老爺了。」

石川勉強露出笑容。「我爹知道了肯定高興。」

今歲鄉試約莫二千人，取了八十九名。想到還有學了很多年的老秀才應舉，石川和孫承正心裡好受些。畢竟他們天資有限，又累積不夠，考不過人家都正常。

季越笑著說：「我們去給槿安道喜吧。」

「我們去就成了，你快回去吧，一會兒報喜的人去家裡別撲個空。」

「雲娘還在家裡，不會撲空。走，我跟你們一起去。」這次中舉，雖說排名不如宋槿安，那又有什麼關係，他就想堂堂正正地站到他面前，他季越沒有名師教導，憑自己也能考得上。

宋槿安在淮安小有名氣，群眾看到榜單後，報喜的人，看熱鬧的人，吆喝著結伴往林家別院去。

「恭喜恭喜！」

宋石早有準備，報喜的人一來，小廝就拖出一筐嶄新的銅錢，裡面還夾著一些散碎銀子。霍英為首的幾個人高馬大的護衛，猛地往外撒。

「老爺大氣！」

「祝老爺前程似錦，早日高中進士當大官！」

「快搶喜錢。」

劉闊、葉明和江雲楓三個在牆角偷看，心裡酸溜溜的。

董秋實背著手過來看熱鬧，輕哼一聲。「明年你們師兄弟都要去春闈，你們當師兄的，別太丟人。」

「老師，您不壓五師弟三年，等下回再考？」

「他聰明，不用！」

劉闊、葉明、江雲楓無語。「……」

有撿錢的好事怎麼少得了宋子安和謝重潤，他們的小金庫因為前些日子給大寶、小寶買手鐲去了大半，兩人一聽說門口撒錢，趕緊跑過來。

宋子安要跑出去，謝重潤趕緊拉住他。去外面地上撿，哪有直接從笸子裡拿爽快？

謝重潤抓了兩把銅錢塞兜裡，覺得不划算，趕緊叫小夥伴在一笸銅錢裡找銀子。

屋裡劉氏抱著孫子笑開了花，一直叫下人去前頭打聽，再回來傳話學給她聽，劉氏就愛聽別人誇她的大郎學識好。

裴錦程過來道喜，在門口碰到孫承正三人。「你們也是來道喜的？正門我看進不去了。走，我帶你們走後門。」

裴錦程對宋家很熟悉，宋家的下人對他也熟悉，他一敲門，就被請進去。

宋槿安笑著迎接幾人，先恭喜了季越，又對孫承正和石川說：「下次再戰！」

四個字讓孫承正和石川熱血沸騰，對的，下次再戰！豈能因為一次敗了，下次就不敢了？

裴錦程拍了拍宋槿安肩膀。「兄弟，看來咱們明年春闈要有一戰了。」

宋槿安哈哈大笑。「走，我帶你們去見見我老師。」

裴錦程眼睛亮了。「你家大寶、小寶洗三那日，我就想找董掌院看看我的文章，那會兒沒準備，我今天可帶來了。」

「我老師正在書房。」

孫承正三人後悔，他們怎麼就沒想到呢？

董秋實見了他們，對弟子這幾個朋友不冷不淡的。裴錦程幾人倒是沒覺得被怠慢，人家那樣的地位，肯見他們都是託宋槿安的福。

董秋實對裴錦程說：「你寫得不錯，但是有些地方太過華麗張揚。文風可見人性格，你考進士是想去當官的，你覺得主考官看到你的文章會做何想？」

一語點醒夢中人啊！

裴錦程明白董秋實的意思，滿懷敬意地拱手拜下。「多謝您指點！」

孫承正、石川和季越三人沒帶文章，只能請教一些不懂的地方，董秋實都指點了他們。

今兒宋槿安中了解元，後頭肯定還有人來拜訪，在書房待了一個多時辰後，裴錦程幾人沒有留下用飯，道喜後見了董掌院就回去了。

等人走後，董秋實跟宋槿安講。「那個叫季越的，從他問的問題可看出他讀書下了些功夫，能學到這樣已經很不容易了，不過考進士還是差了些。我提醒你一句，我雖沒見過他幾面，我看他這人容易鑽牛角尖。」

「老師說得是，弟子心裡有數。」

這一天，林棲和往日一般吃吃睡睡，再哄著孩子玩，宋槿安卻是忙碌到連回清夏居一趟的空檔都沒有。

今日待客忙了一天，明日還要參加鹿鳴宴，董秋實也被知府大人邀請去了。

不過這場鹿鳴宴注定不能好好過，剛開宴一刻鐘，葉知府的心腹衝進來，神色慌張，一看就是出大事了。

葉知府聽過耳語後，猛地站起身，扭頭要走，想到什麼又停下腳步，緩和了臉色。「諸位可好好享用今日盛宴，本官有公事要處理，失陪了。」

葉知府朝湯大人點點頭，湯大人見他神色不對，也沒強留，叫他有事只管去，這裡有他。待葉知府走後，湯大人往旁邊挪了一個位置，和董秋實靠在一起，小聲交談著。

看得出來，他們兩人是舊識。

場下的舉人們看著宋槿安的目光無比灼熱，這就是奉山書院掌院弟子的好處啊！

宋槿安無心和大家攀談，他垂下眼眸，心裡只想到，康家恐怕出事了。

葉知府趕到康家時，那條街都被封了，康家更是被圍得水洩不通。葉知府剛走到照壁，就聽到院子裡壓抑的哭聲。再走進去，兩個身著正三品官袍的大人站在最前面，四周還有幾個小官手裡拿著冊子和筆做紀錄，院子的空地堆滿箱子，打開的箱子裡裝著各色金銀玉石、綾羅綢緞，晃花了人的眼。

大熱的天，葉知府驚出一身冷汗，這幾位是什麼時候來淮安的？他前腳進門，後腳都轉運使到了。

兩位正三品的大員，抬頭瞅了他們一下，冷哼一聲，便不再搭理他們。

葉知府和都轉運使都知道這兩位是為了什麼事而來，他們兩人監管不力的罪名這次是逃不掉了。

就是京都那邊，三皇子知不知道這件事？又是誰把康政這事捅出去的？這兩位又是向著誰？

這一場抄家用了一天的時間，傍晚時刻，康家嫡系都被關進牢獄，康家的下人被看管在康家宅子裡，待康政的罪行判下來，有他們的去處。

康家被抄家，淮安城一時間安靜了，那些二代紈袴子弟不用長輩囑咐都知道該避風頭。鹿鳴宴後，淮安府各地來的秀才們也不敢再逗留，趕緊遠離這是非之地。

宋槿安當然也不肯出門，去碼頭送石川和孫承正、季越回桃源縣後，就待在家裡照顧娘子和大寶、小寶。

鹿鳴宴前，董秋實每日都會出門，這幾日開始也在林家別院看書習字，傍晚天氣涼快，就叫弟子把兩個小崽子抱來給他看看。

五日後，康家的事情落定了，康政被抄斬，全家連同吳家和康政手下正六品江聞道等人，都被流放到不毛之地，下人都被充作官奴。

半個月後，京都傳回來的消息，三皇子門下那位正三品吏部左侍郎被流放了，頂替他位置的人居然不是二皇子的人，而是皇帝的人。

董秋實私下跟宋槿安說，表面上是皇帝的人，實際上是四皇子的人。這位新上任的吏部左侍郎原本是孤兒出身，被家裡大伯強占家產，正好被騎馬打獵的姜家大公子碰上，幫了一把，後又見他有些讀書的天賦，就給他介紹了個夫子。總之，四皇子外家對這位是有知遇之恩的。

「四皇子從去年底進京後就一直在京都沒走，暗中布局，除了兵部有人之外，這下總算在吏部有個說得上話的人。」

宋槿安聽老師這樣說，點了點頭，或許四皇子還有一層意思，他想知道國庫的真實情況，到底是發不起軍餉，還是有人在阻攔。

董秋實又道：「當今陛下不是個糊塗人，幾個皇子爭得跟烏雞眼似的，他老人家未必不清楚。這次四皇子的人能上去，想必也是他點頭的。」

葉明抬起頭。「那聖上是否屬意……」

「呵，聖上身子不錯，至少還能活十來年，說這些都早了，鹿死誰手還不知道呢。」

淮安的事情落幕，董秋實也離開了，吩咐他們夫妻辦完孩子的滿月宴早些去奉城。

還有兩、三日，林棲就要出月子了，洗三在淮安辦，滿月宴則要在宋家村。

於是，宋朴帶著人手前往宋家村，主子一家人明日一早也要回去。

小狗子沒跟祖父回去，而是跟著子安和阿潤一起去桃源縣玩，打算吃了滿月宴再回家。

他們到桃源縣碼頭後，家裡的下人早就準備好馬車等著。林棲和宋槿安夫妻倆一人抱著一個孩子從船上下來，身後還跟著三個小不點。

碰上相熟的人，都要攔住他們笑著恭喜，祝福他們喜得貴子、千金，還有就是祝賀宋槿安中舉。

「多謝諸位！今日還帶著我兒不方便，後日宋家村擺宴，請各位賞臉來喝一杯，咱們坐下慢聊。」

「哈哈哈，舉人老爺客氣，後日我等一定來。」

距離鄉試發榜已經過去大半個月，官府給的牌坊銀子早就發下來了，他們一家人到村口，發現大榕樹前頭的解元牌坊都建起了。

林棲專程下車看了一眼，劉氏也笑盈盈地下車觀賞這座牌坊。

「建得不錯！」

「咱們都不在家，要多謝族長替咱們費心了。」

大榕樹下坐著一排閒談的老人，聽到這話都笑了。「這可是咱們宋家全族的喜事，哪裡用得著道謝。」

「對啊，自從槿安這座牌坊立起來，每天都有外村人來看，還有那些讀書娃子，都要來摸一摸沾文氣呢。」

宋子安趴在牌坊柱子上，心裡默默給自己定下小目標，他要好好讀書，以後跟哥哥一樣，也要掙座牌坊回來。

今時不同往日，這次辦的流水宴和上次中秀才可不是一回事。流水宴當日，擺宴的桌子從村頭排到了村尾。

祭祖後從祠堂出來，宋槿安端著酒杯一桌桌敬酒，而且只有吃頭一輪的鄉親父老有機會見到宋槿安這個舉人老爺一面，敬完第一輪之後，後頭來的人都交給宋家村的後生們招待，他要去招待孟大人、石夫子、孫承正等親朋好友。

林棲今日也不得空閒，早上給孩子餵奶後，就叫張嬤嬤領著三個奶娘去小花園，還叫護衛守在院子門口。

孟倩娘知道她親自給孩子餵奶，都驚呆了。「說出去妳也不怕人家笑話。」

「他們想笑話就讓他們笑話去，我的孩子身子養好了才是正經。」

孟夫人好奇。「奶娘的奶難道和親娘的不一樣？」

「那簡直太不一樣了。」這屋裡坐的都是女客，林棲小聲跟她們說了頭一口母乳對孩子的好處，餵奶對自己健康的好處。

梅蕊很贊同。「不說別的，親自餵奶長大的孩子，肯定和妳更親近。」

許如意小聲問：「是妳家那位神醫說的？」

林棲笑著點點頭，在座的女人們都把這件事默記在心裡，特別是幾個還沒成婚或生育的年輕小娘子。

今日這樣的大場面，能被主人家請到屋裡就坐，肯定比外面的人更親一層。大家都體諒主人家今日忙碌，用了午飯，見了兩個孩子一面，塞了一堆滿月賀禮就回去了。

林棲親自送孟家母女倆出門，她拉著孟倩娘落後幾步，說著悄悄話。「那日奉城拜師宴，我相公的大師兄來了，還有些長輩要招待，我也沒空跟妳多說幾句話，妳爹娘看到順眼的舉人了嗎？」

要說像孟倩娘這樣官宦之家的小娘子低嫁，女婿人選最好在人家還是舉人的時候就定好，跟買股票一般，合適的價格入手，後面小漲一些才更加穩當。至於超低價買入這種操作，不適合倩娘這樣務實的家族，風險太大。

孟倩娘壓低聲音偷偷跟她說：「那日我也沒空找妳，我爹娘在奉山書院碰上一位世交家的子弟，據說他是他們家族這一代最出色的那位，考中奉山書院後，家族更是把所有的資源都給他。我爹娘見過他，說他心性不錯，是個踏實的人，又有奉山書院做底，明年如果中了進士，我家略微扶持一些，以後入閣不敢想，但是跟我大伯那樣，當個六部大員還是有機會。」

「那妳怎麼想？」

孟倩娘紅了臉頰。「我和他說了幾句，我也覺得他不錯。他說他家沒有納妾的意思。」

「就算他家是小官之家，能做到不納妾也是難得了。」林棲送她上馬車。「那位舉子叫什麼名字？」

「他叫楊瀚。」

男客那邊，宋槿安也送客人出來了，孟大人、石夫子等都叫他留步，宋槿安在門口目送。

孟家的馬車出了宋家村，上了官道，孟倩娘才跟爹娘提起她剛才和林棲說的話。

孟元傑摸了摸下巴的鬍鬚，輕嘆一聲。「妳做得對，這夫妻倆非池中之物。宋槿安隱約是這一輩奉山書院的領頭人，憑著妳和林娘子的交情，以後楊瀚有什麼事，他們夫妻倆應該都會伸把手。」

孟夫人拉著女兒的手。「咱們家也不是一般人家，有妳大伯在，應該也用不上他們夫妻。我還是那句話，妳和林娘子相處，還是真誠最為重要。」

「娘，我知道。」

後面一輛馬車上，石夫子也在和娘子說宋家，他知道宋槿安在讀書上有些天分，但是從沒想到，他能走到如今這一步。

石川在開宴前尋了個空檔，和宋槿安說了自己的打算。雖說他還沒有中舉，康家抄家的事情真嚇著他了，以後他就算中舉乃至考中進士，肯定不會走官路，他只想去府學這樣的地方當個夫子，一家人安安穩穩才好。

宋家的流水宴一直待客到黃昏時刻，熱鬧了一天的宋家村送走最後一位客人，大家身上雖累，但是心裡有說不出的高興。

宋槿安請村裡族老過來，說兩件事。第一件事，他中舉後免稅田從十畝增加到三十畝，他家只有十畝田地，以後也不打算增加了，所以這多出來的二十畝免稅田用來給宋家辦私塾，如果明年他中進士，免稅田增加到五十畝，辦私塾的田就變成四十畝。

「免稅田的收益不算多，但是維持村裡私塾的運轉應該是夠了。為了給家裡兩個孩子積德，今年我先拿五十兩把私塾建起來。」

宋家村族老們都激動了。雖說大家都猜到，今天叫他們來可能有好事，卻沒想到是這麼大的好事。鄉下人都是實在人，知道不可能每個孩子都是讀書的料，但是能識字肯定是好事，去城裡找差事也比別人機會多一些。

「第二件事，宋問上半年考上童生，但是宋問和宋舉都沒考上秀才，如果他們願意的話，暫時充作我的書僮，去奉山書院讀半年書。林棲的表哥張紹光，你們都見過，多年考秀才不中，去奉山書院潛心學了半年就考中秀才。你們看……」

宋問和宋舉家的人連忙點頭。「我們都同意，去天下第一書院的機會可不是誰都有的，我們都求之不得。你放心，等你開年去京都趕考，就叫他們兩個回來，肯定不給你添亂。」

宋槿安頷首，他就是這般打算的。

這次回宋家村最重要的幾件事都辦得差不多了。

第二日，一家人抱著孩子去玉清觀一趟，凌霄道長還沒見過大寶、二寶。

小狗子、子安和阿潤一聽說要上山，邁開腿就往山上跑。阿潤和小狗子很頑皮，看見山林裡的野兔子，就想追上去，可把張海幾個奴才急壞了。

凌霄道長看到兩個小傢伙，歡喜不已，把早早準備的一堆好東西搬出來，讓他們都帶回去。他們跟著上山的下人少，帶不走這麼多箱子，於是她老人家便叫人送他們下去。

明日要走，這些箱子也沒有送回宋家村，直接搬到船上，到時候帶回淮安。

下山的時候，劉氏嘆道：「凌霄道長對你們真是一片真心啊！你們可要記著。」

「娘，我們記著呢。」

明日就要走，三個孩子都覺得沒玩夠呢。沒玩夠也沒辦法，第二日一早，宋家的馬車連接成長長的隊伍，從宋家村直接趕到林家的商船上。

宋問和宋舉兩個人昨日跟縣學請了假，揹著行李也跟著上了船。

到淮安下船後，沒有停留，駕車徑直去奉城，讓一眾等著給宋家兩個孩子送滿月禮的人撲了個空。

到了奉城，林棲恢復了往日的作息，上午看孩子，下午處理家裡和外面的各種雜事。北邊又來人了，這次要的銀子比去年少些。

林棲晚上跟宋槿安提到這件事，宋槿安說：「老師說過，新上任的吏部左侍郎是四皇子的人，想必軍餉那邊缺口之後會比較能掌控。」

林棲笑著說：「我出銀子養軍隊，以後阿潤他爹要麼把從我這裡借去的銀子連本帶利地還給我，要麼給我個天大的好處，要不然我可是不依的。」

宋槿安嘴角微翹，親親她的臉頰。「放心，妳還有為夫我呢。他們要是不給，為夫親自幫妳討去。」

林棲樂得哈哈大笑。

第二十章

忙忙碌碌，這一年又到了隆冬時節。

淮安城郊林家的莊子裡，大廚身前捆著一條灰撲撲的圍裙，站在臺階上朝院子裡的一眾小子們吆喝起來。

「咱們家主子過完年要去京都趕考，所以今年殺年豬要早些，提前到今日。大夥兒都出力，等殺完豬，醃完臘肉，做好香腸，到時候富貴爺爺我給你們做殺豬菜！」

院子裡的小子們都笑了起來，膽子大的人還大喊一聲。「富貴爺爺，咱們每日都是盡心盡力，沒有肉，咱們也好好幹活。」

張富貴雙手背在背後，仰起頭。「哼，你們一個個的，能跟著主子過日子，福氣還在後頭呢。」

訓完話，一行人磨刀霍霍去養豬場。殺完豬後，一部分人留在莊子裡繼續忙活，還有一行人提裝肉的大桶上馬車，趕著午時前進城。

林家的豬肉矜貴，收到肉的人家臉上都是笑呵呵的，接過肉後都說等他們主子從奉城回來了就上門拜訪。下人們送完肉回去，少不了還要被主家厚賞，這可是個肥差。

不過，每年能收到林家豬肉的也就幾家人，一般的商業合作夥伴可沒有這個福氣。

姚氏去後廚看了。「林棲那丫頭，怎麼送了這麼多肉過來，少說也有一百斤吧？」

後廚管事臉都笑爛了。「足足一百二十斤，別院那邊的宋大管家說，林娘子吩咐他們多送些，說今年咱們家也能多做些臘肉香腸。那邊桶裡還送了些內臟，一會兒就拿去洗。」

姚氏也笑了。「丫頭就是貼心，不像我們家的兩個小子，都是來討債的。」

大兒子惹來的麻煩事，他們夫妻親自上門賠罪，當著黃家一家人把大兒子又揍了一頓表示誠意，後頭每逢過節，各種節禮都沒少過，黃家這才鬆口，同意把家裡小娘子嫁到他們家，婚期定在正月初六。

想到兩個兒子，姚氏就覺愁苦不堪。

主子們去奉城，給親近人家送肉的事得宋石出面，送禮的順序也是有講究的。第一家送給張家，第二家則是裴同知家。

今天休沐，裴家父子倆都在家。裴錦程看到那一大桶肉，眼睛都亮了，直呼今兒要吃粉蒸肉、烤肉、回鍋肉。要不是還有外人在，口水都要流到地上了。

裴淵明瞪了兒子一眼，叫他老實些。

宋石躬身道：「我家主子前幾日來信，說公子您喜歡吃內臟，今兒小的也送了些豬肝、豬肺，還有一些豬腸來，都是不能久放的，最好今日就吃了。」

「哈哈哈，還是宋槿安知道我。回去幫我向你家主子道謝。」

裴淵明神色溫和了些。「你家主子什麼時候回來？如果有空的話，年前來家裡坐坐。」

宋石連忙道：「主子臘月二十就回來了。我家舅老爺家正月初六要辦喜事，主子回來過完年，喝完喜酒才去京都。」

裴錦程接話。「那時間還挺寬裕。到時候你家主子回來，我親自上門請他。」

等宋家下人走後，裴錦程跑去看木桶裡的肉，被他爹凶了一頓。「宋槿安在奉山書院讀書進益肯定比你大，人家淵博的人還在用心讀書，你這小子腦子裡就只有吃的。」

裴錦程不聽，就當他在唸經。

從裴家出來，宋石又去陶家。

陶潛看到他。「來得正好，我家正要做飯，趕緊叫小子把肉送去後廚房，你留下，我跟你說點事。」

機靈的小子趕緊上前一步抬著肉桶去廚房，宋石跟著陶潛前往書房。

兩人一進門，書房的大門和院子的大門都關上了，連看守的小廝都離書房遠遠的，退到大門口。

陶潛本來想去奉城一趟，不過找宋石也是一樣。他也沒說那些彎彎繞繞，直接說想給他們家送銀子，還是筆大銀子。陶潛報數後，宋石心裡一估計就知道，這個數目至少是陶家今年收入的三成。

當然，這只是明面上的收入，外人看得見的。

「小的沒法作主，這事要稟告主子。」

康政被砍頭後，淮安的氣氛就沒有好過，也驚到了淮安城裡的有錢人。陶潛一開始沒放在心上，以為康家一脈被砍頭流放，應該是身後的人沒鬥過，沒保住康政罷了。

後頭有人跟他稟報，說康政的庶子吳長慶，早在去年聽了張家二公子的話被過繼到吳家三房，康家被抄家的時候，他逃過一劫，今年九月的時候還專門在狀元樓設宴感謝張家二公子。狀元樓裡有他的股，當然也有他的人，上菜的時候聽到這麼一句，就趕緊回來稟報他，要不然他也不會知道。

張紹光去年的時候怎麼就知道康家要完蛋了？張家就是一般的生意人家，能進四海商會還是託了林棲的福。

陶潛想到林棲的為人，這個小娘子的心思和手腕，讓他不能把這件事當作巧合，和他爹商量後，派了人去查，發現一些不得了的事情。

林棲這兩年送出去的銀錢、糧食和布疋，還有養在他們身邊那個圓滾滾的小子阿潤，原名謝重潤。

謝這個姓氏在啟盛朝是大姓，但是從京都來又姓謝的，還和董秋實的關係熟悉，他細想後，大冬天的也嚇出他一身大汗。

他雖是陶家的家主，但事關全族的事也不敢擅自作主。陶家的幾位掌權人關上門商量了一天，最後決定走林棲的路子。

巨富不好當啊！日子好過的時候，藏富於民是上面人值得誇耀的政績。日子不好過的時候，他們就是案板上的肥豬，宰了他們一家，肥了一群人。

聽宋石這樣說，陶潛早做好了心理準備。「不差這一會兒，等他們回淮安，我親自上門和你家主子說。不說銀子，你們家以後要給北邊送棉布、棉花，我們家就是做這個，從我家拿，價格肯定優惠。我跟你主子合作的生意，分成上也願意讓一讓。都是這麼多年的合作夥伴了，我信得過她。」

宋石露出笑。「我家娘子上次跟小的說過，今年送布的時候本來想找您，想到局勢不好，怕拖陶家下水給您家惹來麻煩事，就作罷了。」

「林棲是個仗義的人！」陶潛嘆氣，把前些日子打聽他們家的事大概說了下。「這件事我做得不地道，到時候給他們夫妻賠罪！」

「您言重了！」

這會兒時辰不早了，還有幾家沒有送，宋石告辭離開。

林棲隔日收到從淮安送來的信，看完後笑著跟宋槿安說：「看來好多人等著咱們回去呢。」

宋槿安抱著閨女不方便，瞅了一眼，抬起頭。「裴同知和葉知府他們今年考評可能是下，不過他們的任期還早，估計明年還是在淮安。」

「不走？」

他搖了搖頭。「老師說過，雖說他們有監管不力之罪，但說到底康政和他們也不是上下級關係，責任都轉運使擔了大部分，和他們關係不大。」

康政被砍頭後，都轉運使已經離任了。新來的都轉運使和都轉運使副使，新官上任三把火，把淮安鹽政管得如鐵桶一般，不敢再出什麼岔子了。

臘月十九，林家做好的臘肉、醬肉、香腸都送來奉城，宋槿安和林棲親自送到董家。給三個師兄的也另外裝一份，讓他們明日帶走。

三位師兄開年後也要參加春闈，和宋槿安一樣，明天就要離開奉山書院。

江雲楓道：「三師兄和我先去京都，二師兄和五師弟過完年後去京都，都去我家住著，到時候咱們師兄弟還能交流。」

宋槿安看向林棲，林棲道：「我家在京都有住處，帶著一家老小去四師兄家也不方便，就讓宋槿安跟你們住一處。」

「也好。」

董秋實還有事要交代幾個弟子，林棲就獨自先回去。

林棲一回到家，第一件事就是回院子裡看一雙兒女。兩個小子正在和他們玩。阿潤看到她，嘴巴翹得老高，一副「我不高興，妳快來哄我」的模樣。

林棲故意不問，那小子忍不住了。「我都還沒玩夠，就要回京都了。」

宋子安不解。「京都是你的家呀，你不想回去嗎？」

唉，不想回去，家裡不好玩，那些女人也不喜歡他。但是一想到他爹，算了，勉強回去看看他吧。

臘月二十，夫妻倆回到淮安。

劉氏盯著奶娘送孫兒、孫女回屋，生怕孩子凍著。

走了幾步，劉氏轉身對夫妻倆說：「你們忙你們的事去，大寶、小寶有我在呢。」

「多謝娘。」

「一家人有什麼好謝的，去吧。」

宋槿安和林棲夫妻倆確實忙，他們上午剛到家，下午陶潛就帶著年禮上門了。三個人進了書房，談事情到天色將黑才出來。

陶潛在宋家用了晚飯，三人又進書房，這次把阿潤身邊的大太監張海叫了進來。

冬日的半夜，凍得人手指頭都僵硬了，夫妻倆親自送陶潛到門口，陶潛擺擺手。「你們回吧，年後你們去京都前，咱們相約吃頓飯。」

夫妻倆回清夏居，先去廂房看兩個孩子，他們睡得正香呢。今日忙，沒空照顧孩子，林棲早就交代孩子今晚跟著奶娘睡。

兩人好好歇息一晚，翌日一早，林棲帶著春朝去金銀樓處理帳本，宋槿安在家招待他的好友，另外還有幾個府學裡關係還算不錯的人。

本來裴錦程想跟宋槿安聊春闈的事情，但是今日有好些秀才的同窗在，他就沒提，只說些讀書上的事情，大家都對奉山書院很好奇。

宋問和宋舉在奉山書院讀了幾個月的書，他們倒是能說上一二，特別是宋問是個活潑又會說話的人，無論是奉山書院的夫子、藏書樓，還是厲害的舉人們，甚至連書院的食堂哪些菜好吃，他都能說上一二。

在場的人都羨慕了，裴錦程也是，雖然他是舉人，但是他沒去奉山書院讀過書啊！

所謂一人得道、雞犬升天，正是如此。有宋槿安這個族人在，因為這兩人姓宋，就算他們只是童生，也能跟著宋槿安去奉山書院接觸到那些飽學之士。

有裴錦程在，不用宋槿安說留飯，他就主動問了。「聽說你家今年做了好些臘肉，今兒咱們就吃你家的臘肉飯吧。」

宋槿安笑道：「我家沒送給你？你在家不能吃？」

「我家的留著慢慢吃，吃你家的我才能放開肚皮。」

這話惹來眾人哈哈大笑。

用完午飯後，略坐了坐，喝了杯清茶，大家才起身告辭。裴錦程落後一步，邀他後日去家裡做客。

宋槿安點頭答應。「我和娘子定會上門拜訪。」

「我在家等著你。」

三日後，裴淵明再見宋槿安，發現這年輕人很不一樣了，無論是他的學識、氣度、為人處世，走出來不比京都那些大家族精心培養出來的後代差。甚至說，他在那群天之驕子裡面，都算是佼佼者。

「董大人真是會教導弟子啊！」裴淵明不禁感嘆一句。

裴錦程在一旁作陪，這會兒屋裡沒有旁人，問起春闈的事情真是一點不含蓄。「董大人對明年春闈有什麼看法？」

「我老師認為，行得正、坐得直才是正經。」宋槿安又意味深長地說了句。「畢竟是天子取士。」

裴淵明和裴錦程兩人沈默半晌，裴淵明才開口道：「本官當年春闈時和你們現在大不一樣了，那會兒陛下正值青年，尤其看重能幹實事的人，甚至有些打壓官宦出身的學子，給寒門學子機會。現在朝內寒門出身的官員，大部分都是那些年出頭爬上來的……」

陛下上了年紀，加上皇子們大了，勾心鬥角的事情多了起來。雖說現在還不敢明著操縱科舉，私下裡的小動作就沒斷過。

一甲進士和考中庶吉士的人能進翰林院觀政，還有時間緩衝多長點見識。其他二甲甚至三甲進士，為了快速找到合適的職位，有時候不得不攀附，特別是寒門出身的外地學子，還沒弄清楚誰和誰有關係，哪個部門是誰在作主，上頭又是誰的授意，糊裡糊塗地就站隊了。上頭需要人揹鍋的時候，下面這些低等級的小官，又糊裡糊塗地沒了性命。

宋槿安垂眸，他岳父那樣聰明的人，做到正三品高官，一捲入奪嫡爭鬥，還不是落得被流放的下場。

書房裡氣氛凝重，後院卻大不一樣，林棲和裴老夫人、裴夫人正說得熱鬧。

裴老夫人喜歡孩子，見到她連忙問家裡孩子怎麼樣了。

林棲笑著道：「好著呢，能吃能睡，上個月胖了兩斤，可把我婆婆高興壞了。」

「哈哈哈，老人家是這樣，就想著兒孫多吃些，吃得壯實點，孩子身體好比什麼都強。」

林棲故意說：「妳們當祖母的可不是都喜歡孫兒嘛！我家裡自從有了兩個小崽子，我婆婆整日圍著他們轉，我和我相公還有小叔子都不在她眼裡了。」

裴老夫人笑到眉毛都揚起來了。「妳個潑猴兒，盡會說話逗我開心。」

「我可沒說瞎話。孩子沒生以前，我婆婆可喜歡我了，一見到我，就誇我聰慧。生了孩子以後，她呀，滿心滿眼都是孫兒、孫女。本來今日想來拜見老夫人，結果出門前，我閨女哼哼兩聲，她直說今日不出門了。」

裴夫人樂開了花。宋老夫人喜歡這個兒媳婦真不是沒有緣由，太會說話了。她家錦程未來的兒媳能這麼會說話就好了。

自從林棲生了孩子，家裡的輩分長了一級，劉氏從夫人變成老夫人，林棲變成了夫人。當然，家裡人還是稱呼她主子或者娘子。

林棲今日帶了兩盒點心過來，這會兒肚子有些餓，配茶吃剛剛好。

今兒中午，裴家留他們夫妻用午飯，用了午飯還不讓走，留他們在家午休，午休起來，下午說說笑笑，等到傍晚用了晚飯才回去。

這一天真是賓主盡歡。

翌日，宋槿安上午出門一趟，提前去府學給幾位夫子拜年，又去狀元樓見了幾位名聲在外的舉人——這些都是年後要去京都參加春闈的人。

見了人回來，宋槿安只覺得人外有人。這些人能聲名在外，還是有些學識。即使是偏科文章寫得不怎麼樣，但是在律法、詩詞、讀史等某方面，都有獨到的見解。

他很能看清自己，他自己還不行，他的積累不夠，他迄今為止的努力，只是為了考中進士。他讀的所有書都是為了功名。

聽到他這個說法，林棲嗤笑一聲。「我是個商人，站在商人的角度，付出有收穫，難道不是最好的事情嗎？至於為興趣而讀書，等你不需要為功名讀書的時候，有得是空閒。」

「娘子說得對，是我想偏了。」

林棲放下手裡的事，抱著他的腰，小臉貼在他的胸口，卿卿我我的。「有你這麼厲害的爹，以後大寶、小寶就可以為了興趣愛好而讀書。」

宋槿安想了想兩個孩子，瞬間變卦。「咱們還是別太縱著他們，特別是小寶，他是男娃，以後還是要考個功名。」

林棲無語。「……」

善變的男人，虎爸無疑了。

宋家夫妻倆忙到臘月二十七，中午去張家用了午飯，下去坐船回桃源縣。

宋家村和去年一樣提前熱鬧起來。宋家村日子過得好，縣裡做雜耍的班子，還有外地過來賣藝的，都輪著來宋家村。

今年宋家村出了個舉人，村裡人商量著湊銀子，臘月二十七到臘月二十九，請縣裡的戲班子在村口唱三天大戲，這下不只宋家村附近的村落，連縣裡的閒人都來看熱鬧。

進了村，林棲掀開簾子。「喲，今年比去年還熱鬧呢。」

宋槿安看了眼戲臺子。「這是縣裡唱大戲的班子，咱們縣裡不比淮安那些地方，不求唱得多好，要的就是個熱鬧。聽說縣裡那些大戶人家做壽宴或是成親這樣的喜慶日子，都喜歡請戲班子。村裡人倒是請得少。」

宋問和宋舉兩人從馬車上跳下去，連行李都不管了，跑過去猛地拍了一人的肩膀。

「嘿！」

宋觀被嚇了好大一跳，氣得跳起來打他。「你小子，一走就是幾個月，回來就嚇我，是不是欠揍？」

宋問哈哈大笑。「這不是回來了嘛！」

宋舉好奇。「今天村裡怎麼這麼熱鬧？」

宋明看了眼宋槿安家過去的車隊。「今年槿安考上舉人了，大夥兒現在日子過得不錯，商量著湊銀子請戲班子來唱三天。」

「唱三天？那不得二十幾兩銀子？」

「還行吧，咱們村裡好幾十戶人呢，大家分攤下來也不算貴。」

「哎喲，咱們村真是富裕了，一兩銀子都不放在心上了。」

「哈哈哈，過年也就這一次嘛！再說了，咱們請一個戲班子，人家來十幾個人唱三天，花費二十幾兩銀子，恐怕槿安家請戲班子一天也不只這些花費吧？」

「淮安肯定貴，不過槿安家沒人喜歡聽戲，也沒聽說他們家請過戲班子。」

戲臺上敲鑼打鼓的，新上來的花臉扮相就地打滾一個亮相，惹來臺下眾人大聲歡呼。

林棲那裡，聽管著家事的吳嬤嬤念叨村裡過年的安排。林棲叫春朝拿二十兩銀子，就當咱們家出的銀子。

劉氏說道：「他們每家最多不過給半貫錢，咱們這二十兩是不是給多了？」

「不多，吳嬤嬤一會兒去送銀子，跟他們說，槿安今年考中舉人，咱們家也出銀子樂個喜慶。銀子要是花不完，就添到村裡私塾的帳本上，隨他們安排。」

「奴婢知道了，這就去。」

宋家村的人這兩年日子過得好些，但也就是一般人家。今年宋槿安考舉人辦了流水宴就是族裡出的銀子，村裡人又湊了些。過年為了充面子請戲班子，這樣一年到頭算下來，額外的支出也不是小數目。

雖說這個喜慶和面子是他們家的也是宋家村的，但是帳不能這麼算，他們家領情，該出的銀子他們也樂意出，只要族裡把事情辦妥當了就成。

吳嬤嬤去宋成家送銀子，幾個族老都在屋裡烤火說事情，客氣了幾句，就把銀子接了下來。

「宋長生家真是不得了，大兒子考上舉人，這兒媳也這般會做人。」待人走後，幾個老頭閒聊起來。

「他們夫妻是什麼鍋配什麼蓋，合適。」

宋成看了眼門外。「宋問那小子，回村了也不知道回家打聲招呼，哪兒野去了？」

「還用問？村口那麼熱鬧，肯定跟宋明、宋觀幾個去玩了。」

說了幾句閒話，宋成吸了口旱煙，緩緩吐出來，氤氳的青煙在屋裡盤旋。「過完年，我打算叫宋問、宋舉、宋觀、宋明四個跟槿安去京都走一走。」

「我看行。」

他們幾個老傢伙真是上年紀了，不知道還能活幾年，幾個小的最好趁他們在的時候，多出去見見世面。以前還有些不放心，今年宋槿安考中舉人，族裡人對年輕人添了幾分放心。

「既然大家都同意，明兒去找槿安說。」

翌日，宋槿安當然同意族老們的意見。他和族老們都是一個想法，以後宋家村遲早要交到年輕一輩的手裡，多出去歷練是好事。

在奉山書院的時候，宋槿安特意給藏書樓的趙管事送了好幾回點心，請他多跟宋問和宋舉講律法，宋舉在這方面學得尤其好，趙管事甚至跟他說，如果有機會，找關係把宋舉送到縣衙謀個差事也是可行的。

宋槿安和宋問、宋舉商量過後，兩人都覺得考舉人，他們恐怕不太行，考秀才還是有希望。宋問也沒當大官的心思，就想著考中秀才後，娶妻生子好好過日子；宋舉倒是想去縣衙謀差事，雖說比不上人家正經舉人做官，但在桃源縣已經很不錯了。

宋舉原本拿宋槿安當目標，在奉山書院學了幾個月，他再也不想這件事了。以前的他，真是坐井觀天，見識太少了。人嘛，只要能接受自己不如人，路就走寬了。

他們兩個人現在的目標，首先是考中秀才，然後一個去縣衙謀差事，一個回村裡當族長，管理好族人。

宋問還有點小激動，宋家家譜上幾十個族長，還沒有一個像他這般年輕的，以後寫他的時候，族譜上不說單開一頁，至少要多寫幾行字吧。

宋槿安現在對宋問和宋舉很滿意，經過前年修建碼頭還有今年跟他去奉山書院，兩個人不再是愣頭青，以後有事交給他們辦，他稍微放心些。至於宋明和宋觀，他還不太熟悉他們的性子，要多相處觀察。

大年二十九一早，夫妻倆出門，先去縣裡拜訪孟大人、石夫子等人，再和孫承正、石川、季越三人吃了頓飯，下午去桃源山上把凌霄道長接回家過年。

凌霄道長一生無兒無女，她對待林棲如同親生的，看到大寶、小寶更是歡喜不已，她和劉氏可有話說了。

宋槿安看見後，跟林棲說：「山上始終不太方便，師父如果願意跟著我們住，她和娘一定合得來。」

林棲搖搖頭。「不用，師父清靜慣了，不喜歡太多人際來往，就讓她在玉清觀住著吧。她要是想下山了，隨時都可以來找我。」

家裡大人很忙，子安和阿潤倒是滿村亂跑。阿潤因為過完年要回京都，大冬天的堅持要去河裡撈魚玩一場，可把張海嚇著了，生怕小主子著涼生病。

林棲心裡記掛著大表哥成親的事，過完年，大年初二就啟程回淮安。

回了淮安後，林棲下午就去張家，舅母姚氏把事情都安排得井井有條，唯廚房那裡需要她操持。

「舅母也不跟妳客氣，明兒叫妳家廚房的管事帶著人過來，需要什麼菜、什麼肉都開個單子，我叫人去準備。對了，肉都從妳家買。」

林棲哭笑不得。「舅母，咱們一家人吃塊肉還要銀子？」

「平時當然不用，我是妳舅母，吃妳的孝敬是應該的。妳表哥成親可不一樣，該花錢的咱們得花錢。」

「您既然都這樣說了，那就聽您的。」

張家在淮安的地界上，不說官宦人家，他們在商人裡面都算不上一等人家，但是他們有個好外甥女林棲。

張家大公子成親，當天迎親吹吹打打好不熱鬧，上門喝喜酒的人也是擠破門，唱禮的人喊得嗓子都啞了，門外聽熱鬧的人還是覺得自己沒聽清楚，叫他再大聲些。

生意場上的人，看在林棲的面子，當家人也要來一趟。和林棲有接觸的官宦人家也有人來，裴家就不說了，就連宋槿安在鹿鳴宴上見過一面的葉知府，也叫管家送了一份妥帖的賀禮來。這麼多有頭有臉的人來捧場，看熱鬧的人可高興了。

晚上送走客人，林棲都累了，舅母叫她明日新婦敬茶再來。

明日再來一趟，後日新婦三朝回門，他們就打算搭乘北上的船前往京都了。

林棲捨不得孩子，劉氏也捨不得孫子，加上去京都坐自己家的船，舒適性、安全性都有保障，那就都去吧。

正月初八出發，一路北上到天津衛花了幾日，後下船換馬車去京都，不過一日工夫就到了。

順利入城後，車伕駕著車停到外城一處四進院落門口，丫鬟、小廝、婆子們一到目的地都忙碌起來，待到晚膳的時候才安頓好。

劉氏冷得搓手。「京都這邊太冷了，跟淮安的氣候大不一樣。」

林棲盛了碗雞湯給她。「娘，喝了湯身上暖和。」

劉氏喝了半碗雞湯才放下碗。「晚上一定叫丫鬟在我床上多放兩個湯婆子。」

林棲笑著點點頭。

宋槿安和宋子安兄弟倆也覺得冷，從小生長在南方，沒受過這個罪。謝重潤倒是覺得習慣，能吃能喝的，吃飽了還打了個嗝。

「這都晚上了，你爹怎麼還不來接你？」

謝重潤捧著肚子，懶洋洋的。「愛來不來。」

進京都後，他身邊的侍衛走了兩個，不用說也知道是去找他爹。

謝重潤沒心沒肺的，他爹沒來，就跟著小夥伴回屋睡覺。等到四王爺謝元顯半夜過來，只見兩個小崽子睡得正香。

謝元顯笑罵一句。「臭小子，真是一點都不想家裡。」

張海連忙替小主子找理由。「世子心裡惦記您呢，這次回來給您帶了禮物，他自己掙銀子買的。」

「他的銀子不是給宋槿安家雙胞胎買手鐲用完了嗎？」

張海嘿嘿直笑。「是用完了，後頭宋公子中舉撒喜錢，世子搶了些喜錢，還有過年的時候從林娘子那邊拿了壓歲錢。」

「呵，真不像咱們謝家的人，都鑽錢眼裡去了。」

想到銀子，謝元顯去宋家書房，宋槿安正等著他。

「見過王爺。」

謝元顯擺擺手，招呼他坐下。

宋淮生趕緊上茶，還附上一封陶潛的親筆信。

謝元顯沒有喝茶，先拿起信看了起來。「陶潛說的是真的？」

「一字不假。」

謝元顯放下書信，意味深長地對宋槿安說：「你這個娘子，如果她是男兒，封侯拜相她都有資格。」

「王爺言重了。」

「我說的是真是假，你自己清楚。」

陶潛和林棲都是聰明的商人，也是為了掙錢十分豁得出去的人。沒有出海的船那就自己造，沒有海員那就高價懸賞培養，打不過海盜就開發武器，聽不懂人家的語言那就去學……總之，為了掙海上暴利的銀子，有什麼困難都可以克服。

老實說，他謝元顯自認有些軍事才能，但是他的目光只侷限於看得見的敵人。不只他，他敢打賭，啟盛朝幾乎所有的將領都和他一樣。他也是認識林棲之後，才知道海上的生意有多賺錢，也了解到海的對面還有好多國家。

他們啟盛朝的人能去，別的國家的人肯定也能來。現在大家旗鼓相當，沒必要開著海船來攻打啟盛朝，以後呢？能保證人家永遠不會來嗎？

林棲是個人才，她不僅學了西方國家的話，還懂那邊的文字，翻譯了很多書。謝元顥在京都的這一年多，閒暇的時候都在看林棲翻譯的書。在很多地方，人家的想法已經比啟盛朝的人先進了，讓他心裡十分焦慮。

守衛邊疆都那樣難，軍餉可能斷，現在還要面對未知的威脅，謝元顥只是想到這一點，就覺得啟盛朝正面臨巨大的挑戰。

他並不知道，林棲有上輩子的經驗，翻譯的書都是她親自挑選過的，也是她認為有價值的書，這些書多是理工科，至於文學嘛，她暫時沒空看。

如果林棲知道謝元顥看了她翻譯的書能有如此緊迫感，心裡肯定覺得欣慰。她要的就是這個效果。

兩人從半夜商談到天明，最後謝元顥說：「你跟陶潛說，如果我掌權，我肯定會開海禁，訓練海軍，用國家的力量使四夷來朝。不過，這要等到北方邊境安定之後。」

「暫時不急。」對於出海，宋槿安比謝元顥了解得更清楚，他明白，如果真的要開海禁，還需要選合適的港口，訂立相關的律法、管理、稅收制度等等，這都不是一蹴而就的事情。

比起開海禁，謝元顯能當面說出這句話，宋槿安就明白了，四王爺奪嫡已經板上釘釘了。

謝重潤睡得飽飽的，自己起床穿衣裳，一邊問宋子安。「咱們今天早上吃什麼？」

「不知道，昨天咱們才過來，跟來的後廚管事對京都還沒熟悉好呢，說不定連賣菜的鋪子在哪裡都不知道。」

「京都的冬天除了白菜、蘿蔔之外，能有什麼蔬菜？」

房門推開，謝元顯笑著說：「還有馬鈴薯、南瓜。」

謝重潤揉揉眼睛。「爹，您怎麼變矮了？」

謝元顯笑著揉了揉他的腦袋。「臭小子，是你長高了。」

「嘿嘿，我還變重了，不信您抱抱我。」

「好。」謝元顯蹲下抱起兒子。「哎喲，還真的重了，多少斤了？」

「您猜猜。」

「我才不猜，洗洗手，去吃飯吧。我剛才看了，早上蒸了米糕、小籠包，還有南瓜粥、紅油鹹菜、雞蛋羹。」

「都是我喜歡吃的。」謝重潤把拘謹的小夥伴拉過來。「爹，這是我兄弟宋子安。」

宋子安很快地看了謝元顯一眼。「阿潤的爹爹好。」

謝元顯笑了起來，也摸了摸他的腦袋。「真夠繞口的，以後別這樣叫了，以後你叫我謝叔。」

宋子安不緊張了，高興起來。「好呀，謝叔，咱們去吃飯吧。京都太冷了，一會兒飯菜都涼了。」

謝元顯還有事要忙，在宋家用了早飯，問他兒子。「跟我回王府還是在宋家住著？」

「我不回去，爹經常來看我就行了。」

「好，我明日下午過來陪你用晚膳。等過幾日我有空，帶你去泡溫泉。」說完，謝元顯就大步走了。

吃完飯，宋子安和謝重潤回屋裡玩，劉氏才問：「都到京都了，阿潤怎麼不回家？」

「他們家亂著呢，不回去也好。」

四王爺的嫡妻，生了阿潤之後身子一直不太好，在京郊的溫泉莊子裡養身體，不輕易見外人。

四王爺府現在管事的是宮裡派出來的大太監，身分最高的是王側妃，膝下有一子，名叫謝佑，今年已經三歲了。太監和有身分的側妃，一個有旨意名正言順卻是下人，一個沒有明說要她管家卻是主子，四王爺如果不在，這兩人鬥起來就有些熱鬧了。

劉氏直嘆氣。「這富貴人家除了吃穿住好一點，心裡說不定多苦呢，還不如咱們普通人家過得好。」

一旁的張嬤嬤笑了起來。「老夫人，咱們家可不是普通人家，您若想吃山珍海味，咱們家也是供得起的。」

「不用不用，飯菜適口就好，弄那些稀奇古怪的有什麼好。」

林棲笑了。「娘說得是。」

第二十一章

宋槿安昨晚一夜沒睡，送四王爺走後，回屋補了個覺，待到用午飯的時候才精神了點，換了身出門的衣裳去四師兄府上。

五個師兄弟齊聚京都，蕭陌然這個大師兄肯定要作東請四個師弟喝酒。

請客當然是在蕭陌然府上，卻沒想到當日蕭陌然的夫人也宴客，來的都是女客，大多是翰林院官員們的家眷。

兩方人馬下馬車的時候碰上，他們師兄弟連忙避開。即使他們避得快，四個樣貌不凡的青年俊傑還是惹了很多人的眼。

其中一位穿暗紅色綢緞的夫人連忙問道：「那幾個是誰？」

接人的婆子笑著答。「四位公子都是我家老爺的師弟，師從奉山書院董掌院。」

「這四位真是不凡。」

婆子又說：「進京趕考來的，等下個月春闈呢，現在還是舉人，等到下月春闈後，榜下捉婿的只怕要擠掉鞋襪了。」

蕭陌然在書房見四位師弟，他手裡有事耽擱，遲到了一步。「四位師弟對不住了，俗事纏身，竟沒有到大門口迎接，還請師弟們見諒。」

江雲楓笑了笑。「都是自己人，大師兄不必如此客氣。」

蕭陌然歉然道：「都怪我，是我沒安排好，聽說你們在下馬處碰到了女客，沒被衝撞吧？」

「沒事，好在我們提前到了一會兒避開了，倒是我們沒有嚇到師嫂的客人才好。」

蕭陌然朗聲笑起來。「都是翰林院官員的女眷，以師弟們的才能，再過一個多月，肯定也能入翰林，以後打交道的時間長著呢。」

宋槿安拱手。「還未恭喜大師兄升任侍讀學士。」

蕭陌然故作瀟灑，還是抑制不住得意。「原本我有意去吏部歷練，無奈翰林院學士認可我的學識，一定要我在翰林院多任兩年，帶下一任庶吉士們。」

劉闊笑道：「那我們這一年的進士，想必就要到大師兄手下了，真是喜事一件。」

師兄弟幾人都笑了起來，宋槿安也跟著笑。

從蕭府出去後，四個師兄弟在馬上聊了起來。「大師兄真不懂還是假不懂？」

非翰林不入內閣是沒錯，但是一直在翰林院打轉不出去，還有入閣的機會嗎？要知道先皇改制之後，翰林院最大的官員翰林院學士也就正五品，能入內閣的人要六部尚書以上的正二品高官，還得有實權才行。

「我感覺，大師兄不是真傻，說不定裡頭有些我們不知道的緣故，只是不方便對我們說。」

江雲楓對今天遇到的女眷很在意。「大師兄是出身官宦之家的人，他娘子也不是一般人家出身，今天這樣的意外，真的是意外嗎？」

葉明沒說話，劉闊大剌剌道：「碰上了又怎麼樣，總之不是咱們男人吃虧。」

江雲楓嗤笑。「話不能這樣講。」

宋槿安沒放在心上，他如今是有妻有子的人了，那些夫人、小姐和他沒關係。

見了大師兄後，就沒什麼其他人際交往，四個師兄弟都住在江雲楓家閉門埋頭讀書。

林棲這幾日出門的時間多了，前幾日去國色和天香查帳，又見了兩家店的掌櫃。

國色的掌櫃稟告，從陶家訂的新款布料年前就送來了，陶家的價格比其他家低了三成，估計是用成本價給他們的。

「下一次再跟陶家訂料子，你跟他們家的掌櫃商量，也別成本價，多少讓他們賺一點，這生意才做得長久。」現在賣面子給她不賺錢，這個面子終究有用完的一天。「天香那邊呢？」

天香的掌櫃上前道：「去年商隊從極北之地帶回來好幾樣新款的香料，另外還有海運那邊送來的。製香師傅調了五樣新的香，其中兩款對外販售，兩款送去拍賣，還有一款留下做熟客生意。」

林棲點頭。「做得不錯，我還是那句話，沒有好的產品，不推新的香型都沒問題，不能為了多出新款砸了招牌。」

京都除了國色、天香這兩家鋪子，另外還有一些做平民生意的綢緞鋪、糧鋪等等，這些不用林棲出面，宋朴就能做好，她只需要看帳本。

等林棲忙完這些，已經到三月了，還有幾日就是春闈開考的日子。

望著窗外紛紛揚揚的雪，劉氏這幾日有些愁眉苦臉。「先皇開恩，把春闈從二月挪到三月，二月考試得多受罪呀！」

林棲坐在火爐前，看繡娘一針一線地縫衣裳。「考進士不容易呢，這麼冷的天，能拿進去的炭火都是有限的，還不准穿夾衣。」

劉氏看著繡娘手裡的衣裳。「這個這麼薄，能保暖嗎？」

「能，這可是價值千金的羊絨布，西邊那些小國家，只有國王、妃子這樣的身分才有資格穿，看著不厚，比棉布、麻布做的衣裳暖和多了。」

宋槿安一回到家，婆媳倆趕忙叫他過來試穿衣裳。由於不准穿夾衣，只能往身上多穿幾件單衣。宋槿安一連穿了六件，身上頓覺重了十幾斤。

他穿著這一身去院子裡走了兩圈回來。「比我剛才那身棉襖保暖。」

「你再試試鞋子，鞋子做得大，你可以多穿些襪子。襪子也是羊絨做的。」

除了身上穿的、戴的，林棲怕他冷著，給他做了兩件寬大的外袍，到時候脫下來蓋在被子上多少頂些寒冷。

上好的無煙炭、火爐子和湯婆子，還有一些吃的用的，林林總總裝了兩大筐，進考場要靠他挑進去。

劉闊、葉明和江雲楓看過林棲為宋槿安準備的東西，嫉妒到眼睛都紅了，別的不管，羊絨布做的衣裳一定要給他們來兩件。

林棲一口答應，反正還有布料，又不求繡花，繡娘一、兩個時辰就能做好一件。

和林家距離兩條街遠的地方，有一條杏子巷，原來巷頭有一家私塾，有一年私塾裡同一年出了三個進士，這條巷子瞬間聲名大噪，被稱為進士巷，好些外地來趕考的舉人，都喜歡住在這兒，慢慢地就成了慣例。

季越和雲嵐也住在這裡，雲嵐帶著丫鬟精心準備考試需要的東西，若有不懂的地方就跟巷子裡其他家請教，一刻不得閒。

季越整日在家看書，來京都後，除了去一趟淮安會館，和進士巷裡的舉人們交流。這一問才知道，有信心來京都一搏的，大多是鄉試排名前十的舉人。

季越望著窗外，心裡沒底。

他知道宋槿安住在哪兒，兩人分開之前，宋槿安給了他地址，但是春闈前，他不想去找宋槿安。或許，他也能像鄉試一般，給自己搏出一條路來。

進考場那天早上，家裡除了兩個小不點，連子安和阿潤都爬起來，送宋槿安去考場。

宋子安給哥哥加油，捏緊拳頭。「要考第一名呀！大爺爺說了，考第一名能給咱們家再掙一座牌坊。」

林棲笑道：「只求考中，不求考第一，只要中了都有牌坊。」

謝重潤仰起頭，霸氣側露。「去都去了，肯定要考第一！」

林棲叫人把口若懸河的小孩送回去，少給她相公增加心理壓力。

「你儘管考，我相信你肯定能考中，考最後一名也沒問題。」

宋槿安嘴角翹起，躲著燈火，在黑暗處捏了捏她的手心。「外面冷，妳也跟娘回屋吧，我很快就回來。」

「嗯，你走了，我們就回去。」

帶著全家人的心意，宋槿安身上穿得暖，心頭更暖，坐馬車趕到貢院外，從馬車上下來，自己擔著行李排隊等候，一點都不覺得冷。

排隊時碰到三位師兄，只見同樣是南方來的二師兄劉闊裹成一頭熊，脖子上還纏著好寬一條羊絨布。這是他娘子說的圍巾，專門照顧脖子的。

今次參考舉子超過四千人，往年錄取貢士人數在三百左右，殿試後再分為三榜，不想落到三榜同進士，必須儘量考到前一百名左右才穩當。

宋槿安無聲地笑了，跟娘子處久了，他也學著什麼都用數字計算，連考舉人、進士這樣嚴肅的事情，他也習慣算自己考中的機率。

近朱者赤，近墨者黑，這話沒說錯，近他娘子，他變得更加實際了。如果考中進士，進了六部，想必戶部應該會很歡迎他。

還有從未見過面的岳父，聽說在籌算上十分有才能，他進了戶部，不知道岳父大人會不會喜歡他一些？

和娘子成婚後，他收到過幾次岳父寫給他的信，字裡行間對他都很不滿意，直到大寶、小寶出生後，才對他態度好了些。

江雲楓懟了下凍得直哆嗦的二師兄。「五師弟在幹麼，凍傻了嗎？怎麼還笑起來。」

劉闊打了個噴嚏，他不知道五師弟有沒有凍傻，但自己真的要凍傻了。想到一會兒還要脫衣檢查，他再次確認自己帶了治療風寒的藥包。他可不能還沒開考就病倒在考棚裡。

春闈不僅是對舉子們學問的考驗，也是對他們身體的考驗。

進考棚後，大家不約而同開始生火，有些四肢不勤的舉子弄了半天也沒把火生起來，越著急越生不起火，手指頭更加僵硬。

宋槿安動作俐落，很快生起火爐，把考棚裡的空氣都烤暖了，才覺得活了過來，他不緊不慢地準備好筆墨紙硯，等著發卷。

三聲銅鑼響起，又傳來擊鼓聲，考官拖長了聲音宣布開考，不一會兒，宋槿安就拿到了考卷。

會試考四書文及五經文，還有五言八韻詩、策問等，和鄉試大同小異。

以前他寫詩是弱項，經過老師教導後，他這個弱項被補足，策問和四書五經更提高不少。特別是從老師那裡知道更多官場的消息和朝廷內外的現狀，他作文不只是單純地寫作，他寫的東西在保證言之有理的前提下，更能迎合考官的心思。

他按照自己的習慣答卷，答到問政題，汝觀天下何如？

盛讚太平盛世嗎？不，他看到了這天下面臨的危機，對內對外皆有，一個不好，說不定就由盛轉衰。

宋槿安提筆遲遲不肯落下，過了一刻鐘，他答不出，放下了筆，把試卷收起來，打水做飯。

先蒸米飯，頂級的白米煮到只剩下一點硬芯，鍋裡的水也將蒸乾，他打開木盒，用筷子把切好且薄薄的香腸肉片，一片片地鋪在米飯上。熱氣蒸騰，香腸片邊緣微微捲起，激發出的油脂覆蓋著白米飯，粒粒分明的白米飯變得油潤美味。

他蓋上鍋蓋燜一會兒，熱氣從鍋蓋的空洞裡蒸騰而起，他深吸一口氣。就是這個味道，為官，食君之祿，該是為了天下萬民，能像他這樣，在風雪天氣的時候，有暖和的家住，有美味的飯吃。

用完飯，他揮筆疾寫，文章寫成，一字不改。他審視自己的這篇文章，想必老師見了肯定大加讚賞。

這一篇文章，就像對他今後為官之道的叩問，他給出了自己內心的答案。

考場外面，考生們的家人、僕從急得上火。今年的春闈真是難熬，從第一場考試開始，一場比一場冷，今天是最後一場，昨晚下了整夜的雪，想到考棚的條件，不著急都不可能。這個時候京都的大夫最緊俏了，考試還沒完，有名的大夫幾乎都被請走了。京都裡官宦之家的考生，家裡有門路的，甚至直接把宮裡御醫請出來。

劉氏在家急得轉圈，林棲叫她趕緊過來喝口茶。「下人已經把熱水準備好了，等他回來就泡個熱水澡。聶神醫也在，家裡藥材也備著，出不了事。」

「唉，我就是擔心。在咱們老家，這個時候都有春意了，北方還是大雪紛飛。妳說，考進士肯定是看才學，為什麼不選個不冷不熱的時候考？就算跟秋闈似的熱天考也好，至少凍不死人。」

「說不定聖上把考進士定在冷天，就是想考驗他們呢？」

婆媳倆說著話，林棲勸著婆婆吃點東西、喝點熱茶，時間好歹過得快一點，終於等到馬車回來。

宋淮生大喊道：「聶神醫呢？公子有點發燒，快來看看。」

「快把人扶進來。」

林棲和劉氏都跑過去，林棲打量他一番。「看著還行。」

宋槿安點點頭。「咱們家準備充足。原本好好的，沒想到昨日晚上下雪冷得厲害，我被凍醒了，預料自己可能著涼了，趕緊煮了一鍋生薑湯喝，早上起來只有一點不適。」
見兒子沒事，劉氏趕緊問：「沒影響考試吧？」
「沒有，昨日我就答完了。」
「那就好，那就好。快去泡個熱水澡漱洗一番，一會兒過來吃飯喝藥。」
「我這就去。」
劉氏拉住兒子。「別去你們屋，去子安屋裡洗，你著涼受寒，別傳給我乖孫。」
有了孫子，兒子真的就不值錢了。
宋槿安無奈一笑，轉身去宋子安的屋裡。
林棲樂完，叫宋朴去江家看看宋槿安三個師兄怎麼樣了。
老天爺真是讓人猜不透，會試的時候又是降溫、又是下雪，這考完會試的第二天，太陽卻熱到把牆角的積雪都曬融了。
街上的人都說，這是老天爺對這一屆進士老爺們的考驗！
今天宋槿安起晚了，他睡到自然醒，一睜開眼睛，外面的光都照到屋裡來了，仔細看，似乎能看到光柱裡有細微的浮塵在光裡流轉。
奶乎乎的響動讓宋槿安嘴角露出了笑，內側的被窩躺著醒來的一雙兒女。
「真乖，睡醒了都不鬧，肚子餓了嗎？」
兩個孩子都側頭看著他，冬天的厚被子太重，壓得他們動不了。

宋槿安起身，披上厚衣裳，一手抱著一個孩子，用被子把他們圍在懷裡。兩個小傢伙咿咿啞地哼著，嫩嫩的小手揮舞著。

林棲推門進來，看到這溫馨的一幕笑了起來。「醒了就起來吧。二師兄他們一早就過來了。」

「這麼早？我還打算一會兒去四師兄家找他們。」

林棲一邊打開櫃子拿兒子、閨女的衣裳，一邊說：「還能為什麼，過來咱們家蹭早飯唄。」

宋槿安樂了。「別看四師兄家是威名赫赫的鎮國將軍府，他家的廚子還真比不上咱們家。」

「比不過也正常，他們家是武勛，聽說他們家有的廚子還是軍隊裡做大鍋飯的伙夫，論精細肯定比不上咱們家。」

「妳從哪裡聽來的？」宋槿安有些驚訝。

「哼，這又不是什麼秘密。我手裡好歹有一家專門做高門女眷生意的國色，知道後宅傳言不足為奇。」

「大師兄家，妳知道什麼流言？」

林棲給閨女穿衣裳的手一頓，隨後又動作起來。「蕭陌然是吧，有什麼不對？」

「說不上來，總覺得有蹊蹺。」

宋槿安把那天去見大師兄的事說了，林棲點點頭。「我找人打聽打聽。」

林棲餵過奶，把孩子交給宋槿安帶，自己叫小廝準備馬車，她要去國色一趟。

她去得不巧，二樓正在接待貴客，林棲沒上樓，去了鋪子後院，那裡有專門留給她用的房間。

一進後院，韓霜關上門，臉色發白。

「怎麼了？」

「剛才進來的時候，我看到守在門口的侍衛掛著李家的腰牌，我下意識看了眼那人的長相，如果我沒記錯，之前追殺我，逼著我不得不跳下懸崖的人裡有他。」

林棲快速反問道：「他沒認出妳？」

「沒有，我一發現就低下頭，挨著春朝，他肯定沒看到我。」

林棲慢慢坐下。「不急。春朝妳去前頭等著，等客人送走了，妳把掌櫃請到後頭來。」

「是。」春朝出去順手關上了門。

林棲看著韓霜道：「我當年既然救了妳，肯定會保妳，大不了我送妳去極北之地，我家在那裡經營多年，沒人敢動妳。」

「就算發現了我也不怕，大不了魚死網破，我還想替我爹娘報仇。」

韓霜這兩年靠著林家的關係和人手調查全家的死因，最後查到她家人的死和三皇子有關聯，雖說沒有確切的證據，她心裡直覺，自己沒猜錯。

林棲搖搖頭。「傻丫頭，這個時候衝出去幹什麼？就算妳要報仇，也要等到他們奪嫡到最後關頭才好下手。說不定都不用妳出手，李家就自取滅亡了。」

「我不要，我要自己報仇。」

「行，妳求霍英幫幫忙，幫妳探查，到時候叫妳去補最後一刀。」

「萬一他贏了，當皇帝呢？」

「呵，放心，有四皇子在，他當不了。」

四皇子現在不僅手握軍權，還有奉山書院一脈出身的官員支持，更重要的是，她知道四皇子現在危機意識非常重，他深切知道啟盛朝面臨的內憂外患。比起相信他的兄弟們能解決這些事，他更加相信自己。

四皇子是下一任君主的好人選，但是有個缺點，雖然能力突出還有將帥之才，但他本人對當皇帝似乎動機並不強烈。

當皇帝的動機也可以培養，只要對症下藥。四皇子性格裡有個弱點，那就是責任心非常重，董秋實他們利用了他的責任心，一直旁敲側擊地告訴他啟盛朝面臨的問題非常嚴重，如果不能解決，啟盛朝危矣。雖然，事實本就如此。

她出現之前，董秋實他們工作的效果並不突出，她出現之後，四皇子已經了解到海外各國的威脅。

身為林秋江的女兒，她爹現今在極北之地幫他管軍隊，她的身分自然得到四皇子的信任，並且深入看過她翻譯的書，這種危機意識化為實質，也讓他堅定自己要成為皇帝的決心。

在林棲看來，四皇子這樣一個動機強又具備奪嫡能力的人，不太可能會輸。

韓霜小聲問：「那我能和四皇子那邊聯繫嗎？我和四皇子手下的護衛頭子關係不錯。」

「千萬不要。」

「為什麼？」

「人家再怎麼爭鬥那也是同父異母的兄弟，妳一個平民跟他說，我要殺你兄弟報仇，妳怎麼看？」

「那我偷偷的？」

林棲頷首，這丫頭剛認識的時候感覺是個冷冰冰的人，熟了之後才發現，她有時候說話做事真是沒經過腦子。

春朝從後院出去，樓上的客人還沒下來，她就站在櫃檯後等著。不經意地看向門口，門口停著一輛精美的馬車，有一黑衣護衛坐在車頭等人，腰間那塊腰牌很顯眼。

一個時辰後，二樓的貴客走了，春朝把掌櫃請下來。半個時辰後，林棲坐馬車從後門離開了國色，一路返家。

剛才來的人是吏部侍郎李家的二房嫡女，年前來國色訂衣裳，準備今年進宮選秀，幾乎是內定到三皇子府當側妃。表哥娶表妹，是加強、加深和外家關係的最好辦法。

至於蕭家，據說蕭陌然半年前家裡進了個小妾，為表示看重，專門來國色買過一套衣裳。一打聽，這小妾七拐八拐也和三皇子扯上關係。

怪不得之前打算去吏部，後頭又沒去，吏部本來就是三皇子的人占據大多數位置，他如果真是三皇子的人，去了不過是錦上添花，沒什麼大用處。

蕭陌然要是留在翰林院，掌控好翰林院就相當於掌握了天子近臣，畢竟翰林院的侍讀和侍講們可是有資格經常出現在皇帝面前的人。這樣一來，比去吏部對三皇子一脈的人貢獻大。

聽聞到消息，劉闊十分驚訝。「大師兄，真的和三皇子扯上關係了？」

「可能性很大。」

「可是，大師兄應該知道我們奉山書院對四皇子……」

「人家三皇子給得多唄。」

江雲楓瞬間反應過來。「我們去大師兄府上那次碰上了女眷，說不定大師兄想拉郎配，把咱們師兄弟幾個都拉過去和他一起吧。」

他們幾個是奉山書院掌院的弟子，若都投奔了三皇子，這裡面……

女兒哭鬧了起來，宋槿安抱起閨女在書房裡轉悠起來。「是不是，再過幾天就知道了。」

「是的，會試成績快出來了。」

有些人的狐狸尾巴也要露出來了。

貢院閱卷處，閱卷已經到了最後關頭，幾個閱卷官拿著兩份考卷吵來吵去。

「你們看這份考卷，辭藻華麗又言之有理，韻律風流又行文工整，這樣的試卷當不得魁首，難道那些言詞無味的卷子能當魁首？」

「我呸！你要不要臉，什麼辭藻華麗、言之有理，本官看就是虛頭巴腦、滿紙荒唐言，寫文章又不是作詩，要韻律幹麼？寫文章要的是有腦子！張二傻你明不明白？還行文工整，呵呵，我十歲的孫子寫字也能行文工整，要不把會元給我孫子當，說不定陛下還能誇一句少年天才！」

「你、你……王長鳴，你好不講理，這樣的場合你還罵人，枉你身為翰林院學士卻這般撒潑，我要上摺子參你言行無狀，有辱斯文！」

王長鳴冷笑一聲。「你去，本官等著。張二傻，你可別半路退縮讓我失望啊！」

張守德氣得暈倒了。

眾人連忙圍上去。「張大人暈倒了，快叫太醫來。」

「不行，閱卷還沒結束，咱們出不去，外面的人也進不來。」

主考官孟元遲過來怒斥道：「同朝為官，什麼事不能好好說？會元是誰吵贏了聽誰的嗎？」

屋裡眾人微微低下頭，屋內安靜下來，落針可聞。

孟元遲伸手，旁邊一個十分有眼色的小官雙手捧上兩本考卷。

孟元遲認真看完後，舉起左手拿著的考卷。「這一卷是誰提出來的？」

王長鳴往前一步。「下官提的，孟大人也看明白了吧，這麼好的答卷，張大人一張嘴就說人家讀書少用詞不精美，把卷子剔除前十，呵呵。」

孟元遲作為一個存在感不強的工部尚書，去年底才被皇上提拔進了內閣。五個閣老中，他根基最淺，皇上才叫他今年當主考官。

讀了這麼多年的書，又做了這麼多年的官，哪本答卷有真東西，哪本是虛有其表，他孟元遲明白，在場的考官們想必也明白。對比之下，還敢昧著良心做這事，真當皇上已經不行了嗎？

「把卷子拆開。」

王長鳴看中的卷子名，宋槿安。張守德看中的卷子名，藍定波。

宋槿安小有名聲，他寫稅制那篇文章，皇上也曾看過。至於藍定波，這個姓氏算是少見，張守德夫人娘家的表舅就是這個姓，認真算起來，這個人是張守德的遠親。

張守德還想爭取，拱手道：「孟大人您看……」

「宋槿安的卷子放在第一，藍定波放在第十名，送去給皇上。」

「是！」

孟元遲的話一出，在場的人都不說話了，坐等皇上那兒的消息。

此時無事可做，一干官員坐在屋裡喝茶。

張守德還有些不甘心，故意找王長鳴的麻煩，譏諷道：「王大人可真是秉公辦事，為你們奉山書院的學子搶會元臉都不要了。」

王長鳴冷笑。「比不上張大人，人家說舉賢不避親，你這舉親不避賢也是獨一份，按照張大人的意思定下名次，等明天把前十名的答卷放出去，外頭人都要懷疑，這藍定波是不是皇上流落在外的私生子。這麼平庸的卷子，別說前十，前五十也沒他的分。」

張守德氣得渾身顫抖，偏偏吵架吵不過，只能無能狂怒。

孟元遲瞪了王長鳴一眼，叫他適可而止。

皇宮裡很快有消息傳出來，說排名就按照孟大人定下的，會元就是宋槿安。傳口諭的太監還說了些皇上誇孟大人的話，說孟大人學識淵博，這差事辦得好。

都是為官多年的人，還有什麼不明白的，皇上這是給孟大人臉面，讓他們都知道，孟元遲這個閣老的位置，坐得穩當，誰也別想在背後打主意。

背後打主意的人是誰，懂得都懂。傳口諭的太監走前看了張守德一眼，張守德嚇得一哆嗦，恨不得找個洞鑽進去。

王長鳴得意了，輕蔑一笑。「領著皇上給的俸祿，替別的主子辦事，張大人真聰明啊！」

說完，王長鳴揚長而去，今天心情甚好。

貢院的大門開啟，一眾官員魚貫而出，只有張守德走在最後，就連剛才他和王長鳴起爭執的時候偏幫他的官員，此刻都恨不得趕緊離開這裡，千萬不要和張守德有關係。

水面下的暗湧渺無聲息，春闈放榜的熱鬧不減半分。

翌日進士榜張貼出來，爭相看榜的舉人，大聲宣報的報喜人，還有摩拳擦掌等著榜下捉婿的各家小廝、護衛等等，把貢院前頭那條街圍堵得水洩不通，看熱鬧的人擠在狀元樓上跟著吆喝，三年一次的喜事怎能錯過。

這天是休沐，蕭陌然高興地把四個師弟叫到家裡來一起等放榜，提前兩天就發帖子了，叫他們一定要去。

宋槿安等人也想知道這位大師兄打什麼主意，一早就來蕭府，他們剛到一會兒，報喜的人趕回來連喊四聲大喜！

師兄弟五個坐在前廳喝茶，一聽到大喜都站了起來，蕭陌然忍不住道：「你個癡傻的，還不快把名次報來。」

小廝雙膝跪地，樂得臉都紅了。「宋公子高中第一名會元，葉公子第五名，劉公子第八名，江公子第十二名。」

蕭陌然放聲大笑。「好好好！四位師弟齊齊高中，特別是五師弟中了會元，你連中五元，如無意外，想必會成為咱們啟盛朝第一個連中六元的狀元！」

劉闊、葉明、江雲楓都拍了拍他的肩膀，宋槿安笑了起來，這結果，比他想像中更好。

「大師兄，我要回家跟娘親報喜，這就先告辭了，回頭咱們再請大師兄喝酒。」

「哎，來都來了，不著急回去，用了午飯再走。」

「真要回去，早上出門前就跟母親說過，咱們下次。」

劉闊、葉明、江雲楓三個也說還有事，今兒就先回去了。

蕭陌然臉色一變，聲音冷下來。「我當大師兄的請你們吃頓飯都不行？」

劉闊幾人對視一眼，都不說話了。正在這時候，蕭夫人笑著過來，身後還帶著一群人。

「外面榜下捉婿正熱鬧，沒想到咱們家就有四個，真是天賜良緣。」

那邊話還沒完，一行人就朝他們四個衝過來，嘴裡胡亂喊著「姑爺、公子、進士老爺」一類的話，宋槿安推說自己已經成婚也沒有用。

蕭陌然站在臺階上哈哈大笑。「五師弟好福氣，還沒出仕就被二品大員招為女婿，前途無量啊！」

宋槿安怒了，扭頭看了宋淮生一眼，宋淮生撒腿跑出去，不過幾個呼吸之後，霍英帶著人闖進來，把自家主子帶走。

江雲楓被拉扯到頭髮都散了，連聲大喊：「欸，別著急走，霍英，霍護衛，快帶上我！」

劉闊和葉明也趕緊抓住這條生路，跟在霍英背後衝出去。

蕭家也有護衛，見他們要走，出手重了起來，那個身高八尺的護衛剛扯住宋槿安的衣襬，林家的護衛也不是吃素的，扭頭一腳把人踹飛，正好砸倒蕭陌然夫妻倆。

蕭陌然爬起來大叫。「五師弟，你等等！」

宋槿安疾步出去，頭也沒回，劉闊、葉明和江雲楓也差不多。

四人上馬車後一言不發，霍英親自駕車回家。

「老師什麼時候到？」

「今天下午！」

宋槿安看向劉闊。「二師兄，過了今晚，說不定你就是大師兄了。」

第二十二章

四皇子那邊知道宋槿安高中，叫身邊的親信送了賀禮來，順手把謝重潤這個小胖墩帶回去。

謝重潤不願意。「我還沒搶喜錢，我不走，好不容易等到子安哥哥考中。」

「您別鬧了，主子在家等著您，晚上要帶您去皇宮拜見皇上呢！」

「還沒吃午飯，不著急。」

謝重潤是個靈活的小胖墩，尋了個空檔，彎腰從幾個太監的圍堵中跑了。

張海提醒道：「去大門口，要搶喜錢肯定是去那兒。」

一行人疾步追到大門口，只見宋家管家在撒喜錢，臺階下圍了好些看熱鬧的小娃，他們家小主子沒跟那些平民一起彎腰撿地上的銅錢，反而是張開口袋，從筐裡把銅錢往自己口袋裡裝。

「哎喲，小主子怎麼這般……」不體面。

張海見怪不怪，笑呵呵地道：「比上次宋公子中舉的時候搶喜錢動作熟練。」

呵，真的是搶喜錢，明搶。

謝重潤撒潑打滾，爭取到在宋家吃午飯的機會，用了午飯後，再沒有什麼藉口，才心不甘、情不願地回家。

謝元顯忙完手裡的事，問起兒子來。

「小主子沒去後院，回來後在前院您臥房裡午歇，張海公公守著。」

「嗯，過去看看。」

謝元顯背著手去院子裡，就聽到他屋裡傳來細碎的聲音，進門一看，那臭小子盤腿坐在他床上，被子上堆滿嶄新的銅錢，裡面還夾雜著一些碎銀子。

謝元顯皺眉。「給我下來。」

謝重潤把自己的私房錢裝好了，被子有褶皺處，他還要扯開來看裡面有沒有藏銅錢。這財迷樣，哪裡有天潢貴冑的氣度。

謝元顯也漸漸適應了貪財的兒子，耐心等著他下床。

謝重潤秉持見者有份的優良作風，叫張海拿兩根紅繩過來，只見他小胖手靈活地上下翻動，不過一會兒，他就打好一串銅錢絡子，尾巴上還打了個漂亮的結。

「見者有份，這十個大錢是您的。」

謝元顯輕哼一聲。「我倒是要謝謝你的大方了。」

「不客氣。」

「什麼時候學會打絡子的？小娘子的手藝，你倒是幹得挺起勁。」

謝重潤嫌棄地瞥了他爹一眼。「小娘子的手藝怎麼了？能掙錢就行了。子安大嫂說了，我會做這個，以後就算窮到上街要飯了，我還能靠這個掙錢養活自己。」

「你這樣的出身，不會有窮到要飯的那一天。」

謝重潤一本正經道：「爹，話別說得那麼早，鹿死誰手還不知道呢，咱們要未雨綢繆。」

「你知道些什麼？」

「您別哄我，您和伯伯他們搶皇位，不是你死就是我活，凶險著呢。」謝重潤小碎步跑到他爹身邊，小聲說：「有一次我偷聽到子安的大嫂說，咱們家要是搶不贏，她要帶著一家老小出海去，去海對面打一塊地盤下來自己當老大，學那些海盜搶劫商船，肯定能發家致富。」

謝元顯笑了起來。「像是林棲會說的話。」

謝重潤繼續說：「我覺得自己不能住在家裡，我要去宋家住，萬一要跑路了，我求他們，給您和我娘在船上留個位置。」

謝元顯瞥了傻兒子一眼。「別找藉口，別想跑，你多久沒去宮裡見你皇祖父了？」

見自己的打算落空，謝重潤輕哼一聲，扭頭趴在他爹床上打滾。「他又不缺孫子拜見，大伯父家兩個嫡出的，二伯父家一個嫡出的，三伯父家一個嫡出的，這還沒算庶出的，就五個了，若算上庶出，那得十幾個，他缺人叫他祖父？」

謝元顯站起身來，在他身邊坐下，拍了拍他的肥屁股。「爹也不瞞著你，家裡的事，你心裡清楚就好。在外頭給我管好嘴巴，不該說的別說。聽話，一會兒跟爹一起去皇宮給你祖父磕頭。」

謝重潤翻身坐起來，盯著他爹。「萬側妃的兒子呢？你那個庶子，不去？」

「他不去，你是我唯一的嫡子，不管以後如何，我百年之後家裡的東西都是你的。至於謝佑他們，你樂意，想賞就賞一點，不樂意也可以不給。」

謝重潤滿意了，不鬧了，乖乖地叫了聲爹爹，撲到他懷裡撒嬌。「您真好！」

謝元顯嘴角微微翹起。「還有什麼想說的？說完了就跟張海去換衣裳。」

「說完啦，我這就去。去後院換嗎？」

「不去後院，你娘不在，你去後院做什麼，這段時間你住我隔壁。」

謝重潤聞言，歡歡喜喜地走了。

謝元顯笑著搖搖頭。這小子，跟著宋槿安夫妻，倒是越發機靈了。他還沒看出宋槿安別的才能，不過，帶孩子確實有一手，以後他當個太子太傅也不錯。

到了時辰，父子倆去皇宮拜見，好久沒見到這個孫子的皇帝高興地招手叫他過去。

「好久沒來見皇祖父，這一看長高了不少嘛。」

謝重潤嘿嘿一笑。「吃得好當然長得高嘛！老師家伙食好，每天吃得飽飽的，還要鍛鍊身體。」

「哦，你爹說給你找了個老師，你老師是誰呀？」

「不跟您說，我答應老師要保密的呀。」

皇帝哈哈大笑。「不錯、不錯，出去一趟長了些膽氣。這人啊，就是要經歷些考驗才好，就跟小樹苗一樣，不經歷風吹雨打，哪裡能長成參天大樹。」

今天是家宴，皇家成年的和不成年的皇子都在，見老四家的兒子討了好，下面的其他皇子有些坐不住了。

大膽的皇孫們一個個上前拜見，有些還準備了學業，小的背詩，大的捧上近日做的文章，當堂唸出來討皇祖父開心。

皇帝看完之後，笑著問道：「阿潤啊，你看幾個堂兄做的文章如何？」

謝重潤如小倉鼠般啃肘子，聽到皇祖父問話，搖頭晃腦地說：「還成吧。」

大皇子的大兒子，皇長孫謝承孝站出來。「阿潤年紀小讀書晚，沒承想讀書進度這樣快。二叔家和你同歲的四堂弟，現在剛開始讀四書，你居然已經會寫文章判斷優劣好壞了，不知道阿潤可否指點我們幾個？」

謝重潤也不搞那些彎彎繞繞。「大堂兄，讓我指點不好吧，我若真當眾指出你的錯誤，你這個當哥哥的臉上掛得住？我要是沒指點好，傳出去別人肯定會說你欺負我這個當弟弟的，故意要我丟臉。我倒是無所謂，怎麼樣都好，只是給外人留下皇家不和的印象就不好了。你說是不是？」

屋裡的大人精神一振，這小子七、八歲的年紀能說出這樣一番話？有這樣的急智？

謝承孝今年十三了，被謝重潤這一番話堵回去，臉憋紅了，當著皇祖父的面，一時間找不到合適的話反駁。

謝重潤傻傻地朝謝承孝一笑。「大堂兄，你不喜歡吃肘子嗎？不吃給我吃，我喜歡吃肘子裡那塊瘦肉。」

「啊，那給你。」

「謝謝大堂兄，你真好。」

謝承孝回去坐下，叫身邊伺候的小太監把肘子給送過去，謝重潤又對他露出笑臉。

皇帝放聲大笑，連說三個「好」字。

大皇子端著皇長子的氣度，扭頭對謝元顯說：「四弟從何處尋來的夫子，這般有才能的人可不能埋沒了。」

謝元顯笑了笑。「大哥說得是，等時候到了，他自然會出現。」

皇帝露出意味深長的笑容。「阿潤的夫子啊，如若既會做夫子又會做官，那真是幸事。」

謝元顯恭敬道：「想來，他應不會辜負您的期待。」

大皇子、二皇子和三皇子都上心了。

謝重潤這小子的夫子，姓啥名甚？

董秋實到京都的時辰比預計的晚一些，等到天黑了才抵達京都城外，宋家的下人在城門口接上他。

劉闊、葉明、江雲楓三個也在宋家，見了老師後，啥也不說，等老師漱洗後先坐下吃晚飯。

小狗子好久沒吃到宋家廚娘的手藝了，小孩子一邊吃、一邊誇，桌上有些凝滯的氣氛慢慢活絡起來。

宋槿安笑著說：「知道你要來，子安今天下午吩咐後廚做了你愛吃的冰皮月餅。」

小狗子原本還想再添一碗飯，聽到這話，送出去的空碗又拿回來，扭頭跟小夥伴說：「咱們現在就去吃。」

「行呀，本來就是為你準備的，阿潤都沒得吃。」

小狗子更加開心了。兩個孩子溜下桌走了。下人們進來收拾桌子，開窗透氣散散味道，過了一會兒，下人進來重新上了一壺花茶。

董秋實端起茶杯愣了一下，宋槿安連忙道：「這會兒天色已黑，再喝茶影響睡眠，不如喝點安神的花茶更好。」

江雲楓笑道：「你哪會如此體貼，師弟妹準備的吧？」

宋槿安輕笑一聲，默認了。

董秋實冷硬的臉色柔和不少，抿了口花茶，滿口生香，堵在心口的那股氣都順了些。

「現任翰林院學士王長鳴，出身奉山書院，一個月前他傳信說，蕭陌然暗中聯繫奉山書院的官員，恐怕另有所投，因此蕭陌然想去吏部任職，被他攔了一下。」

宋槿安師兄弟四人不說話，這個另有所投，投靠的正是三皇子。

董秋實放下茶杯。「你們四個好好準備殿試，蕭陌然那邊你們別管，我自會與他分說。」

劉闊遲疑道：「那我們以後該如何對大師兄？」

「道不同，不相為謀！以後也別叫大師兄了，就稱呼蕭大人吧。」

「是。」

董秋實在宋家住了下來，每日閉門不出，等到殿試那天早晨，他才出門見人。

林棲笑著說：「老師來得正好，我吩咐後廚準備了小肥羊，一會兒就醃上，等他們殿試考完回來，我們在院子裡烤羊吃。」

董秋實嘴角露出笑。「那敢情好。一會兒我要出去，中午不用準備我的飯了。」

用完早飯，宋槿安師兄弟四人坐馬車去皇城。董秋實一個人坐車去城外，身邊只有一個趕車的車伕，林棲不放心，吩咐霍英帶兩個護衛跟著去。

「老夫出門見見故人，不妨事。」

「讓他們去，反正他們在家閒著也是閒著。」

董秋實笑了笑，撩起袍子上車。

把人都送走了，林棲心情愉悅，去後院看她的寶貝們，宋子安和小狗子正在嬰兒床邊趴著玩。

林棲一進去，大寶、小寶哼哼唧唧地揚起嫩手討抱，林棲露出微笑。「乖寶貝，娘力氣小，一下抱不起兩個，等你們爹回來再抱你們。」

宋子安笑道：「乖乖的，你們爹爹考進士去啦！」

這會兒，一眾貢士已在宮牆外集齊，宋槿安在人群裡面看到季越，季越也看到他，朝他露出微笑，宋槿安也笑著朝他點點頭。

禮部侍郎到了，眾人整肅衣冠，按照名次排隊，跟著禮部大人們的步伐一路走過千步廊，穿過承天門、端門、午門，走進奉天門。

朝陽升起，四周擂鼓聲起，數丈高的莊嚴朱紅大門在眾人面前緩緩打開。

「眾位貢士，請吧！」

宋槿安等人目不斜視，跟隨禮部侍郎的步伐進了殿門，殿試的考案已準備好，按照位次入座，靜候陛下到來。

宋槿安是今次春闈頭名會元，當仁不讓地坐在最前頭，他垂眸看著考案，只見一片明黃色的衣袍從他考案前過去，一陣窸窣落坐的聲音後，只聽見上頭的太監宣布殿試開始。

今次的殿試只有一題，問軍政。

軍政這樣的大事，一群舞文弄墨的學子又能懂多少？無外乎歌功頌德，說些漂亮話罷了。再好一些的，能知道啟盛朝軍隊的制度，各方外敵有哪些就已經算是不錯了。

這個時候，很多人腦子裡一塌糊塗，慌亂之間打翻了硯臺，濃墨污了考卷，嚇得不知如何是好。這該是武狀元考的題目，考他們幹麼？

宋槿安倒是不慌不忙，問軍政，他正想談談海軍存在的意義和必要性。

考試時間過半，坐乏的皇帝下去走動，他走到哪裡，哪裡就有貢士頂不住壓力出醜。皇帝只覺得無趣，走到宋槿安身後，看到他已經寫完草稿，正在抄寫答案，他想仔細看看，眼睛不好，又往前邁了幾步，宋槿安只當不知，手下的字跡工整如初。

答完考卷，宋槿安停筆，左邊伸出一隻手抽走他的答卷。

還不到交卷的時辰，宋槿安只能頂著滿朝文武官員的目光，老實地坐著等。

突然，上頭傳來一聲輕笑。「名副其實，是狀元之材！」

皇上一句話，下面在座的貢生和分列兩旁的官員們都愣住了。

還沒閱卷，宋會元就得了陛下的誇獎，他寫的文是有多得皇上的心？雖然知道宋會元已經連中五元，殿試被點為狀元的機會很大，但是，這也……

殿上眾人，似乎只有季越坦然接受，他已經習慣這位同窗回回拔得頭籌。

雖說皇上已經點了狀元，其他的貢士還是要規規矩矩考試，宋槿安也一併等著，中午安靜地隨便用了點東西，等到大家都交卷了，才跟著一起退出去。

「宋會元留步。」

宋槿安回頭，只見一個體型瘦弱的男子朝他走來。

「您是？」

「宋會元客氣，我名藍定波，會試排名第十。」

「見過藍兄，不知藍兄叫我有何事？」

藍定波溫和地笑了笑。「我等好不容易考完殿試，今天想相約去酒樓聚一聚，以後咱們是同年，也要同朝為官，多交流交流也好。」

「是啊，宋會元賞臉跟我等坐下聊聊？」

不過一會兒工夫，十幾個人圍著他，自報家門，都是排名前列的貢生。

「眾位抱歉了，家裡高堂、妻兒還等著我回去，等明日殿試成績出來，我們再相聚如何？」

明日殿試過後，緊跟著要騎馬遊街，皇上還會給新科進士賜宴，明日再相聚，就是在宴會上了。宋槿安擺出不想和他們多說的態度，眾人也不好阻攔，只好笑著說下次再聚。

季越站在一邊，他排名靠後，出身不顯，他有自知之明，沒有自不量力地靠上去，他看著宋槿安上馬車離開，也提步往進士巷去。

雲嵐笑著迎季越進門。「今天考試如何？我聽隔壁黃大嫂說，殿試考完定了進士排名的位置，咱們就能回去了？」

季越沈默著換了身家常衣裳，才道：「恐怕不能回去。雲嵐，我想做京官。」

雲嵐詫異。「你不是說咱們家條件一般，京都居大不易，要外放嗎？」

季越嘆氣，他心裡的打算不知道如何跟娘子提起，萬般話到了嘴邊，只說：「外放官和京官走的路不同，如若不是朝堂內有人提拔，外放官員只要出去了，就很難再回來。我出身微末，毫無根基，比起外放官員最多做到正四品知府，還是京官更有前程一些。」

雲嵐仔細看著他，當年娶她的季越，青春年少，眼裡有光。他們家現在越來越好了，怎麼他越來越沈默，越來越不愛笑了？

「你是一家之主，既然你決定留下來，我都陪你。」

季越一把攬住妻子。「我不會負妳。」

雲嵐笑著道：「我知你不會負我。不過話說回來，咱們決定留在京都，家裡孩子、爹娘怎麼辦？」

季越面色窘迫。「我才為官，薪俸恐怕不高，不能接爹娘和岳父、岳母來京都。」

「以爹娘的性子，估計也不會捨棄家業跟著咱們來京都，人生地不熟的，他們肯定不樂意。不過孩子還是要接過來。」

「聽妳的。」

夫妻倆說笑起來，說等職位落定了，請探親假回淮安的時候，要多買些京都的特產。季越有些累了，草草吃完飯就睡下了。

雲嵐靜悄悄地出門，去隔壁黃大嫂家，黃大嫂見到她笑道：「喲，進士娘子來我家，真是蓬華生輝呀！」

雲嵐笑開了花。「黃大嫂別笑話我了，我來找妳打聽，上午妳說我們家現在租的院子，屋主要賣，是真是假？」

「真的，那對老夫妻手裡兩間院子，一間在這裡，還有一間在京都外二十多公里的小鎮上。他們想趁著這時候把院子賣了，回鎮上好好過日子。」

「也是，兩個老人家為了賃房子隔三差五地跑一趟京都也累人。」

「可不是嘛。妳問這個，妳家想買？」

「黃大嫂說到點子上了。」雲嵐問清楚價錢，算了算身上的銀子，留下回淮安的盤纏，倒也夠了。

她走的時候，爹娘說窮家富路，家裡的現銀換成銀票叫她帶上，要不然她哪裡有買房子的銀子。

「喲，妳家爹娘真夠疼妳的。」

雲嵐苦笑道：「我爹娘只有我一個孩子，為了我和相公來京都這一趟，只怕棺材本都掏出來了。」

「不虧，京都的房子什麼時候都搶手，買到就是賺到。那對老夫妻昨天來京都，住在巷尾親戚家，妳想買院子，這會兒我就可以帶妳去。」

「那就麻煩黃大嫂了。」

兩邊商量好後，帶著房契和銀子去官衙交割過戶，過戶的時候，房主那位老婆婆提醒她。「老婆子我說話妳可別不愛聽，買院子的銀子是妳爹娘給的，我看這房契上最好寫妳爹娘的名字，妳爹娘不在這裡，也要寫妳自己的名字才好。」

黃大嫂點頭贊同。「還是婆婆想得周到，寫妳名字就是妳的嫁妝，萬一以後有個什麼，妳說對吧？」

雲嵐是個聽勸的人。「多謝婆婆和嫂子替我考慮。」

交割完房產，雲嵐和黃大嫂說說笑笑地相攜返家。

雲嵐推院門進去，笑著對丈夫道：「你起來了？」

「嗯，怕睡得太多，晚上睡不著覺。」

雲嵐笑嘻嘻地說：「給你看個好東西。」

「什麼好東西？」

「你自己看嘛。」

季越展開。「是房契。」

「對呀，這院子我們住得好，這邊離各個官衙也不算遠，以後你上衙也方便。」

季越不知道該說些什麼，似乎只有緊抱著妻子才能抒發自己內心的情感。

宋槿安他們師兄弟四個回去也歇了一覺，睡醒時外面天色已經暗下來，門窗關得嚴嚴實實，聽得見外面宋子安和小狗子的鬧騰聲。

沒過一會兒，似乎又聽到了謝重潤的聲音，宋槿安走出房門，只見他們三個在院子裡鬧成一團。

「好呀，今兒有好吃的，你們都不叫我，哼，還是不是好兄弟了？」

「哎呀，這不是叫你了嗎，你看你一來，馬上就要烤好了，剛趕上吃。」

「屁，明明是我爹帶我來，我自己趕上的，你們什麼時候叫我了？」

「你進門的時候我叫你了？」

「啊啊啊，你們兩個叛徒，我不跟你們好了！」

趁他們三個鬧，江雲楓悄悄拿著小刀過去，挑烤得有點焦黃的位置削下一塊。

嗯～～真香！

「我要吃、我要吃！」

江雲楓舉起手裡的刀。「不准過來搶，都排好隊，我切給你們。」

林棲、董秋實、謝元顯幾人都圍過去，大家靠著炭火取暖，一邊烤火、一邊吃。

此時下人們都去後院吃烤羊肉了，大家都自己動手，宋槿安把肉切成小小一片遞給娘親和娘子。

林棲怕胖，吃了一小碟就不肯再吃，端著花茶慢慢喝著，聽他們說話。

謝元顯笑著看了眼宋槿安。「你這狀元穩了。」

宋槿安也笑。「運氣罷了。」

董秋實輕哼一聲。「中了就中了，那麼虛偽幹什麼？」

劉闊、葉明和江雲楓師兄弟三人哈哈大笑。「師弟，以後當著老師的面說話可要傲氣些，咱們師門不搞謙虛的，你看看大師兄，隨時一副老子天下第一的樣子，多得瑟。」

聽他們提到大師兄，謝元顯對董秋實說：「您老今天去見蕭陌然了吧。」

「嗯，去了，以後他走他的陽關道，咱們走咱們的獨木橋，兩不相干。他那個人在讀書上有些天賦，無奈做人做事上欠缺了些，他爹都不管，也輪不到我這個當老師的來說。」

「您老放心，只要他沒幹什麼大逆不道的事情，總不會傷及他的性命。」

董秋實抿緊的嘴唇鬆了些，他要的就是這樣的承諾，其他的，看他自己的命吧。

謝重潤問道：「你們明天騎馬遊街，是不是腦袋上要插花啊？」

林棲看向宋槿安。「相公，我還沒看過你戴花呢，你喜歡什麼花，我明天替你準備。」

江雲楓他們三個連忙說：「牡丹花，牡丹花富貴，極品牡丹，花朵大得跟盆一樣，最適合咱們師弟了。」

宋槿安無奈。「這個季節哪裡找牡丹？」

謝重潤連忙舉手。「有有有，我家有，我家暖房裡種了好多。」

宋子安和小狗子湊過去。「有多少，我們也要，還要給大寶、小寶。」

「都給你們！」

謝元顯瞥了眼敗家子，心想：知道這個季節一盆牡丹花什麼價嗎？夠他去街上撿一輩子喜錢了。

劉氏呵呵笑，心裡也計劃著明日要穿得體面些，去看兒子戴狀元帽遊街。

翌日，太和殿外，眾位貢士意氣風發，目視前方，看著那些魚貫而入的高官們，終有一日，想必他們也會有入朝的資格吧。

三聲鼓樂奏響又停下，站在最前面的宋槿安隱隱約約聽到陛下說話。

「孟閣老，你來宣布吧。」

宋槿安垂眸。

「啟盛十四年丁亥科，賜淮安府桃源縣宋槿安一甲進士及第！」

從太和殿到太和殿外，一遍一遍地報出來，三遍過後，宋槿安露出了笑臉，終於等到這一天了。

「……熊伯龍一甲進士及第！」

「……葉明一甲進士及第！」

「……劉闊二甲進士出身！」

劉闊欣喜若狂，他原本是第八名，沒想到殿試得了個第四名傳臚，後頭的人都由他來宣讀，他目光很快掃過榜單，看到江雲楓在第六名，心裡定了下來。

劉闊聲音渾厚有力，不慌不忙，頗有些大將風度，六部好幾個官員多看了他幾眼。

宣讀完畢，宋槿安領頭走進太和殿，這也是他第一次走進啟盛朝的皇權重地，他身後的同年們也是人生第一次。

季越袍子下的拳頭攥緊。他絕對會再次進入這裡，還要體面地身著象徵高官身分的紅袍。

這一科的進士，排名前列的人都頗為年輕，前十名年紀最大的也不過三十出頭，看皇上的神情，想必是非常滿意，甚至滿意到有心情和新科進士們話家常，問他們家裡幾口人，在京都住哪兒。

當然，這是三鼎甲才有的待遇，其他二甲、三甲進士只能低頭默默聽著。

「回陛下，我出身農家，在京都無房無地，這幾年全靠我娘子養家，我來京都考進士，妻兒老小都來了，也是住在我娘子名下的小院裡。」

皇上面露好奇。「朕的新科進士竟然靠娘子嫁妝過日子？」

「慚愧得緊。」

劉闊、葉明、江雲楓三個默默憋笑，幸好是低著頭，要不然當上進士第一天落個御前失儀的罪名就慘了。

「你倒是實誠人！」皇上哈哈大笑起來。「罷了，你到底是朕的新科狀元，不能讓你丟了朕的臉面。孫卓，我記得乾德門大街上有幾個院子空著，你給咱們宋狀元在那兒選個宅子。記住了，咱們宋狀元好歹是當朝第一個六元及第的狀元，選最大的！」

御前大太監孫卓笑呵呵地應下。「奴才記住了！」

宋槿安跪下謝恩。「多謝陛下！」

後頭皇上又跟榜眼和探花話家常，也賞了東西，黃金一百兩。

呵，給黃金一百兩，哪能在內城乾德門大街上買大宅子。乾德門大街離皇宮只有一條街的距離，那可是貨真價實的天子腳下！

乾德門大街上住的人，要麼是皇親國戚，要麼是三品以上的高官，這是有錢就能買得到的嗎？

宋槿安一個新科進士，陛下讓他住乾德門大街，還選個大院子，這代表什麼？

無論是朝中重臣，還是四位皇子，都對宋槿安這個人上心了！

謝了陛下恩典出去，他們跟隨禮部官員去乾德門的配殿換禮服，御馬、傘蓋、儀從都在，此刻乾德門外設彩棚、長案迎接他們，只等他們騎馬遊街。

江雲楓換好禮服跑到宋槿安那邊，調侃道：「嘖嘖，狀元就是不一樣。咱們都是綠油油一片，就你紅色的呢！」

宋槿安笑道：「那我們交換？」

「我才不跟你換！你長得好，穿紅色顯得一張臉俊俏，等會兒出去，你正好走在前頭幫我們吸引火力。」

榜眼熊伯龍笑著過來。「我年齡比你大一些，就稱你一聲學弟吧。這次沒想到今科咱們奉山書院的學子考得這般好，占了前四名，想必消息傳回去，咱們夫子該高興了。」

「熊兄不知，老師已經來京都了，今天遊街說不定就能看到他。」

熊伯龍也是奉山書院的學子，宋槿安和他關係不算親近，但也算熟悉。

「哦，那真是太好了！」

新科進士們迫不及待地要衝出去，等大家整理好儀容，跨馬上去，居高臨下，街道兩邊都是歡呼的人群，到處彩旗飄飄，金榜題名帶來的興奮和激動，即使最在乎面子的老學究也樂出了聲。

「快看、快看，狀元來啦！」

「啊呀，今年的狀元比三年前那個好看呀！」

江雲楓心頭暗爽，這話損了蕭陌然。

「狀元朝我看了！羞死人了！」

「比探花都好看，狀元郎該去當探花的。」

葉明無語。我也是玉樹臨風、英俊瀟灑，怎麼就不配當探花了？

乾德門大街上住的都是官宦人家，圍觀看熱鬧的人還勉強能控制住自己，出了乾德門大街，歡呼尖叫聲瞬間翻了一倍，迎面砸來的鮮花、果子、荷包、手絹至少翻了兩倍。走在最前頭，最受矚目的宋槿安要不是揮手擋開了些，怕是要被砸得鼻青臉腫。

東街生意最好的酒樓上，宋子安、謝重潤和小狗子三個人又蹦又跳又鬧。

「過來了、過來了！」

「啊啊啊，我哥穿紅色！」

「我的蘋果，還有橘子呢？給小爺拿最大的來。」

林棲叫丫鬟們趕緊把蘋果、橘子收起來，換上手絹給他們。

「我不要這個，太輕了丟不出去。」

林棲冷笑。「怎麼著，你真要丟出去把人家砸個好歹了？」

「其他人也丟了！」

「我不准！」

遊街的進士們已經過來了，劉氏抱著流口水的孫子湊到窗邊看，嘴裡還不停念叨。「快看，你爹當狀元了，小寶以後也要考個狀元回來呀！」

宋槿安過來了，林棲趕忙一個跨步上前，手裡捏著牡丹花朝他揮手。宋槿安看到了，笑著張開手，林棲一扔出去，他伸手抓過來。

在所有人注視下，只見狀元郎把粉嫩的牡丹花簪在耳朵上。

「啊！」

圍觀的眾人都瘋了，無數的鮮花、香帕朝他扔過去，宋槿安一邊笑著揮手，一邊俐落地躲過去！

林棲嬌羞地捧著發熱的臉，高興地直跺腳。宋槿安已經走過酒樓了，還回頭看她。

遊街之後，禮部的儀從把進士們送回家，回到家裡，又是一陣熱鬧。

宋槿安說皇上要賜大宅子給他，一家人又尖叫起來。

林棲笑著去捂宋子安的嘴。「好啦、好啦，嗓子都叫啞了！」

「哈哈哈，我高興！」

董秋實今日也笑得開懷。「別在門口鬧，回屋去歇息歇息，晚上還有恩榮宴，不得失禮。」

「聽老師的。」

宋槿安今日特別高興，他今天把這麼多年讀書科舉的榮耀歷經了一遍，有此一日，什麼都值了。

今日過後，他要踏上新的征程了。

第二十三章

恩榮宴上，上座主位是今科主考官孟閣老。酒過三巡後，氣氛熱絡起來，喝紅了臉的進士們紛紛端著酒杯上前敬酒。

特別是位列三甲的同進士，過兩天還不知道要被派遣去哪個偏遠小縣城當七品芝麻官，給當朝閣老敬酒，這輩子怕是只有這一次了。

江雲楓朝宋槿安使眼色，宋槿安這個狀元站起身，帶頭向孟閣老敬酒。

孟閣老表情倒是很溫和，還對宋槿安說，他考奉山書院那篇論稅制的文章寫得好，想找個空閒時間和他好好聊聊。

「後天孟閣老可有空？」

「正好，那天休沐，你來老夫家喝杯清茶。」

宋槿安應下，舉起酒杯，敬完酒後讓開位置。

孟閣老是孟元傑的大哥，宋槿安猜測，孟閣老找他不僅是談兩年前寫的一篇文章。他去官衙請到探親假後，就要回桃源縣，說不定孟閣老是為此找他。

宋槿安開頭後，後頭敬酒的人就不分什麼順序了，熱熱鬧鬧地一一給孟閣老還有其他幾位副考官敬酒，季越跟在這些人身後，恭恭敬敬地報上家門。

旁邊一位大人跟孟閣老說笑。「下官沒記錯的話，孟閣老您的胞弟孟大人就在桃源縣為官吧？今科桃源縣出了兩個進士，其中一個還是六元及第的狀元，孟大人今年考評至少也得是個上。」

孟閣老笑著點點頭。「元傑不錯，是個為民作主的好官。前年本來想叫他回來，他說桃源縣修了官道，碼頭還沒建起來，後頭又說要整治學風，耽擱到現在還沒回來。」

一個戶部官員有心吹捧，笑著道：「一個下縣讓孟大人治理成中縣，人口和稅收漲得快，等明年孟大人任期到了重新考評，只怕要升成上縣，從七品到正六品，也是連升三級呀！」

「哈哈哈，正六品的知縣在咱們啟盛朝也是數得著的，這可是實打實的政績，到時候平調去州府任職通判很是穩妥。」

「我看不止，考評連年都是優，不得升一級？我看從五品的知州也是能勝任的。」

上座的官員們說得熱鬧，季越這些新科進士都伸長耳朵聽著，升官的門道誰不想知道？

聽了幾位大人一席話，季越只知道，就算在外為官，朝裡有人也非常重要。孟縣令如果沒有孟閣老這樣的大哥，京都裡的官員們哪裡會關注千里之外那個偏遠縣城的芝麻小官？

敬完酒，季越默默退下。

孟閣老笑著看了眼宋槿安，對身邊的同僚說：「為民作主謀福祉，也要有人肯配合，要不那些於民有利的工程哪裡建得起來。」

「是是是，還是孟閣老有遠見，咱們為官之人，要想盡職盡責為治下謀福祉，教化民風也不能落下。」

宋槿安目光沈靜，和孟閣老對視一眼，淡淡地笑了。

季越看到這一幕，他知道自己又落後了。這個落後不只是考試排名的落後，而是……他想到了自己的娘子，輕嘆一聲，或許是他太過無能。

待送走孟閣老幾人，已經月上中天了，宋槿安沒有多留，也跟著要走。

藍定波叫住他，宋槿安笑著道：「真是不巧，今天有些晚了。我家兩個孩子沒有我哄沒法睡著，我趕著回家。藍兄咱們下次再約喝酒。」

宋槿安一走，裝暈的劉闊、葉明和江雲楓趕緊跟上。

「我沒醉，師弟呀，你怎麼變成兩個了？」

「暈死我了！」

「小明子，還不過來扶著你家公子。」

三個人七扭八歪地走路，宋槿安一把扶住，對一眾人說：「對不住了，我得先送師兄們回去，咱們回頭見。」

藍定波都無語了，扭頭跟季越說：「你剛才說你和宋狀元是同個地方來的？」

「正是！」

「他真是靠娘子吃軟飯，整天在家帶娃？」

季越笑了笑。「說來話長，不如我們明日上午相約聚一聚，我們慢慢說。」

藍定波一巴掌拍在他背上。「哈哈哈，你倒是個妙人。」

季越笑著，默認了這個名頭。

翌日，季越和同年們相約談詩詞歌賦，宋槿安卻帶著一家老小跟著御前大太監去乾德門大街看皇帝賜給他的宅子。

推開有些褪色的朱漆大門，前院乾淨整潔，地面青磚縫隙裡的水還沒乾，一看就是剛叫人打掃過不久，院子裡花樹上還有剛修剪過的痕跡。

「昨兒皇上吩咐下來，說要給宋狀元找一間大些的宅子，奴才就想到了這兒。這裡原本是前吏部右侍郎林秋江的宅子，他家出事走了就把宅子留下來。」

孫卓領著他們進去逛了逛，這宅子比他們現在住的還寬敞些，院裡花木扶疏，一看就知道原來的主人家精心侍弄過。

劉氏好奇。「正院裡花木一看就是名貴的品種，怎麼右邊的小跨院裡花草普通，種的樹木也都是些果樹？」

林棲笑著道：「花草好看是好看，沒有果樹實用。看果樹開花的時候賞花，花謝了還有果子吃，不也挺好？」

劉氏舉起袖子遮著嘴笑。「妳以為這是淮安別院嗎？當人家跟妳一樣貪嘴。」

一家人都笑了起來，宋槿安也看著她笑，林棲氣呼呼地瞪回去。

三個小的今天也跟著來看房子，謝重潤喜歡這裡，望著樹上的梨花吞口水。「我家也在這條街上，等你們家果子熟了，我來吃果子。」

這間宅子全家人都滿意，就不用看其他宅子了。

送走御前大太監，林棲說：「宋石留下收拾院子，等我們回淮安祭祖回來，剛好搬過來。」

宋石躬身應是。

劉氏有些惆悵。「咱們回淮安，也把大寶、小寶帶回去？聽說探親假最長三個月，住得近的只能有一、兩個月的假，辛苦地來回跑一趟，別把孩子累著了。」

「不會，咱們路上都坐自己家的船，寬敞又方便，累不著他們。」

「娘別擔心，正月那麼冷的天跟來京都也沒事。這都四月了，暖和起來更沒問題。」

劉氏暫且放下心來，又問：「咱們什麼時候走？給族裡帶的禮物都買好了嗎？」

宋槿安扶著娘親上馬車。「估計三、四天後。禮物都買了，宋朴對京都熟，要買什麼他最清楚。」

林棲笑著說：「宋舉他們四個人也跟著去採買，春闈前都乖乖在家待著，等相公考試考完了，他們四個就跟脫韁的野馬似的，到處跑著玩。」

宋子安不高興。「他們都不帶我，嫌棄我腿短走得慢，拖累他們。」

馬車裡都是自家人，劉氏哈哈大笑起來，笑完了才道：「他們過幾天回去就沒什麼機會來京都了，可不得玩個夠。」

謝重潤靠在林棲胳膊上，被林棲推開，他又靠過去，林棲瞥他一眼。「你要幹什麼？」

「嘿嘿，好嫂子，妳幫我跟我爹說，我也想跟你們回淮安，淮安也是我的家呀！」

「肉麻死了，淮安什麼時候成你的家了？」

「我都叫妳大嫂了，難道我不是妳的便宜小叔子？」

林棲指著馬車外頭。「前頭就是你家，要不你下車回去問你爹，肯不肯認下這門親？」

謝重潤不管，滾來滾去撒嬌。「我就要去！我爹說了，要給我找老頭當夫子好好管教我，這次不出去，我以後都沒得玩了，你們可憐可憐我吧。」

「行了，行了，別鬧了，我幫你說還不成？」

「嘿嘿，我就知道妳好。」

「坐好了，別跟沒骨頭似的。」

「好！」

因為謝重潤有家不回，在外忙了一天公事的謝元顯就來宋家找兒子，父子倆又吵吵嚷嚷一陣，在宋家用了晚飯才回去。

謝元顯被兒子鬧得沒辦法。「你想去就去吧，但是你得答應我，回來後好好跟著夫子讀書。」

「叫子安和小狗子跟我一起讀書，我就樂意。」

「讓他們給你當伴讀？我沒意見，你去問問他們願不願意。」

「哼，我們是好兄弟，他們肯定願意跟我讀書。伴讀多難聽呀，我可跟我堂兄他們不一樣，自己背不出來，叫伴讀挨打。」

「你最好不會，你若敢如此行事，我打斷你的腿。」

謝重潤被他爹嚇得一哆嗦，看他爹臉色，似乎他再鬧真要揍他的樣子，馬上變得老實了，回去洗臉洗腳都自己動手，為了討他爹開心，還專門替他爹扭了張熱帕子。

不過，第二天他爹一出門，他也跟著跑了，他去宋家，發現小夥伴都不在，家裡只有兩個奶娃娃在家。

「他們去哪兒了？」

「大公子去孟閣老家拜訪了，娘子今兒要去鋪子看帳本，老夫人和小公子他們跟著去散散心。」

「哼！都不叫我。」謝重潤跑去屋裡看了眼雙胞胎，見還在睡覺，他又跑出去。「張海，給我套馬車，我要去找小狗子他們。」

「奴才這就去。」

後廚的婆子疾步過來。「阿潤別跑，今天早上幫你煮了牛奶，沒承想你沒來。你來得剛好，快來喝了，還是溫熱的呢。」

家裡幾個小的聽林棲說喝牛奶長得高，小男娃沒一個能拒絕長高的誘惑，每天一碗牛奶少不了。

喝完奶，謝重潤撒腿就跑，張海一個勁兒地叫他慢點。「我的小主子，您喝了奶怎麼不擦嘴。」

「哎呀，囉嗦什麼，趕緊走！」

他去得正是時候，他們剛好從鋪子裡出來，準備去前頭酒樓吃午飯。

今天計劃好在外用飯，林棲帶著婆婆、小叔子去酒樓，宋槿安原本也想一起去，但孟閣老留他吃午飯，他就沒去成。

之前幾次見面，宋槿安覺得孟閣老是個位高權重、簡在帝心的高官，嚴肅又不好接近。今天一見面，沒想到私下的孟閣老和他在外面所見大不一樣，愛說笑又貪圖口腹之慾，甚至還和他說起他家的冰皮月餅。

「聽倩娘說，你家廚娘特別擅長做點心，她說你家的冰皮月餅外皮白嫩軟糯，一入口甜香撲鼻一點都不膩味。這樣的點心最適合我們這些老年人。」

宋槿安笑道：「您今年還不到五十，怎麼就老年人了？」

「哎，你知道什麼，四十不惑，五十而知天命，我差不多就到天命之年啦，不年輕了。皇上把我拉到這個位置上，我心裡也明白，估計也沒盼著老夫有多大的能耐，只盼著老夫在裡面起個平衡的作用。」孟閣老笑了起來。「朝裡五位閣老，現在四個有一爭之力的皇子，就算四個閣老一人選一個站隊，我就是其中和稀泥的。」

宋槿安沒料到，孟閣老居然跟他說這些話，他也坦誠道：「從龍之功不見得人人都想要，很多人被迫站隊，不過是為了保全自身罷了。」

孟閣老好奇。「你站哪個？」

「您不是知道嗎？」四皇子來過他家裡好多次，阿潤更是一直賴在他們家裡，有心打聽的人不會不知道。

估計也是因為知道他和四皇子關係匪淺，殿試後那些試探他的人，都沒有再來找他。

「哈哈哈，董秋實棄了蕭陌然，選你當奉山書院新一代的領頭人，你小子以後說話還是要謹慎些好，謹慎的人才能命長。」

「多謝您老指教。」

在孟家用了午飯、喝了茶，孟閣老問清楚他哪日走後，說準備了一車東西叫他帶回去給孟元傑，就打發他回去了，一點都不跟他見外。

另一廂，林棲帶著婆婆在酒樓裡吃席面，樣樣都是店裡的拿手菜，上完菜後大師傅還專門來拜見，劉氏直誇店裡的菜味道好，比家裡私廚做的也不差什麼。

聽到這話，大師傅高興，不過還是謙虛地說不敢不敢。畢竟酒樓裡大半招牌菜都是府裡廚娘們教的，他也是跟著學罷了。

劉氏這才明白過來，看向兒媳。「這是妳的產業？」

「是我的，家裡廚娘們天天研究那麼多新式菜色，我們家幾個人也吃不過來，顯得有些埋沒了。去年開了這間酒樓，旁邊那家點心店也是咱們家開的。」

「我說呢，有段時間廚娘們整日忙活著做新菜、新點心，做出來的各式點心太多吃不完，還往親近人家到處送。」

大師傅行禮退出去，春朝叫小二送壺茶來，一邊上茶，一邊道：「也不白忙活，每用一個廚娘們的獨家菜譜，娘子都給她們分紅了。」

謝重潤吃飽喝足，盤腿坐在椅子上好奇地問：「分多少？」

「賣出去一道菜，去除成本後分兩成。」

謝重潤指著桌上最貴的那道菜。「我剛才看菜單上寫的是十兩銀子一道，假如五兩成本，酒樓賺五兩，她們給菜譜什麼都不做，就要分一兩銀子？」

「我們上樓的時候，看到好幾桌點了這道菜，這道菜賣得應該挺好。」宋子安在心裡默默算著。「那她們靠著一道菜譜，每年至少都可賺幾百兩銀子？」

小狗子震驚了。「這不比當官還掙得多？」

謝重潤驚訝地張大嘴巴，對林棲說：「妳也捨得？」

林棲有心教他們。「你們算得不對，但是大概意思差不多就是這樣。銀子這樣的好東西，誰不愛呀，縱使我有錢也不嫌多。不過嘛，想掙銀子，光有本錢是不夠的，還得有法子。我出本錢，她們出技術，大家合作才能賺到錢。」

「可是妳是主子，她們是下人，她們的菜譜本來就該是妳的，妳可以不分她們銀子。」

「這就是關鍵點了，你想想，你養了一隻公雞，關在家裡不搭理牠，每天也就是在家瞎叫喚打鳴，等你日子過不下去就把牠賣了。但是你若肯好好餵牠，公雞也可以成母雞，每天去菜地裡抓蟲子護著你的地，給你下蛋，如果是你，你選哪種？」

小狗子撓頭。「公雞怎麼會變成母雞呢？」

謝重潤了悟。「嫂子的意思是，要想馬兒跑就要給馬兒吃飽。」

宋子安反駁。「雞比馬好，雞下蛋呢！」

屋裡的人都笑了起來，下人們聽懂主子的話，也把這話記在心裡，發誓回頭一定要好好學習手藝，最好也能讓主子為了他們的手藝開鋪子，以後也能掙大錢。

剛發完誓，下人們羨慕得快哭了，原以為家裡的管事、掌櫃們有錢，沒想到他們家後廚整日笑呵呵的廚娘們才是隱形的財主。

從酒樓回去，三個小的不去睡午覺，第一時間往後院廚房跑。

謝重潤拉著早上送牛奶給他的婆子問：「家裡經營的酒樓，有妳幾道菜譜呀？」

婆子略顯得意。「菜譜啊，不多不多，我只被選中了兩道菜譜，不比咱們家花廚娘，那是很有手藝在身上，被選中八道菜譜。」

「哇！那妳被選中兩道菜譜，一年分多少銀子呀？」

「哎呀，不多，去年也就分五十多兩吧。」

三個小夥伴露出疑惑的表情，咦，比他們以為的少。

婆子看出他們的意思，笑著道：「小主子們再細想，有些菜是時令菜，夏天能賣，冬天就沒有了，一道菜再好吃，沒有原料，那也做不出來。再說，酒樓裡不是每道菜都能賣十兩、八兩的，菜便宜，自然分到的銀子就少了。」

「哦，原來是這樣。」他們又連忙追問道：「花廚娘一年分多少銀子？」

「花廚娘呀，她有好幾道大菜都賣得貴，怎麼也得上千兩吧！」

小狗子肯定地點點頭。「我知道做生意比當官賺錢，沒想到當廚娘也比當官賺錢。要不跟我祖父說，我不讀書了，改學廚藝怎麼樣？」

後廚忙碌的眾人都哈哈大笑起來，聲音大到前頭院子裡的人都聽見了。

劉氏扭頭往外面看。「笑什麼呢？」

「子安他們去後廚了，估計是找廚娘打聽她們分多少銀子。」

「小孩子就是好奇，什麼都想知道，我去後頭看看。」

林棲拉著她的手。「娘，先別走，我有事跟您說。」

「什麼事？」見兒媳如此鄭重，劉氏在旁邊的椅子坐下。

「我家裡的事。當年我和相公成親，我跟您說，我爹娘遠在北邊來不了，您還記得嗎？」

「記得，雖然你們成婚妳爹娘沒來，那也是路太遠沒法子的事，不過妳爹娘究竟在哪兒？我們都來京都了，是不是找個時間見一見？妳爹娘也沒少記掛咱們一家，每年都託人從北邊千里迢迢地送些吃的、用的去淮安，也不容易。小寶、大寶都八個月大了，他們還沒見過呢。」

林棲有些緊張的臉色露出個笑，她是聰明人，看明白婆婆的態度，心裡那點忐忑都隨風而去了。

她家裡的事，說簡單也簡單，林棲挑重要的事告訴婆婆，劉氏聽了直說辛苦她了。

「就算是男人，家裡出這樣大的變故一蹶不振也有得是，難為妳一個小娘子，要顧著鋪子上的生意，還要憂心家裡人。」

「也不是很為難。當時家裡出事，爹娘和兄弟被流放石河，我著急趕過去，結果他們過得還行，就是吃的、穿的、住的比以前差一些，我娘當時還跟我說，這下沒個十幾年不可能回得去，還說要在石河給我哥和弟弟找合適的小娘子成親。」

「沒聽妳提過呢。」

林棲捂嘴笑。「我娘寫信給我說，他們經常去軍營，一個個模樣越來越糙，一點都不討小娘子喜歡。再說我爹也不是三品大官，人家就更看不上他們。」

「瞧妳說的，你們同個爹媽生出來的，妳長相出挑，妳哥、妳弟還能差了？」

婆媳倆說得熱鬧，劉氏提起御賜的院子。「皇上那麼聰明，他作主把妳家的房子賜給咱們，還對槿安那麼看重，是不是，皇上也覺得妳爹娘是冤枉的？」

林棲冷笑。「知道又如何，為了他那幾個鬥得跟烏雞眼一樣的兒子，朝廷重臣算什麼，說流放就流放了。」

林棲心裡是有怨氣的，當時韓霜說要替她爹娘報仇，林棲恨不得馬上遞刀子給她，讓她趕緊去，把那個昏庸的老頭宰了。

「林棲呀，妳可別做糊塗事，雖說妳爹娘吃了些苦頭，好歹全家都健健康康的，以後還有見面的時候，妳可別……」

「娘放心，我也就是在腦子裡想想。我一個小娘子，還能真衝進人家屋裡把人宰了？不能！」

劉氏一本正經道：「妳不去，也別叫霍英他們去。」

林棲開懷大笑。「行，不叫他們去。我現在呀，出銀子給阿潤他爹，讓他們兄弟鬥去，等阿潤的爹贏了，我還是功臣呢！到時候我真想看看，那些天潢貴冑是什麼神色。」

「對對對，妳有銀子，出銀子就成，咱們別做冒險的事，妳和大郎都好好的，把大寶、小寶養大，平平安安到老，兒孫滿堂。」

「哎，聽娘的。」說完心頭大事，林棲表情明朗起來。「娘，您忙著，我去後廚看看今晚有什麼好吃的。」

目送兒媳走了，劉氏的心撲通撲通地跳，在屋裡如陀螺般轉悠著不停歇。聽到外面小丫鬟說大公子回來了，劉氏趕緊把兒子叫過來。

「娘，您找我？」

「嗯，你知不知道林棲家的事？」

「您說什麼事？」宋槿安裝傻。

劉氏瞪眼。「你說什麼事？林棲都跟我說了，你還想瞞著我？」

宋槿安賠笑。「娘別惱，這不是怕嚇著您嘛。」

「哼，在你心裡，我就這麼禁不住事？」

「當然不是。爹走後，娘一個人撫養我和子安，那時候家裡可全靠您撐著。」

劉氏叫兒子進來不是聽他說漂亮話。「我問你，林棲真不會報復……」她說不出來那個詞，用手指了指皇城方向。「我看她說話的時候心裡有股氣呢，我們當婆媳也好幾年了，我也知道一些她的性子，不是個能吃虧的人，我就怕呀！」

「您放心，我們心裡有數，不會的。」

「大郎啊，同樣的話我跟林棲說了，也跟你說一遍，你現在是有妻有子的人，做事慎重些。」

「是。」

同樣知道林家事情的董秋實，對小夫妻十分信任，晚上用了晚飯，他叫弟子去書房。

「後天我跟你們一起出發回淮安，之後我就不回來了。你是奉山書院下一輩的領頭人，什麼該做、什麼不該做，你心裡有數，我相信你也能做好。

「後頭兩年你安生在翰林院待著，多跟王長鳴學學，他做了這麼多年的翰林院學士，經常在大內行走，裡面的門道，知道的可不少。」董秋實說得意味深長。

宋槿安心領神會。「等我探親假回來，就去王大人府上拜訪。」

「還有一件重要的事，你如今已弱冠，也中了進士，該給你取字了，你如若願意，老夫幫你取一字？」

宋槿安恭敬道：「家父去世得突然，沒有給我留下字號，請老師賜字。」

董秋實笑著拂了下衣袖。「古人取字，乃是為了以表其德。你名槿安，槿為木名，有勃勃生機之意，朝氣蓬勃之感，老夫為你取字為盛之如何？」

「多謝老師，弟子甚喜。」

董秋實笑了起來。「春華而秋實，你是風華正茂的年紀，不要辜負為師的期望。」

「弟子必不會辜負老師的期望。」

宋槿安表字盛之很快傳了出去，第二天，三個師兄來家裡和老師告別，順便吃飯。江雲楓一臉羨慕。「我弱冠的時候，請老師給我取字，他不肯，叫我去問我爹。」

劉闊和葉明也點頭。「我們師兄弟幾個，就你的表字是老師親自取的。」

「嘖嘖，春華秋實，宋盛之，老師這是盼著你入閣？」

「盛之師弟呀，你要好好努力，爭取老師在的時候能看到那一天。」

劉闊拍了江雲楓一巴掌。「沒大沒小的，好好說話。」

「嘿嘿，有生就有死，沒什麼不好提的。」

宋槿安微微一笑。「二師兄、四師兄，你們今天考試如何？」

「還行吧，一個庶吉士應該能考上。」

江雲楓說：「今天考試碰到你那位同窗，我看他表情不怎麼好，估計考不上。」

「嗯，看樣子他想留在京都。」

自從那年康家的事情後，兩人就漸行漸遠。在淮安的時候有孫承正和石川做橋梁，兩人還能同在一張桌子上喝酒，他們不在，他和季越也就只有點頭之交的情分。

想到孫承正、石川和宋家村，他該回去了。

第二十四章

京都的林家老宅交給宋石打理，宋槿安和林棲夫妻倆帶著二管家宋朴返鄉，宋朴也全都一一安排妥當。

出發那一天，他們在碼頭碰到季越夫妻倆，林棲笑著跟雲嵐打招呼。「跟妳說了我家的地址，這一、兩個月，總不見妳來，我也為妳擔心。」

雲嵐先跟劉氏行了禮，才笑道：「我也是新來乍到，由於不熟悉京都，到了之後忙著操心好些事情，就把這件事給放下了。我想著妳家相公考中進士也要回老家祭祖，等我回桃源縣，咱們還有見面的機會。」

「幾個月不見，真會說話。」

雲嵐開心地笑起來。「所幸咱們都得償所願了。」

林棲邀他們夫妻坐自家船，季越開口拒絕了。「船錢已經付了。」

林棲也沒強求，只朝雲嵐道：「等我回去把家裡的事處理妥當了，請妳來家裡喝茶，把妳家小郎君也帶上。」

「欸！」雲嵐歡歡喜喜地跟著季越走了。

等人走了，劉氏忍不住說了句。「季越是大郎的同窗，以前他們還在桃源縣讀書的時候關係挺好，這幾年我怎麼瞧著，越來越疏遠了？林棲和他娘子關係倒是不錯。」

季越當年為了攀附康家做出的事情，宋槿安沒跟他娘提過，現在問起來，還是簡單說明一番。

上船後，一家人在船艙裡喝茶，聽了季越做的事情，劉氏不禁嘆氣。「好在沒害到你們。不過我瞧他剛才的樣子，他害了人心裡也未必高興。」

宋槿安沈默不語，林棲卻很明白季越的想法。不擇手段想上位，真給他機會的時候，他也真能動手，動完手心裡又糾結難受懊悔，給自己造成非常大的精神內耗。

他這是後悔嗎？不是，你給他再一次選擇的機會，他還是會這樣做。這種人，你說他虛偽嗎？或許算是吧。

董秋實對季越這個人沒有好感，他這一輩子官至一朝閣老，見過的魑魅魍魎數不勝數，季越這樣的行為，都不能讓他抬一下眼皮子。

「老夫去外面走走。」董秋實站起來。

宋子安、小狗子和謝重潤都跳起來。「我們也去。」

小狗子拉著他的衣袖撒嬌。「祖父，叫船伕撒網撈魚吧。」

董秋實瞪眼。「多大了，還做些小兒姿態。」

小狗子不以為恥。「我都還沒滿十歲，難道不是小兒？」

「你一天天的，跟著他們倆不學好，越來越會頂嘴了。」董秋實很不高興地把袖子扯回來。

謝重潤也不高興了。「你孫子頂嘴，賴在我跟子安身上做什麼？明明是你為老不尊，小狗子有樣學樣，才變成這樣。」

董秋實冷哼。「你這沒大沒小的樣子，難道也是跟你爹學的？」

「你說什麼，我聽不懂。」謝重潤不接話了。

宋問是個愛說笑的性格，本想插話，但聽到四皇子，他不敢接話，默默地閉嘴。

一個老的帶著三個小的，吵架的時候嗓門一個比一個大，宋槿安聽了直搖頭。「希望我們家小寶長大了不會變成這樣。」

林棲哈哈大笑。「宋大人，以後當官了，可別一心撲到公事上，為了你老有所依，還是要好好教導你這唯一的兒子。」

宋槿安嘴角翹起。「小寶不行，我家大寶長大後定是個孝順的小娘子。」

「呵呵，想要你閨女孝順，你可要好好做官，做大做強，給你閨女撐腰。我跟你說，你閨女要是過得不好，絕對沒空回娘家看你這個糟老頭子。」

「妳這話說的，為了教兒子讓我別一心撲到公事上。為了女兒以後有依靠，又叫我好好做官。我到底該怎麼做？」

「這不是你的事情嗎？你來問我？」林棲覺得自己很無辜。

劉氏搖搖頭，扶著丫鬟的手站起來，她要回自己的船艙休息一會兒，裡裡外外，就沒個不吵鬧的地方。

這一路上不缺熱鬧，小的整天去外頭看抓魚，劉氏帶孩子，林棲和宋槿安夫妻倆關上門忙著深度規劃未來藍圖。

兩人得出一個結論，首先兒女要好好教，按照他們家現在他忙、她也忙的現狀，只能進行言傳身教了。

林棲出門談生意巡視鋪子時把兒女都帶上，宋槿安只要在家孩子就歸他管，晚上睡覺的時候，孩子歸婆婆。

劉氏表示。「都聽你們的，你們夫妻倆商量好了就成。」

宋子安聽他哥嫂一番分析姪兒、姪女該怎麼養，發問。「我幹什麼？」

「你嘛，負責好好讀書，爭取給咱們家再掙兩座牌坊。」舉人一座，進士一座。

到了淮安後，董秋實帶著孫子回奉城，和宋槿安一家分別。

林棲吩咐下人把一部分行李送到林家別院，中午去舅舅、舅母家用午飯，下午坐船回桃源縣，天還未黑，一家人就回到了村裡。

宋家村的狀元回來了！

即使這時候夏忙，大夥兒也敲鑼打鼓地迎接他們一行人。劉氏坐不住了，到了村口就下馬車。

「狀元他娘，您老大喜呀！」

「叫什麼狀元娘，現在得叫宋老夫人。」

「哈哈哈，哎喲，聽起來怪氣派的，咱們宋家也出了個老夫人。」

「槿安現今在哪裡做官？狀元是頭名啊，皇帝老爺得給個大官當。」

被一群人圍著，劉氏不慌不忙地笑著點頭。「今兒時間不早了，大家都散了吧，明兒有空來家裡坐坐。」

宋成走過來。「都散了，回家忙去吧。等流水宴定下來，到時候大家都來幫把手。」

「好，聽族長的。」

宋問笑嘻嘻地從後頭馬車上跳下來，喊了聲祖父。

宋成上下打量他一番，在心裡點了點頭。這回讓他們跟去京都，在外頭長了見識，這人的氣度大不一樣了。

宋舉這小子也是，原本有些鑽牛角尖，說話有些刺人，現在說起漂亮話來，語氣再真誠不過了。宋明和宋觀兩個，也不似以往。

宋家的下一代呀，已經成長起來了。

宋槿安下馬，對宋成拱手。「辦流水宴又要麻煩族長了，多謝您費心。」

宋成擺擺手。「該是我來說謝謝。再說，只要咱們村能多立一座牌坊，多費些心思也無妨。」

守在村口看熱鬧還沒走的人，目光都落在狀元牌坊上，宋子安也仰頭望著牌坊。

謝重潤攀著小夥伴的肩膀。「你加油讀書，以後跟你哥哥一樣考中會元。如果是我爹做皇帝，我求他讓你當狀元。」

宋子安撇嘴。「我都考中會元了，難道還要你走後門？」

林棲翻了個白眼。「你們兩個先考個童生讓我開開眼吧。」

宋子安和謝重潤對視一眼，他們再讀兩年書，不知道行不行。

宋家村的人自豪地把這次流水宴稱為狀元宴會。

別說宋家村了，去桃源縣的縣志裡面翻一翻，六元及第的狀元也找不出第二個人來。

宋家村的人猜到流水宴當天肯定有很多人會來，但是沒想到來的人如此之多，還未到巳時，宋家村那條寬敞的大道上已站滿了人。

宋家村的族老們年紀大了，有心無力，總有疏漏不周到的地方，由宋問他們四個人帶著村裡的年輕人承擔起責任。

宋問擅長和人打交道，管迎來送往。宋舉心細，負責掌管大局，還管著廚房的糧食蔬菜採買。宋明和宋觀負責跑腿，一趟趟去縣城把短缺的東西運回來。

待到午時，遠客來了，陶潛和張毅領頭，帶著淮安城裡和林棲關係不錯的親朋好友前來賀喜。和他們一同到的還有石夫子，宋槿安的同窗孫承正、石川，以及奉山書院的人等等。

宋槿安和林棲剛和舅舅、舅母相見，還沒說上幾句話，孟大人就來了。

宋槿安拍了拍石川和孫承正的肩膀。「我和你們親近，你們對我家也熟悉，來的讀書人都交給你們幫我招待好。」

孫承正拍著胸口保證。「交給我們，你就放心吧。」

「回頭等今日忙完了，我們再聚一聚。」說完，宋槿安攜娘子前去接孟大人一家。

兩方相見，孟元傑拱手道喜，孟夫人笑著對林棲說：「難為妳回來一趟這麼忙，還幫我家帶東西。」

「都是自己人，您別客氣。」林棲扭頭對孟倩娘說：「給妳帶了一套國色的衣裳，叫繡娘按照妳的尺寸趕製出來的，正紅色，另外還有兩套天香新出的香料。前天回來太忙，沒來得及找出來送去給妳。」

孟倩娘嘿嘿一笑，湊到她耳邊小聲說：「楊瀚前些天回來給我帶了一套，我還沒來得及用呢。」

林棲取笑她。「這定了婚期就是不一樣，現在都直呼其名了。」

楊瀚今年也參加春闈，考中二榜進士，今年秋天就要舉辦他和倩娘的喜事。

又有外客來了，孟夫人把閨女拉回來，對林棲道：「妳先去忙，回頭妳去桃源縣找倩娘喝茶。」

「哎。」林棲只來得及應一聲，就被人叫走了。

外頭的桌子坐不下，新來吃宴席的人都被安排到各家各戶家裡，貴客則被引到宋槿安屋裡，東西廂房都坐滿了人。

今天來的人多，主要是賀喜，說不上什麼話，陶潛找了個空檔找林棲問了句。「妳什麼時候回淮安？」

「十天後，家裡還有些事情要處理。」

「那你們回淮安後吩咐小廝去我家通知一聲。」

用完午飯喝完酒，淮安來的客人都先告辭回去了，舅舅、舅母也正要離開。

姚氏拉著林棲的手。「我們就不多留了，我和妳舅舅在淮安等你們，還有妳婆婆，今天都沒跟她好好說話。」

「今天家裡人多，娘擔心大寶和小寶，露了個面就回屋了。」

姚氏拍了拍她的手道：「難為她這樣幫妳操心孩子，妳可要多孝順她。」

「嗯。」林棲送他們到村口，宋朴去碼頭送客，安排家裡的商船把人送到淮安再回來。

孟大人待得稍晚，他和宋槿安進書房聊了一個多時辰，這才回桃源縣。

孫承正和石川留到最後，宋槿安也累了，帶著他們去書房坐。

「你桌上放這麼大箱子做什麼？」

宋槿安道：「替你們收集的考卷，你們多練練手。」

孫承正和石川打開箱子，裡面一疊疊考卷整整齊齊，每一道考題後頭還有別人的答卷。

「宋槿安，不愧是我好兄弟！」孫承正假裝感動地抹眼淚。

石川笑道：「你可別裝了。」

「哎呀，這不是看他累了，說個笑話給他解解乏嘛。」

宋槿安翹起嘴角，靠著椅子放鬆地伸長了腿。「你們後頭怎麼安排？還是留在書院？」

石川和孫承正對視一眼，點了點頭。

「我知道自己天分不高，不過我還是想再努力一把。」孫承正說：「我爹娘和哥嫂都覺得我還年輕，可以再唸幾年書試試。」

石川說：「我也是這樣打算的。如果後年再考不上，我就考慮跟我爹一樣，回桃源縣開個私塾。」

宋槿安拍了拍他們的肩膀。「有事寫信給我。」

「放心，只要你不嫌棄我孫承正，我們就是一輩子的同窗朋友。」

三人相視一笑，一切都在不言中。

孫承正和石川回去的路上閒談，石川很是感慨。「他竟然一點都沒有變！無論是鄉下窮學子的時候，還是現在春風得意的時候，一直都是這樣。槿安太穩了！」

孫承正不覺得奇怪，笑著說：「要是心性差一點的，你覺得他家那個聰明又身家豐厚的娘子會看上他？董掌院會收他當弟子？」

石川壓低聲音。「中午的時候我坐在奉山書院那幫人隔壁，聽他們私下說，如今奉山書院新一代的領頭人是槿安。」

「不會吧？」孫承正不敢相信。「誰不知道董掌院前頭那四個弟子，除了二弟子出身商賈，其他三個不是出身勛貴，就是出身官宦之家，輪得到槿安？」

「如若不是如此，哪裡又值得他們專程從奉城跑到這鄉下地方，就為了道賀？」

「聽你這麼說，還真是這個意思。」孫承正想了想，嘖嘖一聲。「這人的際遇啊，沒到蓋棺的時候，還真是沒個定論。」

石川拍拍馬車上的大箱子。「把這些研究透徹，咱們兩個再不濟，還是有望考個舉人。」

孫承正笑了笑，他的目標是宋槿安，他可不會滿足於一個舉人。他這樣一個讀書一般的人，說出自己的目標是當朝唯一一個六元及第的狀元，都惹人笑呢。

「回家好好用功讀書吧。」

家裡忙完流水宴，夫妻倆帶著大寶、小寶去山上陪凌霄道長住了幾天，早上下山後去拜見了孟大人和孟夫人，下午就去見了許如意和梅蕊。

許如意趕緊叫丫鬟給她上一杯茶。「妳這一天安排得真夠緊湊的。」

林棲也很無奈。「淮安那邊還有事情要忙，我們在桃源縣待不了幾天。」

梅蕊笑著說：「我們本來計劃等妳回來了，留妳在家住幾天，聽妳好好說京都的繁華。」

「雲娘也去了，妳們問她也行。」

梅蕊嘆氣。「雲嵐她娘病了，前兩天季越家也辦了流水席，她只去露了個面就回來了。」

「病得嚴重否？」

「嚴重倒是說不上，就是一直拖著不見好。聽雲娘說，前些日子好得差不多了，最近太累才又病得下不了床。」

許如意很是看不上季越。「他現在可風光了，靠著雲嵐家讀書讀成了，聽他自己說，他被吏部的大官看中，回京都以後要去吏部做官，他們家那些人呀，尾巴恨不得翹到天上去。雲嵐她娘又病重了，他們季家都沒來人看過一眼。」

梅蕊說話一向謹慎，今天忍不住想說一句。「當年我們三家人去淮安求學的路上，如意妳還記得林娘子說了什麼話嗎？」

「怎麼不記得，仗義每多屠狗輩，負心多是讀書人唄！」

「季越啊，我看他有些得意過頭了！希望他對雲嵐好些吧，不管怎麼折騰，還記得糟糠之妻不下堂才好。」

剛安排好家裡瑣事就趕來相聚的雲嵐，站在門口聽到這番話，想到回來這些日子的辛苦，有些忍不住落淚了。

林棲最先發現雲嵐，連忙叫她進來。「外面那麼曬，別站著了，快進來坐。」

許如意不好意思地道：「我們沒想背後說妳閒話，就是突然說起……」
「我知道，妳們都是為我操心，說的都是實話。」雲嵐擦乾眼淚，待情緒平復之後才說：「其實，事情比妳們知道的還糟。相公還沒考中的時候，我們家說什麼，他爹娘都點頭，他娘總是對相公說，一切都是為了我們小倆口好。現在呢，相公考中後，公婆對我的態度一下變了，前些日子家裡辦流水宴招待鄉鄰，我婆婆叫大嫂去迎客，叫我去後廚洗碗，以前從來沒有這樣過。」
「所以妳就回家了？」
雲嵐點點頭。「我把丫鬟留在他們家幫忙，我就回來了。」
「季越就沒說點什麼？」
「我……我沒跟他提。」
林棲直言。「如果是我，我就跟他提，他為妳說話當然更好，他若不站在妳這邊，妳心裡得有個數，要做好最壞的打算。」
雲嵐、梅蕊和許如意都愣住了。
「什麼最壞的打算？和離嗎？還是被休？」
許如意說：「當官的最喜歡送小妾拉關係，說不定季越以後會納妾。」
林棲淡淡一笑。「最壞的結果妳們都想到了，大概也就是這樣吧。雲嵐啊，妳也知道季越和我相公的關係，不鹹不淡地處著就是了，以後官場有爭端，說不定還要交惡。我們相識一場，不管他們如何，只要妳沒參與害我一家，我就當妳是朋友。如果妳跟季越……妳最後的退路肯定是在桃源縣，在妳爹娘身邊。只要妳在桃源縣，我跟妳保證，季越就算當了京官，也不敢拿妳怎麼樣。」又扭頭跟梅蕊和許如意說：「對妳們，也是一樣的話。」

許如意暗自嚥口水。「林棲呀，妳剛才說話好猛，比男人還霸氣。」

梅蕊拍拍胸口，安撫一下怦怦跳的心臟。「妳若是個男人，我就嫁給妳。」

林棲揚起下巴，驕傲地輕哼一聲。「我若是個男人，妳們都配不上我！」

雲嵐哭著，噗哧一聲笑了。「去妳的！」

林棲笑著看她。「人生嘛，總有起起伏伏，只要妳自己立得住，沒了這個男人還能換下一個。妳們要是有錢有勢，妳就是當祖母了，也有一群弱冠的貌美男子排隊等妳們青睞。」

梅蕊不好意思地捂住臉。「要死了，這話傳出去我們還做不做人了！」

許如意倒是很大方接受林棲這一番話。「不說別的，我以後要好好存私房錢，自己用不上也能留給兒女。」

「對，千萬別太對男人掏心掏肺。」

這時候，雲嵐特別感激當初在京都買宅子的時候，提醒她把宅子記在自己名下的黃大嫂和那位老婆婆。

姊妹聚會，快樂又短暫，這一次聚會後，下次再見就不知道是何年何月了。

臨走之前，林棲對梅蕊和許如意說：「以後妳們相公如果要去京都趕考，去我家住，我家寬敞。」

「好，謝謝林財主。」

「哼，不用謝。財主多難聽啊，俗氣！以後叫宋夫人。」

三人都笑了起來，雲嵐笑著。「行了，時候也不早了，妳們兩個大肚婆就別動了，我送宋夫人出門。」

「林棲，下次再見呀！」

林棲擺擺手，和雲嵐肩並肩出去。

宋槿安剛從石夫子那兒過來，專程來接她。

林棲問：「娘和子安他們回去了嗎？」

宋朴點頭道：「老夫人和小公子都回去了。」

宋槿安伸出手，林棲扶著他的手上馬車。林棲掀開車簾對雲嵐說：「回去吧，幫我向妳爹娘帶聲好。」

目送著宋家的馬車離去，雲嵐站在門口嘆了聲氣。人和人的差別，還真是大。

馬車內，只有他們夫妻兩人，林棲跟他說：「雲嵐說，季越要進吏部？」

宋槿安搖了搖頭。「不曾聽說。不過他既然放出話來，應該已經定下了。」

「二榜進士進六部，從給事中做起，給事中是從七品，雖說品級低，那也是京官，走的還是實權的路子。他一個聲名不顯的二榜進士，一點根基也無，那麼多人等著選官，怎麼就他被選上了？」

夫妻倆想到同一個原因，對視了一眼，季越可能已經投到某位名下。

「季越挺聰明，希望他不要聰明反被聰明誤。」

「尊重他人的命運。」

宋槿安失笑。「妳這話說得倒是挺有意思，值得玩味。」

林棲笑了笑，靠在他肩上，宋槿安親密地抱著她，吻了她的額頭。

林棲情緒不佳，即使她在笑，他也感覺到了。他本想問，但馬車已經到村裡了，眼下不是時候。

晚上，族長請他過去，等他回來，娘子已經睡了，等到第二天天亮，她忙著指揮下人收拾東西，又要抽空照顧兩個孩兒，忙得不可開交，沒有他說話的空隙。

一家人離開桃源縣去淮安，下午陽光明媚，林棲心情甚好，還有心情和阿潤、子安鬥嘴，宋槿安笑了笑，什麼都沒再提。

他們夫妻回淮安當晚，陶潛來了，還帶著他的娘子徐氏。

「我接到四皇子的親筆信，過兩天我要去一趟石河。」陶潛一坐下就說正事。

宋槿安和林棲都知道了，林棲說：「本來該我去，可是我家孩子小，放在家裡不放心，所以我跟四皇子提議叫你過去。我爹娘和兄弟都在石河，那裡還有我的心腹掌櫃，春黛，你知道吧？」

陶潛點點頭。「妳手下的兩個大丫鬟之一嘛，我說呢，這幾年沒看到人。去年商會聚會妳沒來，還有掌櫃問起妳這個大丫鬟，問是不是嫁人了。」

「她被我派去石河做糧食生意。北疆那邊這幾年還算安穩，土地種上了糧食，去年產量已經相當可觀了。」

陶潛意味深長地看了眼宋槿安。「賣糧食、賣布疋給那邊牧民是你們想的法子吧？你們這是要徹底掌控草原上那群土匪的飯碗啊。」

宋槿安淡淡道：「草原上本來就不適合耕種，讓他們養牛羊跟咱們換糧食、布疋、茶葉，不是正好？」

「哼，你們兩夫妻真是殺人不見血。」

徐氏拍了拍他的手。「這明明是技高一籌，還是陽謀。」

林棲笑了起來。「徐姊姊，看來咱們英雄所見略同。」

徐氏也跟著笑。「既然妳叫我一聲姊姊，等我家陶潛去北邊，妳的人可要好好照顧我家相公。當然，妳去了京都，淮安這邊要是有人敢和你們家過不去，不用妳出手，我就替妳收拾了。如何？」

「徐姊姊霸氣，聽妳的。」

陶潛敲敲桌子。「看在咱們相交多年的分上，跟我透個底，四皇子那邊，你們怎麼看？」

陶家現在搭上四皇子這條線，算是如願以償，但是他依然沒有全部信任四皇子。

不過這夫妻倆都幫人家帶了兩年多娃，又去了京都，憑藉他們的人脈和腦子，對四皇子究竟有多少實力肯定更加清楚。

宋槿安的看法，如果被迫必須選邊站，他選四皇子。

林棲表示贊同。「沒有最好，只有更好，排除另外三個，就剩下四皇子了。」

「我可是押上全副身家，你們竟然如此兒戲？」

「並非我們兒戲，你自己想想，是不是這個道理。」

陶潛覺得一股怒氣在胸口醞釀，還沒等他發出來，被宋槿安一句話就戳破了。「四皇子有意發展海軍，待北邊安定之後。」

陶潛猛地站起來，看向林棲。「我們商會……」

「我們商會以後錢照樣賺，有了朝廷管制，多交些稅罷了。不過以後也有海軍護航，就當交保護費了。」

「那咱們能把南海那個島搶過來嗎？可以給咱們當作海上補給的地方，還能向西邊那些國家學習。穿上軍服是士兵，脫下軍服是海盜，兩邊賺好處。」

「呵呵，很有想法嘛，若想實現你的想法，去北邊好好幹活吧！北邊安頓下來，才能著手南邊海上的事情。」

陶潛一抹臉，頓時信心十足。「放心，做生意嘛，我老陶家生來就會。」

陶潛夫妻倆離開宋家，回到陶府，他爹和幾個族老都在等著他。

陶潛開口就說：「族裡再多選些能做事的人跟我去北邊。」

陶潛下定決心要好好幹，那就不能只依靠林棲的人手。

第二十五章

宋槿安夫妻不得閒，見了很多人。後頭幾日宋槿安一個人去奉城，林棲則在淮安處理生意上的事情。

宋槿安如果不外放，她應該會一直待在京都，因此南邊的生意都要安排好。家裡的鋪子還好說，出海的生意有陶家牽頭，商會的人還算團結，也花費不了她多少心力。

林棲現在最重視的是造船廠，以及生產火炮的那幫人。

林棲專門去見了他們一次，除了勉勵他們好好工作，發獎金之外，最重要的，就是要和他們談以後的規劃。

林棲有心理準備，等四皇子掃清北方，掌握權力之後，海上力量的發展勢在必行，而她手裡有當朝最好的造船技術、最厲害的工匠，就不得不交出去。

「你們很聰明也很勤奮，這些年造出來的船揚帆出海，給商會賺了不少銀子，我自認沒有虧待你們。」

領頭的王招財低頭應聲。「主子對我們好，我們心裡都記著。我們這群人從吃不上飯到現在住大宅子，全家老小衣食無憂，多虧了主子。」

「我今天來不是聽你們表忠心，有件事情我要提前跟你們說，你們回去自己考慮考慮，三天後，我會再來聽你們的答案。」

林棲簡單把上面的人有意發展海軍的事情告訴他們。

「你們這些年苦心鑽研都是有回報的，你們這一批人在造船和製作火藥上是最厲害的人，連朝廷工部的那些工匠都比不過你們。如果朝廷真的要發展海軍，你們這些人都會得到重用。」

宋槿安和林棲的預想，如果朝廷真要發展海軍，最好是建設海軍學校，聘請這些人當老師，培養出更多人才。

但是他們也無法作主，比如像火藥這樣的利器，朝廷可能會大力控管，製造火藥的工匠很可能被帶到某個秘密的地方，終生都無法再見外人。

屋裡的其他匠人們面露喜意，只有王招財沈著冷靜，作為領頭人他想得更多。「如果真有那麼一天，我們這些人將會被安置在何處？我們會成為朝廷的匠戶？」

「匠戶」兩個字就跟巴掌一樣打在那些興高采烈的人臉上。與其當個沒有自由、身分低下的匠戶，還不如留在主子這裡。雖說同樣是下人，主子卻從未打罵過他們，只把他們當作一般做工的人。

主子給的月錢和賞銀豐厚，他們這些人，家裡娘子、閨女穿金戴銀、使奴喚婢的也不少。

剛才還為朝廷看重自己且沾沾自喜的人瞬間明白過來了。

「主子，我們不去。」

「對，不用考慮了，我們要留在主子身邊。」

「讓他們去當匠戶，還不如跟著主子過好日子。有主子護著，沒人欺壓他們，有多少本事就能掙多少銀子，這樣的日子比自由身還好。」

你一句、我一句地表忠心，越說越鬧騰，坐在上面的林棲一言不發。

王招財察言觀色，試探著道：「主子，我們肯定願意給朝廷做工，但是能不能留在主子身邊？」

林棲知道他們內心的擔憂，安撫道：「也不一定是去做匠戶，如果朝廷鐵了心要發展，只憑藉你們這些人肯定是不夠的，說不定要開專門的私塾教導學子。」

林棲看他們一眼。「不管以後如何，從現在開始，我會派二管家送些聰明伶俐的小子、丫頭過來學。萬一以後朝廷要人了，你們不去，總要有人去。」

手藝最好的那幾個人連忙大聲說：「主子放心，我們肯定不藏私，一定好好教他們。」

林棲點頭。「按照我定下的分級，三級工匠以上可以帶徒弟，四級和五級工匠你們努力提升自己，也爭取早日出師能自己帶徒弟，我們現在需要大量的人才。」

按照她的規劃，三級工匠是技術成熟的工匠，對造船或者製作火藥的每個流程都熟稔於心；二級工匠不僅有三級工匠的技術，還有一定的創新力，能針對問題提出改進意見；一級工匠除了有技術、有創新能力之外，還有理論知識，會設計新船。

她手下現在有四個一級工匠，八個二級工匠，二十七個三級工匠，四級和五級工匠只能製作某幾個單獨環節，她不清楚具體人數。

林棲走之前告訴他們。「我希望你們八個二級工匠好好學習研究，爭取在幾年內升到一級工匠，能早日獨當一面。其他三級、四級和五級工匠也別懈怠。我還是那句話，技術是你們的立身之本，再怎麼投入精力都不過分。」

林棲扭頭對宋朴說：「從今年開始，升級的獎金和月錢再往上提兩成。」

「是！」

林棲走後，關上門來只有他們自己人在，王招財走到最前面。「主子說的話，你們也聽到了，無論你們以後選擇去朝廷還是留在主子這裡，技術才是最重要的，你們好好跟張工匠他們學習。」

張工匠是造船廠的一級工匠，他領頭坐在第一排，和他並排的還有另外兩個造船廠的一級工匠，和一個火藥廠的一級工匠。

他們四個人，拿著兩邊廠裡最高的月錢和獎金，身家比一般的小商人還豐厚。雖說是下人，在主子面前也有座位。

張工匠今年剛滿四十，正是壯年之時，他淡淡地掃了眾人一眼。「自己好好學，等人來了也好好帶。」

張工匠作為技術領頭人，說話非常有分量，有時候比王招財這個管事的說話還好使。

四個一級工匠單獨開了會，理清楚頭緒後，幾個人對視一眼，結論不用說了。張工匠開口。「我會從二級和三級工匠裡面選三、四個人帶，手把手地教。」

「我們也這樣打算。」

造船廠發展多年，工匠人數最多，萬一朝廷要徵召，他們還有得選。火藥廠唯一的那個一級工匠慌了，如果必須要去，他肯定跑不掉。

「老黎，你先別慌，主子說了要等北方平定才會輪到咱們，你還有時間。」

「你們都知道我以前是道觀打雜的小道士，後頭被道觀趕出來，沒家沒口地顛沛流離了大半輩子，前些年碰上主子才過上幾天好日子。我娘子剛給我生了老二，萬一我要去當匠戶，我家日子怎麼過？」

「別愁了，先想辦法吧。」

林棲回家，先回清夏居換洗了衣裳，去隔壁看她的寶貝們。

林棲坐下，抱起大寶，笑著跟婆婆說：「她是不是又重了？」

劉氏高興地點點頭。「上午親家舅母過來看了，也說大寶好像重了，秤了下，比一個月前剛回來的時候重了一斤。」

林棲抱起閨女。「哎喲，長得這麼快，肉嘟嘟的，再長胖娘親就抱不動妳了。」

宋槿安進來，淡淡一笑。「那我抱大寶，妳抱小寶。」

林棲驚喜道：「你什麼時候回來的？」

「中午吃了飯去文芳街見了孫承正和石川，這會兒才回來。」

「那你別抱，先去把外出的衣衫換了再來。」

宋槿安捏了捏閨女的小胖臉。「我一會兒再來。」

劉氏跟兒媳說：「大郎從他老師那裡回來了，咱們要去京都了？」

林棲應了一聲。「也就是這三、四天吧。」

晚上夫妻夜裡閒話，宋槿安問起船廠那邊的情況。

「還算穩當，如果以後要辦大船廠，人手還是少了些，這兩年要抓緊時間培養人手。」

「現在就看陶潛他們，什麼時候能把北邊安定下來。」

林棲笑了笑。「放心，陶潛那個人，雖說沒有一顆為國為民的大愛之心，但是十分看重家族興衰。為了陶家的將來，他會毫不保留地拚了。」

林棲對陶潛還是非常了解，他比林棲早一天出發，那天淮安的碼頭上熙熙攘攘，人來人往，大多都是跟著陶潛要去北方的人。

當時，宋朴去送東西給陶潛，回來稟報。「帶了一百多人走，除了護衛之外，帶最多的就是陶家門下的掌櫃，還有很多陶家的年輕人。有些人和我打過交道，辦事能力不差。」

說完了陶潛，夫妻閒話間，又說到裴同知，宋槿安道：「錦程今年考中二榜進士，一直很低調，考中後第二天就謀了外放寧波府，毫無聲息地走了。」

「不意外。裴同知不站隊，保持中立，因為康家的事情肯定得罪了三皇子，裴錦程那般快離開估計也是不想生事端。」

宋槿安嘆氣。「錦程都沒當面好好跟我說過話。」

「以後有得是機會。」林棲暗示他。「那可是寧波府啊。」

宋槿安笑了笑。「我們家現在不方便去拜見裴同知，叫下人暗中送一份禮去吧。」

現在事情千頭萬緒，各方關係拉扯不休，當官真不是一件容易的事情。

一早，一家人上船前往京都。

宋石辦事得力，林家的老宅已經收拾妥當，屋裡的家具按照主子們的喜好準備好。

謝重潤乘坐馬車，跟來林家老宅，在小夥伴的院子裡轉悠一圈，給自己選了一間房間，就被他爹給接回去了。

送走四皇子府的人，宋槿安看著幼弟道：「不知不覺你也是大孩子了，既然你答應阿潤陪他讀書，就好好讀。如果在四皇子府碰到誰欺負你，你要跟我和你嫂子說。」

這幾年跟著謝重潤和小狗子一起讀書玩鬧，宋子安不再是那個唯唯諾諾的小啞巴了，他露出個笑。「哥哥，我知道。」

一旁的劉氏感嘆，他們家興榮到這樣的地步，以前真是作夢都不敢想。

「老夫人，嬤嬤叫奴婢來問您，矮榻是否要挪到窗邊？」

劉氏連忙進屋。「挪，別管好不好看，咱們自己屋又沒有外人來，住得舒坦才好。」她喜歡在靠窗的地方放一張寬榻，平日裡可以帶著孫兒、孫女在榻上玩。放窗邊好，透氣，還能看看院子裡的景色。

安頓住宿的時候，劉氏跟小兒子住西跨院，林棲夫妻住東邊院子。正房收拾出來暫時沒人住，是留給林棲的爹娘。

林棲知道是宋槿安的安排，心裡感動不已。

主子們一回來又住進林家的老宅，幾個原本從林家出來跟著娘子的下人們頓時覺得主心骨兒回來了，好幾年沒有住人的宅子，人氣瞬間回來了。

林棲叫大管家給周圍鄰居送點心拜見，鄰居也都回了禮，算是禮尚往來。

宋石道：「雖說沒有看不起的意思，態度也不算熱情。」

「正常，咱們周邊都是三品大員以上的高官，想想你家主子，還是個沒有正式當值的翰林院從六品修撰。」

宋槿安感覺到自己被嫌棄了。「行了，我明天就去報到。」

當值第一天，宋槿安在翰林院門口碰到王長鳴。

「見過王大人。」

王長鳴顯然有事要忙，隨便囑咐兩句就急忙走了。

江雲楓吊兒郎當地過來。「喲，來啦，你倒是比二師兄和三師兄回來得早。」

「二師兄家在揚州府，三師兄家在益州，都比我遠，回來晚很正常。四師兄這段時間過得如何？」

江雲楓愁眉苦臉的。「別提了，就我一個在京都，本來我想去找我爹和我哥，順便遊玩一圈，被我爹寫信過來一頓好罵。」

師兄弟兩人進去，江雲楓給他找了個位置。「騰出來的這幾張桌子都是留給咱們的，咱們師兄弟四個坐一起。」

「看來你當值得早，還是有些用處。」

「哈哈，那是！」

榜眼熊伯龍進來了，江雲楓打趣了句。「學兄，聽說你昨兒和蕭大人、周大人們出去喝酒了？聽說還是去紅袖招，豔福不淺呀！」

熊伯龍嘆氣，揉了揉額頭。「別提了，我也沒想到是去那樣的地方，昨晚回去，我娘子跟我鬧呢。」

說話間，好幾位大人進來，大都是正六品和從五品的侍讀學士、侍講學士，畢竟翰林院最高的官職也就是個正五品。

戲文裡經常寫什麼老翰林，一聽就知識淵博，實際上只是個不受皇帝待見的讀書人，俸祿低的還不如外頭開私塾授課的舉人。

為什麼不受皇帝待見？翰林院是天子近臣，有實力又受待見的早就走了。

新來的庶吉士們心裡這般想，面上還是要做出恭敬的樣子，畢竟是上峰。

蕭陌然瀟灑地走過來。「宋大人，王大人吩咐，從今天開始你就跟著我編史書吧。」

宋槿安應下，蕭陌然拉拉雜雜地說了一堆事，扭頭叫雜役去隔壁屋將他桌上的古籍搬過來。「兩個月後王大人要檢查成果。宋大人，你努力啊，別落了你奉山書院掌院弟子的臉面！」

說完，蕭陌然揚長而去。

屋裡只剩下他們三個，沒有外人在，江雲楓說話就有些不客氣。「這位蕭大人官威不小嘛。」

熊伯龍嘆氣。「我聽出身奉山書院的幾位老大人說，掌院對他很不滿意，本來以為他會收斂一些，沒想到他現在反而更加放肆。原來我還不信，昨晚在紅袖招……也罷！」

江雲楓和宋槿安兩個是知情人，老師對蕭陌然何止不滿意，實際上已經把他逐出師門了。

不管私下如何，蕭陌然是宋槿安的上峰，他吩咐了公務，他就要做。

「我幫你整理書籍？帶我的孫大人脾氣挺好，也沒給我吩咐多少事。」

宋槿安拒絕了。「師兄你忙你的，我自己來！」

「那好，有事需要幫忙叫我們一聲。」
「謝謝師兄。」
宋槿安從入職第一天就忙得不可開交，蕭陌然則和他相反。他埋頭翻閱古籍的時候，蕭陌然和老翰林們品茶說笑；他奮筆疾書的時候，蕭陌然和來翰林院傳話的太監們拉關係。
蕭陌然太明目張膽了，王長鳴忙完手邊差事，站在窗邊休息的時候，正好看到他給御前一個小太監塞東西。
王長鳴皺眉，扭頭去找宋槿安。「蕭陌然這陣子安排你做什麼了？」
一旁的江雲楓答道：「蕭大人安排的事情還真不少，咱們宋大人這一個多月來，可是一個人做了兩個人的事。」
劉闊、葉明、熊伯龍三人也趕忙幫腔。屋裡其他幾位庶吉士都閉嘴不言，閉耳不聽。奉山書院的人內鬥，不關他們這些小嘍囉的事。
聽完江雲楓的抱怨，王長鳴看向宋槿安。「你有什麼話說？」
「我無話可說。」
宋槿安苦笑，他有什麼好說的，難道出面指責蕭陌然嗎？即使知道蕭陌然是故意的，他被欺負了，他自己能說嗎？話從他嘴裡說出來就變味了。
並且，宋槿安並不排斥這些公務，他倒是做出了些趣味來。

「我知道了。」留下一句話，王長鳴把他桌上做好的書卷帶走了。

江雲楓無語。「這就走了？」

劉闊瞪他一眼。「不會說話就閉嘴！」

江雲楓輕哼一聲，用他們師兄弟四個才能聽到的聲音說：「王長鳴是不是站在蕭陌然那一邊？」

「不像。」

「不可能。」

「看看再說。」

熊伯龍也聽到了。「聽說前些日子，皇上叫王大人寫什麼東西，祭拜先皇要用。盛之和我們幾個編寫的史書也是，要送去供奉。」

晚上宋槿安回家，一家人都等著他，劉氏關心道：「怎麼回來得越來越晚了？是不是有人為難你？」

「娘放心，我應付得過來。今天是因為中午多休息了會兒，下值才晚了些。」

「哦，那就好。」

林棲沒有那麼好糊弄，用了晚飯回他們的院子，直接問：「是不是蕭陌然找你麻煩了？」

宋槿安微微翹起嘴角。「不是蕭陌然找我麻煩，而是他要碰上麻煩了。」

「怎麼說？」

「王大人今日把我編寫的書卷拿走了，到我下值前也沒送來。我走的時候碰巧聽到打掃的雜役說，王大人被皇上召見，進宮去了。」

林棲問：「老師說過，王大人值得信任？」

宋槿安含笑點點頭。

第二日上值，宋槿安剛坐下，蕭陌然就進來了，一手撐在桌子上，一手拍著他的肩膀。「宋大人，吩咐你的事情做得怎麼樣？拿來看看，本官替你把關。」

「原本是該拿給蕭大人過目的，可是……」

「可是什麼？」蕭陌然冷笑。「你不會以為本官搶你功勞吧。」

「不敢，只是寫好的書卷昨日被王大人拿走了，還沒送回來。待王大人送回來，下官就給蕭大人送去。」

蕭陌然臉色一黑。「宋槿安，你越過本官給王大人匯報公務？」

「下官不敢！昨日事發突然，來不及通稟大人。」

蕭陌然正要發怒，御前大太監孫卓過來了。「皇上召蕭大人和宋大人過去回話。」

孫卓臉上帶著淡淡的笑，看不出是好事還是壞事。蕭陌然熟練地塞了個香囊，被孫卓拒了。

「皇上還等著。蕭大人，宋大人，咱們走吧。」

一路上，蕭陌然心裡有不好的預感，他想不到皇上召他有何事，如果召他講經，應該提前通知，而且叫宋槿安同去是什麼意思？

加上孫卓的態度，蕭陌然心裡沒底，直到在殿內看到王長鳴，他知道自己碰上事了。

大殿內寂靜無聲，只聽得見書卷翻頁的摩擦聲。

「王大人，這卷是誰修的？」

「回稟陛下，原應是蕭大人。」

「原應是什麼意思？不是蕭陌然做的？蕭陌然，你如何說？」

蕭陌然渾身冒冷汗。「回……回稟陛下，修前朝史卷應是下官的職責，下官列好提綱後，交由宋大人做些修補。」

皇上「嗯」了一聲，蕭陌然以為自己過關了。

忽然，皇上又問：「對於周寶光這個人你怎麼看？世人都罵他是奸佞，手段殘酷，不配為人子。蕭陌然，你是如何看他的一生？」

蕭陌然嚇得發抖，不知道如何應對。「下官覺得整肅官場污吏是好事，但是周寶光的手段也太殘酷了些，十分不可取，否則先皇也不會讓他正值壯年回鄉養老。」

皇上輕笑一聲，淡淡道：「宋槿安，你如何說？」

「回稟陛下，下官認為周寶光雖然手段殘酷，但是對肅清吏治提出了許多行之有效的辦法，並且往後許多年朝廷內吏治相對清明，未必沒有周寶光殘酷鎮壓的原因。」

皇上瞥了眼書卷。「你還提出了其他法子？」

「是。」宋槿安認為周寶光的法子只能短期有效，要想長期維持吏治清明，必須要有一套行之有效的法子，重懲和重獎要齊頭並進。

皇上看蕭陌然只覺得無比礙眼。「滾下去！」

蕭陌然顫抖著站起來，走到門口還摔了一跤。

皇上譏諷道：「董秋實選弟子的眼光差距太大，難道真是憑運氣選的？」

作為董秋實的弟子，宋槿安只能說：「下官不知。」

好在皇上也沒追問，只說：「我看過你鄉試寫的文章，在其位謀其政，和周寶光的改革之法結合起來，重寫一篇文章給朕瞧瞧。退下吧！」

「是。」

走出大殿後，宋槿安才發覺自己後背已經濕透。

王長鳴嘴角翹起。「聽說你老師給你取字盛之？」

「宋盛之，你可不要辜負你老師和我們的期待，要成長成枝繁葉茂的大樹才好。」

「學生只當盡力。」

「稱什麼學生，我又不是你老師，以後私下，你可叫我師叔。」

王長鳴扭頭走了，宋槿安也很快跟上。

後頭的時日，宋槿安埋頭書案，處理上官交給他的公務，王長鳴叫他編寫到周寶光卷，後頭就不用他了。

宋槿安騰出手來，全心投入到皇上要他寫的文章當中。

中間只耽誤了一天，因為孟家嫁女，不說孟閣老，只衝著孟倩娘和他娘子的關係，楊瀚又是奉山書院的學子，他們夫妻就得去。

又是半個月，等宋槿安把初稿寫出來，天氣都涼了，入秋後，翰林院泡茶的熱水比以往消耗得更快。

江雲楓他們在閒談，見他抬起頭，招手叫他過去。

「這一個多月見你忙得頭也不抬，也沒法叫你。」

宋槿安笑著說：「你們聊什麼呢？」

劉闊指了指隔壁。「蕭大人去吏部了。」

「這個時候？」

江雲楓小聲道：「那天你們回來後，第三天他就走了。」

宋槿安今天沒有多待，等到下值就回去了。晚上跟林棲說話，說起蕭陌然去了吏部。

林棲正在帶著丫鬟整理冬天的衣裳，聽到這話，動作頓了一下。「幸好你今天跟我說了，要是明天說，說不定我被人罵了還不知道怎麼回事。」

「怎麼了？」

「我收到一張武寧侯府的帖子，他們家老太太壽辰請客，請我們家去。我還以為他們家給我們下帖子，是看在咱們同住一條街的情分，看來是我想淺了。武寧侯府家的當家夫人和蕭夫人關係很不錯。前兩天，天香樓的掌櫃跟我說，蕭夫人買了一套最貴的香料送去給武寧侯府。」林棲回頭看他一眼。「就你現在和蕭陌然的關係，你說她們會不會故意找我麻煩？」

「那咱們不去。」宋槿安怕那些貴婦欺負她。

林棲摸了摸準備好的錦服。「要去，還要大大方方地去，我看他們能搞什麼么蛾子。

「宋槿安。」

「嗯？」

「我要是受欺負了，你可得給我找回場子來。」

「我儘量。」

「嗯？」

「遵夫人令！」

林棲笑了起來。「瞧你這模樣，書呆子，去寫你的文章吧。」

第二十六章

武寧侯府老夫人壽辰，京都有頭有臉人家的當家主母早早地就上門。剛過辰時，武寧侯府門口就排起了長龍。

來往的賓客太多，車馬轎子能不能趕進側門還要看身分如何，身分差一點的，剛進乾德門大街就自覺下車落轎，步行過去。

宋家就住在這條街上，倒不用如此著急，林棲慢悠悠地吃了早飯，逗弄兒女玩，待到春朝催促，才慢悠悠地回房換出門見客的衣裳。

「奴婢打發人去看了幾回，雖說今日不是休沐日，卻一點不影響武寧侯府的熱鬧。」

林棲漫不經心地應了一聲，對鏡扶了扶髮簪。「蕭夫人到了？」

「小廝剛才來報，說已經到了，馬車從武寧侯府側門進去。雖說蕭大人在陛下那兒落了臉面，蕭夫人倒是武寧侯府座上賓的模樣。」

林棲輕笑一聲。「雖說蕭大人是個外強中乾的，別忘了，他老子可是一方大員，手握實權。」

說實話，林棲看不上蕭陌然夫妻倆，特別是蕭陌然，虛有其表的偽君子，以前仗著出身和奉山書院的名號看著還行，先前被打臉一下沒了光環，也就那樣。

林棲抬腳往外走。「走吧，人家等著看我熱鬧，我這個不受歡迎的客人過去，給他們助興。」

春朝笑道：「娘子可別這樣說。」

武寧侯府門口熱鬧非凡，林棲的轎子在側門被攔下，管事婆子笑著請林棲下轎。

春朝哪裡看不出武寧侯府的婆子有意為難，只去跟主子回話。

林棲懶懶地道：「武寧侯府既然無心待客，咱們就回去吧。春朝，把帖子送回去。」

「是。」

沒想到一個小官家的婦人如此不給面子，迎客的婆子陪笑。「宋夫人哪裡的話，您是我家夫人請來的貴客，歡迎還來不及。只是今日客多，恐園子裡停不下這許多車駕，勞駕您下轎走兩步。」

拿著帖子來的女客，可不是那些上趕著來武寧侯府小門小戶的婦人。對人如此不尊重，又何必下帖子？

林棲要回去，春朝把帖子塞到婆子手裡。「對不住了，我家夫人身子弱，本來我家大人不讓夫人出門，我家夫人說我們兩家畢竟是同住一條街的鄰居，您家又下帖真心相邀，這才來。沒承想您家是這樣的規矩，今日我們就先回去了，等您家主子有空閒，我們再來賠罪。」

「呵，人家都說客隨主便，您家這樣不體面的，老婆子我還是第一次見。」

春朝冷笑一聲。「您家真是好規矩，頭一回見下人趕客，這麼囂張，妳家主子知道嗎？」

春朝聲音清亮，又故意大聲，大門口的人都伸長了耳朵，嘀嘀咕咕地議論，打聽這是誰家的內眷。住在乾德門街的客人，還拿著帖子，按理說應該是座上賓，居然不被迎進門，真是奇了。

此時，一輛馬車過來，迎客的婆子看到馬車上掛的牌子，不和春朝糾纏，連忙揚著笑臉迎上去。

「王夫人您到了，我家主子正在裡頭，您快裡邊請。」

馬車簾子掀開，露出一張清麗的面容，正是王御史家的長房媳婦，楚清夢。

「誰在前頭堵著？」

婆子忙笑道：「無關緊要的人。」說完，婆子驅趕宋家的下人，別擋住門。

「慢著。」楚清夢抬眉。「這是春朝。」

春朝上前拜見。「見過娘子。」

「真是妳，妳家主子呢？」

林棲也掀開簾子，笑道：「在這兒呢！武寧侯府的門檻高，我家大人職位低高攀不上，正要回去，妳要來我家坐坐？」

楚清夢熱絡道：「那走吧，前些日子陪我婆母去莊子住了些日子，知道妳來了京都，倒是沒找過妳。」

見王家的馬車掉頭，冷颼颼的天氣，武寧侯府的婆子急出了薄汗。為難宋家的小婦人沒什麼，可不能讓王御史家的當家夫人走了。

王御史家的這個當家夫人出自楚家，是外戚，先皇的表姪女，當今的遠親。婆家又是御史，不是他們家能得罪得起的。

這宋家沒根基的婦人，和楚家這樣的人家是怎麼扯上關係的？

楚清夢見慣了這些捧高踩低的手段，連一個眼神都欠奉，掉轉車頭跟著宋家的轎子走。

宋家和王御史家的轎子和馬車要掉頭，後頭排隊的車馬都堵住了，兩邊的口角之爭被傳了出去，引來不少人議論。

武寧侯府世子迎出來，大聲呵斥道：「蠢貨！叫妳來迎客，妳竟然敢把客人往外趕，好大的膽子！」

婆子嚇得渾身顫抖，跪地磕頭。「主子饒命！」

武寧侯府世子連忙賠不是。「我家管束下人不力，還請兩位夫人別惱，招待不周還請見諒。」

世子夫人也被丫鬟、婆子簇擁著出來，笑著叫了聲王夫人，又拿楚清夢婆母套交情。

楚清夢才叫車馬停下，並對林棲說：「武寧侯夫人和我婆母親近，我代我婆母去拜見一番，再去妳家。」

世子夫人連忙道：「宋夫人一起進去吧，好些夫人想見見妳。聽說蕭夫人和妳家大人是師兄弟，剛才還提起妳，正想和妳說說話。」

林棲笑了笑，這位一臉誠懇的世子夫人恐怕不知道，她的婆婆，也就是武寧侯夫人，此刻和蕭夫人說不定正設好局給她難堪呢。

楚清夢向林棲使眼色，有她在怕什麼。

世子和世子夫人又是賠罪、又是熱情相邀，楚清夢和林棲一前一後進了武寧侯府，到了二門口下轎，林棲笑盈盈地等著。

楚清夢扶著丫鬟下馬車，虛指著林棲。「妳呀，以前不是最受不得委屈的嗎？今天怎麼人家給妳氣受，妳就忍著？」

林棲笑道：「楚姊姊，我家大人官職小，乾德門大街上哪門哪戶我惹得起？」

「怕什麼，只要妳占理，我給妳出頭。」

楚家是外戚，出身清貴，楚清夢當姑娘的時候就是吃不得虧的人，如今夫家又是人人敬畏的御史，更是無人給她氣受，孩子都生了兩個，還是和未出閣時一樣的脾氣。

楚清夢認識林棲，是因為林棲的師父正是楚清夢的姑姑，兩人性情相投，楚清夢未嫁人之前，最愛一起玩鬧。

楚清夢拍了拍她的手背。「有我在，我看誰敢放肆。」

林棲看向左邊。「放肆的人來了，楚姊姊可要給我出頭。」

接到武寧侯府的帖子後，知道這是一場鴻門宴，林棲第一時間就找楚清夢讓她仗勢。

一群衣著華麗的婦人、娘子過來，走在前頭的正是武寧侯夫人。接下貼身丫鬟伺候人的差事，正是姿態恭敬的蕭夫人，蕭陌然的媳婦。

「清夢來了，妳婆母最近可好？」

「多謝您惦記，我婆母好了許多，不過身子還有些懨懶，打發我來給老夫人磕頭賀壽。」

武寧侯府人含笑點頭，親熱地寒暄了兩句，看向林棲，微微皺眉。「這是誰家的媳婦？怎麼見了本夫人也不行禮？竟如此不懂禮數。」

蕭夫人以袖遮臉笑道：「夫人不知，這位是宋夫人，她家丈夫是今年的新科進士，如今在翰林院當值，最是懂禮數的人。」

「哼，懂禮數我可沒看出來，翰林院幾品官？這就稱夫人了？」

林棲一點不惱，微微屈膝。「見過武寧侯夫人，這話您就要問您身邊這位娘子了，我可從未自稱夫人。」

「好利的嘴啊！」

「夫人言重了，不敢當。」

武寧侯夫人說一句，林棲笑盈盈地回一句，倒是一點不落下風，可把武寧侯夫人氣著了，這麼不給她面子的小輩她還是頭一回見。

要不是武寧侯老夫人來請，武寧侯夫人當場就要發怒。

梅樹下，一位身著水紅色錦衣的婦人打量林棲，嘴角微微翹起。

待人走後，楚清夢細細跟林棲說：「我婆母說，武寧侯夫人是個沒腦子的，還是個直腸子，最易被人挑唆。不過武寧侯府表面上她是當家夫人，實則內裡是老夫人作主，世子夫人幫著做事，她說話沒什麼用。」

林棲看出來了，稍微有點腦子的人，也不會被蕭陌然一家挑唆，還只送了幾盒香料，武寧侯夫人這個名頭也太不值錢。

「那是誰？」感覺到有人看她，林棲微微抬了下下巴。

楚清夢瞟了一眼。「她呀，出自禮部尚書萬家，名叫萬菱。前年她郎君沒了，就回娘家住著，今年聽說萬家在給她相看，估計快嫁人了。」

林棲反應過來。「她和武寧侯夫人什麼關係？」

「表親，她要喊武寧侯夫人一聲姨母。」

林棲淡淡一笑，湊到楚清夢耳邊私語，楚清夢不敢相信地瞪眼。「她看上妳家的？」

「呵，當初蕭陌然兩夫妻搞出的名堂，不只宋槿安，還想把其他三個師兄給攔住不讓走。」

「今天究竟是蕭家找妳麻煩，還是萬家的這位找妳麻煩？」

不知道，或許都有。

林棲暗自咬牙，不知道宋槿安什麼時候惹下的風流債。

在林棲面前，武寧侯夫人仗著身分張狂，到了老夫人面前倒是一副穩重的模樣。

楚清夢帶著林棲拜見武寧侯老夫人，老夫人笑呵呵地誇林棲長得好，有氣度。

後頭有其他女客來拜見，林棲和楚清夢坐到一邊。蕭夫人一言不發。

不是想給她難堪嗎？這就偃旗息鼓了？真是沒意思。

林棲扭頭，和萬菱目光相接，萬菱侵略性的眼神，讓林棲皺眉，這人還真想跟她搶男人？

不知道是不是武寧侯老夫人太過威嚴，林棲預想中被諷刺、打壓、孤立等等情況都沒有發生，甚至她一個翰林院小官的夫人，吃飯的時候還坐到了第三桌。

第一桌是安排皇家關係親近的外戚、一品誥命夫人，武寧侯老夫人這個今天的正主，都不能坐主位的。第二桌是安排這些人家的當家夫人，武寧侯夫人勉強能有個位置。

林棲坐第三桌，和楚清夢坐在一起，一桌子貴婦，她算是異類。至於蕭夫人已經坐到第六桌去了。

「楚姊姊，這次回來待多久？」

「後天回去。這城裡呀，別看著花團錦簇，日子真不如在莊子裡過得自在。」

「一會兒去我家？」

「去。」

兩人親密地說著話，倒是讓同桌的其他幾個貴婦看了林棲好幾眼。

用了午飯，楚清夢去武寧侯老夫人跟前坐了會兒，林棲連忙小步跟上。

坐第一桌的貴客都走了，武寧侯老夫人騰出空來，笑著對林棲說：「今兒太忙，下人們不懂事，倒是讓妳看笑話了。」

「老夫人哪裡的話。」

武寧侯老夫人慈祥道：「我家的兒媳是個實誠人，外頭總有些奸滑的來挑唆，擋了一回又有下一回，就跟陰溝裡的老鼠一般，總有防備不到的地方。」

武寧侯老夫人扭頭對楚清夢說：「我家兒孫沒出息，不像妳家公婆有福氣，生的幾個兒子都能幹，娶回來的媳婦都聰慧。」

楚清夢捂嘴輕笑。「我婆婆總嫌我笨，您老這話我回頭跟我婆婆說，讓她也知道外頭有人誇我聰慧呢。」

「該誇，該誇。」武寧侯老夫人笑得分外慈祥。

武寧侯老夫人拿林棲起了話頭，看那意思還是更看重楚清夢和她背後的婆家。

宋家這樣的小門小戶，雖然被皇上看中，有本事的勛貴們，卻真沒把宋家看在眼裡，就算是狀元，那也是三年出一個，不稀奇。

要不是楚清夢擺出一副要給林棲出頭的姿態，這位面容慈祥的武寧侯老夫人也不會把林棲受的這點委屈放在心上。

楚清夢明白，林棲更明白，武寧侯老夫人跟前的嬤嬤捧著禮物殷勤地送兩人上馬車，兩人笑了笑，都沒往心裡去。

林棲沒往心裡去，蕭夫人往心裡去了。一個農家子、一個商戶女，和外戚楚家人關係這樣要好，他們蕭家該怎麼辦？

「我看這丫頭不是個好相與的，看看今兒上午，我說什麼她都不惱，我看妳還是算了吧。找個沒成婚的進士，不比找宋槿安這樣拉家帶口的強？」

丫鬟輕手輕腳地按著腿，萬菱懶洋洋地側躺著。「姑媽，我就看上了宋槿安，別人我還真看不上。」

武寧侯夫人生氣道：「妳叫我一聲姑媽，我還能害妳？宋槿安有什麼好的？」

有什麼好，她也不知道，就看上了唄。

姑姪倆正在說話，武寧侯老夫人跟前的嬤嬤來了，請武寧侯夫人過去。

這一去，武寧侯夫人就沒回來了。

萬菱著人打聽，得知武寧侯夫人說錯話，被罰禁足抄經書。萬菱一看就明白，她是個不受歡迎的客人，自己就收拾東西走人。

「老夫人，人走了。」

「嗯。」

老夫人閉眼打坐唸經，半晌才睜開眼睛，臉色嚴肅。「王御史家那邊，回頭妳準備一份禮，單獨送去給王老夫人。」

「奴婢記著呢。」

「嗯，蕭家那個小的是虛張聲勢，老的那個是陰狠的，眼看著年前要回來了，為了他那蠢兒子，說不定要鬧出什麼事來。還有萬家，萬菱那個丫頭不是省油的燈，這段時日妳們看好夫人那邊，也跟侯爺說，咱們家不摻和萬家的事情。」

「可是，畢竟是姻親……」

老夫人怒哼一聲。「只會扯後腿的姻親，還不如沒有。」

剛抄好一段經，正過來奉上想討饒的武寧侯夫人，在門口躲著，嚇得發抖，壓根兒不敢進門。

這是怎麼了？不如沒有？要休了她嗎？

武寧侯夫人不做聲，趕緊跑回去，老實坐好抄經，年前她肯定大門不出、二門不邁。

同一條街上的宋家，楚清夢待了一下午，逗兩個孩子玩，等到宋槿安回家，吃了飯才被夫妻倆送出門。

等楚清夢走後，夫妻倆並肩回屋，宋槿安才問：「今天發生什麼事了？」

林棲打了個哈欠，一邊摘頭上的髮簪、一邊說：「蕭陌然的媳婦想拉著武寧侯夫人欺負我，楚姊姊幫了我，武寧侯老夫人看在楚姊姊的面子上，明裡暗裡說她家媳婦蠢，讓我見諒。」

宋槿安沈默了一會兒。「這位嫁的是王御史家？」

「嗯，楚姊姊成婚得早，去年兩個孩子都開始入學了，在婆家地位穩當著呢。」林棲嘆了一聲。「武寧侯老夫人和王御史家的老夫人算是老相識，楚姊姊是個不愛熱鬧的人，她願意跑這一趟，估計也是為了我。」

「嗯，這事我記下了。」

林棲笑道：「你記下了，是準備要還嗎？」

「還。」

宋槿安來京都時間不長，一直在翰林院兢兢業業做事，唯一被人記住的，就是和同門師兄起爭端。他贏了，他師兄敗了。

暗地裡，奉山書院出身的師叔們、師兄弟們也沒少幫他，時間雖短，也夠讓他明白目前朝堂的局勢。

王御史，說不定以後真用得上他。

婦人之間的爭鬥，往小了說，不足掛齒；往大了說，那是男人們爭鬥的延續。

過了幾天，宋槿安被王長鳴叫去喝茶。

「蕭陌然的爹蕭培正還有幾天就回來了。」王長鳴嘆一聲。「將來也是封疆大吏呀，可惜老子能幹，兒子太慫，敗了他一世英名。」

畢竟是親兒子，說不定這次回來，就是要給兒子出頭。

宋槿安淡淡地應了聲。「前幾天王師兄也跟我說了。」

王師兄是在吏部的一位小官，消息很靈通。

「你心裡有數就行，照我看，你和蕭陌然那點小孩過家家似的勾心鬥角都不值得拿到檯面上來說，蕭培正看在奉山書院的面上，也不會找你麻煩。」

宋槿安對蕭培正沒什麼想法，走一步、看一步吧。

蕭培正趕在冬至前回到京都，蕭陌然夫妻親自去城外接人。

蕭培正冷臉，盯了兒子一眼，手臂一揮，身上防寒的斗篷甩開一個弧度，扭頭就走。

蕭陌然委屈，還不敢說話，趕緊跟上去，帶著笑臉喊了一聲爹。

蕭培正看著自家的傻兒子心煩。幫他規劃好一條入閣拜相的路，他給弄沒了，還把奉山書院一脈的人給得罪了。

他精心養育的兒子，還比不過一個農家子，這才是讓他最為光火的事。他都沒臉寫信給董秋實罵幾句話。

馬車走起來，蕭陌然坐在外面被寒風颳得難受。蕭培正身邊的長隨觀察主子的臉色，自作主張把少爺請進來，他自個兒去外頭和車伕坐著。

「爹。」蕭陌然小心地喊了句。

「還知道我是你爹，我平時寫信怎麼跟你說的？」

蕭陌然也委屈，明明是董秋實沒選他。

不過，蕭培正回來了，蕭陌然彷彿一下有了主心骨兒，低調了這幾個月，一下又揚眉吐氣了。

隔天上值的時候，蕭陌然碰到宋槿安，還有心情叫住他，說些意有所指的話。

江雲楓哼了一聲。「他爹知道他這般行事？」

「親兒子，還能不知道？」葉明又說：「以前還喜歡在我們面前裝大家公子的模樣，現在這般，索性臉都不要了？」

宋槿安沒見過蕭陌然原來的模樣，劉闊點點頭。「你們說得沒錯，以前至少還要臉。」

宋槿安表示，蕭陌然對他的態度，分明是自認自己比他宋槿安強，老師選了他，沒選蕭陌然，上位者的體面一下落到稀泥裡，乾脆就破罐子破摔了。

「師弟說得是。」

「說得在理。」

「我看他這些日子做自己挺自在的。」

「比以前裝模作樣看著還順眼一點。」

師兄弟幾個你一言、我一語，越說越熱鬧了。

宋槿安輕笑一聲，這話讓蕭家父子聽到了，不知道要做何感想。

蕭培正在家歇了幾日，進宮面聖，皇帝給他賜座，蕭培正連忙道臣惶恐。

皇帝擺了擺手，叫他坐，蕭培正這才坐下。

君臣倆一個問、一個答，北疆那邊的事情和暗探報上來的差不多，皇帝這才放心下來。

說完正事，蕭培正要告退，皇帝玩笑似的說了兩句奉山書院的事。

蕭培正連忙表示，這都是小輩間不懂事，他只覺得慚愧不會教兒子，還讓陛下為不作為的兒子生氣，實在是該死。

皇帝笑了一聲，擺擺手叫他走。

「孫卓，你說，他說得是真的還是假的？」

孫卓陪笑。「陛下都不知道的事情，奴才哪裡知道。」

皇帝嘴角翹了翹，沒再提。

過了臘八後，劉氏這幾日用完早飯，就把孫子、孫女帶到兒媳平日裡處理雜事的屋裡，問過年的安排。

「娘想問宋家村那邊送年禮的事情吧？」

劉氏點點頭。「今年是大郎考中狀元當官的頭一年，按理說應該要祭祖。大寶和小寶周歲，族裡託人送了賀禮來，咱們要回禮。」

「我們倆商量過這件事了，祭祖的事情叫族長他們一起辦了，有家裡管事們幫襯著，出不了錯。送禮的單子也都送出去了，估計這會兒應該已經到淮安了。」

劉氏笑著點點頭。「妳做事穩妥，我就是白問一句。」

不只是村裡和親戚，林棲在淮安的合作夥伴們也收到京都送來的年禮，也都備好回禮託陶家的商船走海路送去。

家裡的都是小事情，林棲最操心的是北邊。這會兒大雪封路，也不知道那裡是個什麼情況。

夫妻倆已經商量好了，等過完年開春，天氣暖和了，林棲帶著兩個孩子去石河一趟。孩子那樣小，還在吃奶，雖說家裡下人都靠得住，劉氏依然很擔心，她肯定要跟去照顧。

臨近過年前夕，裡裡外外的事情安排妥當了，朝堂上也開始放假，走親訪友逐漸頻繁起來。

年節這幾日，鼎鼎有名的乾德門大街上住著的高門大戶，每一戶門前都是人來人往，拜會的、送禮的人潮，川流不息。

距乾德門大街不遠的蕭家，這半年挺不受人待見的蕭陌然，因為他爹回來，蕭家門楣又變得光彩照人起來。

不過來往的多是蕭家的親友，出身奉山書院的人一個都沒去。蕭陌然被踢出奉山書院，已經是大家都心裡有數的事情。

蕭陌然心裡不忿，被他爹當著全家人的面，從能力到為人處事，嫌棄了個遍。

「老爺，你怎麼如此訓斥陌然，大過年的讓人看熱鬧，可怎麼得了。」蕭老夫人很不贊同。

蕭培正撩開袍子坐下。「哼，妳去外面打聽打聽，他現在還有什麼臉面，老夫訓斥他都算輕的。」

蕭老夫人接過丫鬟遞過來的茶杯，送到蕭培正手上。「確實有些不像話，咱們家陌然年紀小，就算不懂事，奉山書院那邊的人，都是師長、師兄的，不能私下教導？偏要弄得如此難堪。」

「罷了，以前有奉山書院人脈在，陌然還能在京都為官，現在這情形，他還是離了京都去外任的好。」

「這……他們夫妻，吃得了外任的苦嗎？」

「吃不了也要吃。我親自帶他在身邊好好教導，以後萬不可放任了。」

片刻後，蕭老夫人才點了點頭，遲疑道：「那咱們家和奉山書院那邊的齟齬，就這般算了？」

了。

「人家奉山書院勢大，咱們惹不起。」至少明面上不好交惡，他可太知道董秋實的為人

蕭培正飲下一口熱茶，垂下眼皮。他不能動手，不代表別人不行。

宋家這邊，宋槿安雖然是小官，畢竟是奉山書院掌院的弟子，又是親定的領頭人，家裡往來的賓客不少。

除了奉山書院的人之外，同住一條街的武寧侯府也送來年禮，倒是讓林棲有些詫異。

「主子，侯府那邊恐怕是看在楚家的面上。」

林棲嗯了一聲。「人家好歹是侯府，憑你們姑爺的官位，如果沒有楚姊姊，人家也不可能給咱們送年禮。」

宋石低著頭，微微一笑。

林棲安排家裡的事情，宋槿安陪著在一旁看書，聽到這話，頭都沒抬。

林棲輕笑，繼續吩咐。「武寧侯府那邊的年禮，你親自送去，別失了臉面。」

「是。」

宋石又報了幾件家裡的其他事情，林棲一一處置妥當，打發他出去。

且說謝重潤這幾日除了跟他爹見了幾個重要的客人之外，其他時間都待在宋家，跟宋子安在院子裡玩，玩累了就睡，餓了就去後院廚房找吃的。

用謝重潤他爹的話來說，簡直沒拿自己當外人。

這一切，當然被來宋家拜會的有心人看在眼裡，他們不自覺地，對宋槿安的態度熱絡了少許。

大年二十九下午，謝重潤跑到宋家來，林棲見他表情閃躲，一邊哄懷裡的閨女，一邊笑著問：「惹什麼麻煩了？」

「沒有惹麻煩。」

「我可不信，說吧，大過年的，就算你犯錯你爹也不至於打你，還藏著掖著幹麼？」

說完這話，林棲心裡一咯噔，這小子不會真惹什麼大麻煩了吧。

謝重潤哼了一聲。「也不怪我，是他們自己不看路，腳滑才落水的。」

落水？這個時節湖水都凍住了，落什麼水？

謝重潤得意地笑。「當然是小爺我自己打的冰洞。」

林棲表情凝重。「誰落水了？天這麼冷，落水不得去掉半條命？」

謝重潤低下腦袋，就跟個犯錯的小狗一般，被訓得抬不起頭。

這件事說起來還和林棲有關係，前些日子，林棲在武寧侯府被為難，那個武寧侯夫人一是被蕭家多嘴多舌的婦人挑唆，二是萬家那個寡婦親戚想來宋家當便宜娘。

謝重潤和林棲關係好，肯定要替她報仇。然而，不能直接去武寧侯府，也不能去萬家和蕭家，他就把注意打到府裡的萬側妃身上。

反正在謝重潤心裡，那也不是個好人，下手得理直氣壯。

本來他今天在萬側妃必經的廊橋扔了果皮，想害她摔一跤。他正躲在湖邊的假山後等著看熱鬧，誰知道萬側妃沒摔跤，倒是他那個庶出弟弟看到了他，從假山另外一邊繞過來，想推他一把，沒推動，反而腳下一踉蹌，摔到湖裡去了，好死不死，一頭扎進他上午撈魚挖開的冰窟窿裡。

「人有沒有事？」

「當時就被小廝撈起來了，看著像沒事，不過萬側妃急壞了。」

「你怕你爹知道，所以跑到咱們家來？」宋子安聽下人說阿潤來了，趕緊過來，正好聽到這裡。

林棲笑了笑。「人沒事就好，說起來這件事也和你沒什麼關係，是你庶弟偷雞不著蝕把米，你沒告狀就算是友愛兄弟了。」

謝重潤為難道：「可是，我扔了果皮。」

「什麼果皮？」

「橘子皮。」

林棲擺擺手。「橘子皮顏色那麼亮眼，萬側妃就算看不見，跟在她身邊的婆子、丫鬟也看不見？再說萬側妃也沒摔倒嘛，這事和你就更沒關係了。」

林棲招呼春朝過來把大寶抱走，又叫宋子安關上門，這才對他說：「這是一次意外，認真算起來，也是你庶弟居心不良，自食其果。」

林棲懶洋洋地靠著椅子。「這話，你爹問你，你就照實說，別人問你，你知道該怎麼說吧？」

謝重潤回過神來，嘿嘿一笑。「都是我的錯，弟弟頑皮沒站穩，可惜我反應慢，沒拉住他。」

林棲頷首。「你爹的心雖然在你身上，畢竟呀，你不是他唯一的兒子，別人害你，你打不贏就算了，像今天這種事情，你可別為了那點小彆扭，就敢做敢當地把事情攬在自己身上。那不叫君子修養，那叫蠢。」

謝重潤重重地點頭，他知道了。

大年三十要進宮參加皇室家宴。

謝元顯傍晚回來，知道家裡的事情後，去萬側妃院子裡看了看孩子，見孩子沒啥大事，轉身又出門去宋家了。

萬側妃氣得牙癢癢，恨不得把謝重潤拉過來丟進冰洞裡泡一天才好。

謝元顯沒拿宋家當外人，在宋家就直接審問，謝重潤乖乖地交代，末了還可憐兮兮地補上一句。「都是我的錯，兒子任打任罰。」

謝元顯冷笑。「任打任罰是吧？現在就回去，去萬側妃那兒賠罪，怎麼罰你讓她說。」

謝重潤心裡不高興，想到下午林棲教他的話，默默地點了點頭，肩膀都塌下來了。

父子倆回府後，大管家帶著謝重潤去萬側妃的院子。

大管家笑著對萬側妃行了個禮。「王爺說，雖說二公子年紀小頑皮，世子畢竟是當大哥的，沒來得及拉著二公子，讓人摔了一跤，便叫世子過來看看二公子，賠個不是。」

謝重潤機靈，趕緊說：「是我不夠仔細，沒看住弟弟，還請您別見怪。二弟如何了，可請御醫看了？可吃藥了？」

萬側妃被氣了個倒仰，大管家是王爺的人，大管家說的話就是王爺的意思，怎麼話裡話外都是她兒子頑皮的錯？謝重潤這小子就一點錯沒有？她兒子受了大罪，兩句不痛不癢的話就這麼過去了？她兒子難道不是王爺親生的？

萬側妃氣瘋了，還要端著身分勉強扯出一個笑臉。「御醫看過了，藥也吃了，可憐我的兒，受了這麼大的罪，明日不知道還能不能起床進宮給陛下請安。」

謝重潤擺擺手，一副承擔責任的模樣。「我會跟皇爺爺說，皇爺爺不會怪罪二弟，您別擔心。」

萬側妃都要咬碎牙了，幾乎快要控制不住笑臉。「那就好，世子辛苦。」

道完歉，出了萬側妃的院子，謝重潤跳起來。「我爹呢？我爹在哪兒，我要找他去。」

謝重潤沒想到，他爹剛才訓斥他，心裡還是向著他的。

大管家和藹地笑。「這會兒王爺應該在書房等著世子。」

「我去找他。」

四皇子府鬧了一場小風波，無聲無息地平息了，只有萬家從萬側妃那裡聽到一點風聲。萬家的當家人思索半天，最後才嘆了口氣，四王爺和宋家的關係不一般，世子在家鬧脾氣，居然是往宋家去。原本想讓宋槿安那小子吃個暗虧，他們家或許不該摻和這件事。

萬菱也知道了萬側妃送回家的消息，去書房找父親。「蕭家出主意，上面有人動手，本就和咱們無關。」

萬集賢極愛這個女兒，聽到這話搖了搖頭。「妳就這麼看得上宋槿安？」

萬菱笑著道：「前途無量的年輕人，您看不上？」

萬集賢搖了搖頭。「終究是人言可畏。」

萬菱冷笑一聲。「讓他們去說吧。自從前頭那個短命的死了後，外頭那些人在背後指指點點的還少嗎？我早不放在心上了。」

萬集賢到底心疼女兒，擺了擺手，罷了。

他做到禮部尚書這個位置，只要他萬集賢活著一天，那些背後指指點點女兒的小人，就不敢當面說話。

大年三十，從平民百姓到天家子嗣，一大家子歡歡喜喜地慶祝新年。

宋家的下人比這條街上的高門大戶更歡喜一些，主子家今年考上狀元，又當了官，住進了御賜老宅，家裡還添丁進口，喜事不斷。

這不，除了往年的年底大紅包，靠本事得來的紅利之外，今年還另外多了一份賞錢，都比得上京都小戶人家一年的花銷。

劉氏抱著剛睡醒的小寶笑道：「瞧瞧你姊姊，睡醒了就鬧著要吃的，你是個小郎君，怎麼還比不上小娘子胃口好。」

小寶懶洋洋地打了個哈欠，清亮的眼睛看著正在娘親懷裡的姊姊。

林棲餵米糊的動作慢一點，小丫頭急忙叫了聲娘，就跟雛燕似的，張大嘴等著，肉乎乎的腿猛地蹬出去，可有力氣了。

「怪不得是姊姊呢，前後腳出來，一樣的養，小娘子現在比小郎君重兩、三斤。」

林棲不耐煩了，把閨女放到特製的嬰兒椅上。「自己吃。」

大寶嫌棄娘親動作慢，自己拿到勺子，那動作兇猛得恨不得一勺子把米糊都餵進自己的嘴裡。

宋槿安走進來，一邊解肩上的披風，一邊道：「大寶愛動，胃口又好。」

「可不是嘛，大寶身子骨兒健壯，說話都比小寶快幾分。」林棲笑著看了眼兒子。「小寶以後可別懶得說話。」

小寶乖乖地叫娘又叫了爹，宋槿安歡喜地抱起兒子。

劉氏關心了一句。「外面雪大不大？大過年的，怎麼一早出門去？」

「不大，看著紛紛揚揚，其實外面的雪不厚，不影響馬車趕路。」

林棲給閨女擦了擦嘴。「你坐馬車出門的？」

「嗯，去了一趟城外的別院。」

林棲是個喜歡置產業的人，只要是林家商鋪到的地方，都會安置別院，京都這樣的地方更是少不了房產。

宋槿安主動道：「奉山書院有幾個師兄、師弟春闈的時候失手，得了幾個在京都師叔們的推薦，進了太學讀書，休息的時候就住在咱們家城外的別院，我早上去拜訪了一番。」

劉氏又問：「怎麼沒去你們長輩家過年？」

「畢竟不是血親，又不是入門弟子，大過年的去師叔們家住，恐怕不自在。」

聊了會兒奉山書院在京都的學子，又說起宋槿安的幾個師兄，早早就互相拜了年，等到年節過完，他們師兄弟相約去城外玉清觀上香。

劉氏道：「等到開春踏青的時候，咱們家的大寶、小寶又長大一些了，可以帶著孩子出門走走。」

「娘說得是。」

宋槿安寬慰道：「娘別憂心，孩子幾個月大就跟著我們來京都，等到天熱去北邊，肯定沒問題。」

「嗯，我知道，有兒媳在，我不操心。」

林棲做事最妥當，去北邊要帶的人和東西早就準備妥當了，還有神醫跟去，可謂萬無一失了。

宋子安道：「大哥，我想去。」

「你不上學？」

「嘿嘿，說不定阿潤也想去。」

「別想了，他去不了，過完年，你們好好去讀書。」

見大哥不想再說這件事，宋子安輕哼一聲。「大嫂。」

「叫你大嫂也沒用。」

林棲送出一個「自求多福」的眼神，宋子安又轉頭看娘親，劉氏咳了一聲，側身不看小兒子。

眼看家裡都不聽他的，等過完年，大哥出門去了，宋子安打算跑去找謝重潤。

過年這兩天，謝重潤跟著他爹去給皇爺爺拜年，後又見了不少人，正是煩累的時候，聽說要去極北之地，他一下跳起來。

「我們去！」

過完年，兩人虛歲九歲，不像是之前年紀小，大人看得嚴，現在膽子大了，不讓去，那就偷偷跟著去唄。

第二十七章

幾月後，春末夏初，草長鶯飛。

一歲多的孩子能叫爹娘、祖母了，身子骨兒也好了許多。選了個吉日，林棲帶著婆婆和兩個孩子出門。

這次遠行準備齊全，吃的、用的帶了不少，身邊跟著丫鬟、小廝、大夫、廚子和兩隊護衛。傍晚到落腳點休息的時候，宋子安和謝重潤兩人從後院出來。

謝重潤膽大聲高。「我們也要去石河，不讓我們去，我們就自己去。」

劉氏驚住了，急忙道：「就你們兩個人？身邊伺候的人呢？這都一天了，家裡找不到人不得急瘋了。」

「不會，我給我爹留了信。」

頂著娘親的眼神，宋子安一副罪人模樣，小聲道：「我也給大哥留了信。」

坐了一天的馬車，林棲也累了，對護衛頭子霍英道：「你，找個人快馬加鞭把人給送回去。」

「我不回。」宋子安小聲反駁。

謝重潤就是撒潑打滾了，打死不回去。「你送我回去，我回頭就來找你們！等我被山寨裡的土匪綁了，看你們怕不怕。」

林棲冷笑一聲。「霍英，這附近哪座山頭有土匪，把他送上去，我倒要試試。」

「嘿嘿，我胡說的。」謝重潤立馬退縮了，傻笑著試圖混過去。

小寶不舒坦，軟乎乎地叫了聲娘。林棲沒空跟兩個渾小子鬧，讓霍英看著辦。

兩人可憐兮兮地望著霍英，宋子安討好地喊了一聲霍叔叔。

霍英嘴角翹起，隨便指了一個人。「快馬加鞭回去報告消息，看王爺和主子那邊怎麼說。」

「是！」

這會兒天晚了，快馬加鞭回去，旁人肯定進不了城，卻攔不住霍英帶出來的護衛。

護衛到家不過片刻，宋槿安帶著護衛趕緊去了一趟四王府。

第二天護衛帶著四個人出城。兩個是謝重潤和宋子安貼身照顧的人，還有兩個是王府的夫子。

謝重潤見狀，傻笑。爹同意他去石河了。

「世子，王爺吩咐，您可以跟著宋夫人出門，但是回去必須交十篇文章。」

謝重潤臉上的笑一下沒了，氣得甩下簾子，一下躺回馬車裡。

「說的是什麼話，叫一個正經讀書還沒一年的孩子寫文章，還十篇？」

宋子安安慰道：「十篇也不多，你一天一篇，還沒到石河就寫完了。」

謝重潤嘆氣。他爹現在對他的學業要求可高了，一般的文章肯定不作數。

今天為了等消息，他們走得慢，沒到預定的鎮上，要歇在野外。春朝帶著幾個能幹的丫鬟準備吃喝，霍英指揮護衛搭過夜的帳篷。

劉氏帶著孫子、孫女看風景，昨天第一天不舒坦，瞧著今天好多了。

帶消息回來的護衛單獨稟報消息，林棲聽了後，只點了點頭。

昨天他們走了之後，蕭家人也走了，蕭培正給他兒子謀了外放，他一身功績竟然也沒留在京都，父子倆外放的地方挺近的。

一般都挺忌諱父子、兄弟在一個地方上任，沒想到這件事讓蕭培正辦成了。不管是皇帝默認蕭培正培養兒子的想法，還是蕭培正憑自己的人脈把事辦成了，都可見蕭培正的能力。

「走了也好，畢竟曾是同門，針尖對麥芒，讓人取笑的都是奉山書院。」

出京後，林棲暫且放下京裡的事情，一心放在孩子身上。出門四、五天，見孩子精神挺好，林棲才徹底放下心來。

帶著孩子也走不快，不緊不慢地走了半個多月，才到石河城外。

在路上的時候，謝重潤和宋子安有心思玩耍，經過小鎮村莊，還要去逛一逛，看到不同於南方的新鮮事情，高興的時候能多寫一篇文章。

臨近石河後，兩人就不敢亂來，緊跟著車隊，除了下車休息的時候，不敢再吵著要下車逛一逛。

從馬車窗戶伸出頭去，剛好和守城的兵卒四目相對，謝重潤表情嚴肅起來，這些人身上的殺氣，比宮裡的一等侍衛都強出不少。

謝重潤不懂就問，跟著來的夫子笑了笑。「王爺身邊的侍衛肯定比這些兵卒強，世子不要看這些表面，這鋒芒畢露、光華內斂的，各有各的用處。」

宋子安和謝重潤對視一眼，點了點頭。

直接面對廝殺的勇士，暗中收割人命的侍衛，都有自己的位置。

輪到檢查他們的車隊了，霍英策馬上前，守門的侍衛笑了笑。「您請進。」

「不查？」

「林家的車隊，不用查。」

正在這時，一個身形健壯、皮膚黝黑的青年男人騎馬過來，大呼一聲妹妹。

春朝趕忙掀開簾子，林棲歡喜地叫了聲大哥。

林景行歡喜地催馬上前，停在林棲的馬車前，俐落地從馬背上跳下來。

在娘親懷裡不安分地動來動去的大寶此刻瞪大眼，張大的小嘴都能塞下一顆雞蛋。

「喲，外甥女被嚇住了。」林景行快活地笑。

林棲笑著道：「這小丫頭膽子大著呢，哪裡能被嚇住。」

「哈哈哈，大舅抱抱。」大寶也是個大膽的性子，林景行伸手，她毫不猶豫地就撲過去，撲到他懷裡還不算，又指著身旁的駿馬。

「一會兒大舅帶妳騎馬。」

大寶激動地直踢腳，鸚鵡學舌般叫了聲舅，林景行驚喜地看向妹妹。「才一歲多，說話就這般清楚了？」

「也有說話更早的，他們姊弟滿周歲後才慢慢開口說話。」

林景行拍拍外甥女的胖胳膊。「不怕，貴人語遲，說話晚點也好。」

小寶看了姊姊一眼，扭身從祖母懷裡撲到娘親那邊，霸占好位置，舒服地伸了伸胳膊。

林景行看得有趣，兩個孩子倒是一人一個性子。

「小子見過老夫人，辛苦您老人家千里迢迢跑這一趟。」林景行上前拜見。

劉氏笑著道：「都是一家人，別客氣。本來大郎和林棲成婚的時候，我們家就該來，無奈山高水遠，竟這時候才來見親家。」

林景行謙遜應對，寒暄了幾句，對妹妹道：「前些天爹和小弟去駐地巡視了，估計再有兩、三天就回了，家裡就我和娘親在，這幾日都盼著你們來。」

林棲打趣道：「家裡人少，大哥怎麼還沒找到大嫂？」

林景行笑道：「哪有那麼容易。」

「走，先回家安頓。」

韓霜騎馬跟在馬車旁，好奇地偷偷打量大公子。私下聽府裡丫鬟們說，林家兩位公子，大公子是個好讀書的翩翩公子，小公子是個愛舞刀躍馬的厲害人兒，剛才第一眼見，她還以為這是小公子。真是人不可貌相。

謝重潤也在偷偷打量林景行。爹和夫子跟他說過林家的事情，林家自從被流放到石河之後，家裡兩個公子都入身行伍，兩兄弟的區別，大概一個是運籌帷幄的軍師，一個是勇猛廝殺的前鋒大將。

他爹說過，林家老大深得林秋江這個老狐狸的真傳。

謝重潤摸摸下巴，這林景行，瞧著不像心眼多的人。

石河是邊城，又是苦寒之地，城裡的百姓無論男女老少，都有一股英武之氣在身上。宋子安和街邊一個揹著一簍子青菜的小丫頭對上眼，那小丫頭狠狠瞪了他一眼。

「喲，瞧這眼神，眼神真凶。」謝重潤笑了笑又說：「從南到北，這個時節南方都快夏收了，極北之地才開始下糧種，看那丫頭出身也不像是大戶人家，也不像是大戶人家的下人，她怎麼有早熟的青菜？」

夫子道：「這就要世子去觀察了。」

換作十幾年前，石河城裡的人無論是流放來的罪官，還是土生土長的本地人，大家日子都過得艱難。最近十幾年，四王爺領了守衛邊關的差事，城裡的百姓至少不用擔心又有蠻子打進來，安定了不少。

後又有林家花巨資買下一大片荒地，送來能工巧匠和擅種植的老農，還雇傭了大量本地人做活，不過幾年間，石河的百姓，只要肯幹活的都能吃到一口飽飯。

肚子不挨餓，就有心思考慮如何過得好，反正冬天裡家家戶戶都要燒炕過冬，林家的工匠教給大家一個法子，讓大家冬日裡藉著火炕在家種菜，不說有多大的產量，至少冬日裡也能吃一口新鮮蔬菜。

有些腦子聰明的，還想辦法把自己家和親戚家種的菜，賣一些到草原貴族手裡，慢慢把這件事變成一個生意。

剛才謝重潤看到的，林棲也看到了，她知道的更多，更猜到了，沒有她爹默許暗中幫忙，這些人家就算冬日種再多的菜，也不可能繞過防線去和那些貴族做生意。

一刻鐘後，馬車抵達目的地，林夫人早就等在大門口，看到女兒、外孫，忍不住眼淚汪汪。

林棲也覺心酸，故意笑道：「娘親想我了？我忙著做生意，還要抽空照顧您的兩個外孫，可沒空想您。」

林夫人轉哭為笑。「妳個死丫頭，當娘的人了，還這麼不著調。」

林景行抱著大寶坐在馬上。「娘，您外孫女在我懷裡呢。」

「啊啊！」有些興奮的大寶配合地叫了兩聲。

林夫人眼眉彎彎。「喲，還沒兩歲呢，竟長得這樣健壯，可真好。」

林棲扶額。姑娘家怎麼能說健壯？她這個溫柔講規矩的娘親，來了石河才幾年，如今好像變了個性子一般。以前無事絕不出二門，現在都能來大門口接人了。

劉氏下車，林夫人趕忙走下臺階迎過去，因為兒女相識的兩人，一見如故般拉著手說笑起來。林夫人越說越開心，看來女兒寫的信沒有報喜不報憂，她這個婆婆確實是個好相處的人。

「親家可別說我不講禮數，在石河這邊，大夥兒日日惦記的都是活下去，沒那麼多規矩，滿街上做工的婦人很多，沒有大門不出、二門不邁的習慣。」

劉氏呵呵直笑。「咱們宋家也是小戶人家，沒這麼多顧忌。」

「回頭呀，等妳休息好了，我帶妳出門逛逛。石河別的東西不敢說，山上野物可是最多的，什麼野鹿、麅子，想吃什麼都能在集市上買到，可新鮮呢！」

兄妹倆一人抱著一個孩子走在後頭，大寶抱著大舅的脖子轉著頭到處看。

林景行還有公務在身，抱著孩子在院子裡轉了一圈，進屋告了個罪，就準備出門。

「妹妹在家休息，我晚上再回來。」

「你去吧。」

謝重潤眼睛一轉，也想跟著去，被林棲一個眼神鎮住了。「你想跟去看看？」

「嗯。」

「不急在一時，休息幾天再說。」

「好吧。」

林夫人抱著格外乖巧的外孫，正高興地和親家說話，這個時候才看到後面進來的謝重潤。

「這孩子長得可真俊，哪家的？」

「四王爺家的，不讓他跟來，自己偷偷跑來了。」

「世子？」

謝重潤臉皮厚，不怕被嫌棄，端著小輩的禮儀，乖巧地給林夫人見禮。

阿潤在宋家住了幾年，劉氏早就當他是自己家的人，拉拉雜雜說了一堆，最後又補了一句。「阿潤這個孩子，雖說出生高貴，我私心裡，他就是咱們自己家的孩子一樣親。」說完她又道：「這話咱們自家人說說就罷了，別說出去。」

謝重潤不覺得被冒犯，只覺得心裡暖暖的。「咱們就是一家人，不怕別人說。」

這話把劉氏哄得興高采烈。林夫人看了眼閨女，笑得更開心。

閨女心眼多，遇到個寬厚善良的婆婆，真是福氣。

宋子安上前一步，規矩拜見，林夫人笑著連聲說好，叫丫鬟把見面禮端出來。

林棲從小養在家裡的日子少，但是母女倆關係依然很親厚，這種親厚源於父母對孩子的愛和心疼，也源於林棲有個成年人的靈魂，理解爹娘，不會和家裡生分了。

況且，現今還有兩個可愛的孩子在喊著外祖母，許久未見的一家人，很快就熟絡起來。

不過，母女倆過了前兩天最好的時候，居然開始吵架了。

吵架的原因主要是在兩個孩子身上，林棲帶孩子，基本上以培養孩子自主能力為主，只要不磕著碰著，愛幹麼就隨意。

林夫人就看不下去，地上多髒啊，怎麼能讓孩子在地上爬？這麼小的孩子居然讓他們自己吃飯，飯餵得到自己的嘴巴裡面嗎？就算給他們一個勺子先習慣，這勺子這麼長，戳到自己的眼睛怎麼辦？

親娘畢竟是親娘，能忍兩、三天已經算是極限了。林秋江一回家，管家趕忙稟告，小姐和夫人今天已經吵了兩回了。

劉氏抱著孫女去院子裡，邊走邊說：「妳娘親和妳姥姥說話呢，大寶乖，我們一會兒再去。」

母女倆剛開始吵架，劉氏腦子發懵，不知道該幫誰，最後還是林家大公子溫言領她去外面轉一轉。

後頭嘛，劉氏也看出來了，這母女倆估計是拿吵嘴當聯絡感情，她也不管，吵得不凶，她就坐一坐，吵得凶就抱著孫女出去逛逛，一會兒再回去。

林景行私下跟妹妹說，她婆婆的性子能養出妹夫這樣的人，真是難得。

林棲只笑了笑，宋槿安大概算是突變吧。

林棲和宋槿安的婚事辦得急，林家一家人被打了個措手不及，當時山高水遠的，也沒辦法。後頭林秋江託了不少關係打聽這個女婿，細到他跟人說了什麼話，寫了什麼文章，碰到些什麼事怎麼解決的，他都一清二楚。

去年，老朋友都寫信勸他，宋槿安是個靠得住的人，外孫都有了，他這個老丈人就別那麼挑剔了。

他們哪裡知道當爹的用心良苦，知道再多的消息，沒當面見到人，沒有日久天長的相處，他都放不下心。

他忙，女婿也忙，成婚後孩子都兩個了，他這個岳父還沒見到女婿，今兒見到親家母，林秋江算是放心了一半。

林秋江這樣從小和人鬥心眼的人，眼睛再是毒辣不過了。有這樣溫厚的娘，想必教出來的兒子品行不會太差。

林秋江回來了，晚上一家人坐在一起吃飯，本來要分兩桌才合規矩。林棲想和爹娘一桌吃飯，但是總不能讓婆母一個人坐著。

問過婆母的意見後，劉氏點點頭。「就跟妳娘說的那般，咱們家不講究這些。」

來之前她還以為林家這樣的人家，想必規矩多，林家出來的嬤嬤私下跟她說，林家對外的規矩是極好的，對內和城外農戶家沒什麼區別。今日一見，果然如此。

兩家人圍著一張圓桌吃飯，林秋江右手邊坐著林景行和林雲停兄弟倆，左手邊坐著林棲，林棲旁邊是大寶，又是林夫人，然後是小寶，再來是劉氏、宋子安和謝重潤。

林雲停替身邊的謝重潤和宋子安挾菜。「家裡有個擅長烤肉的廚子，等我過兩天休息，帶你們上山打一頭鹿回來做烤肉吃。」

謝重潤雙眼發光，跟著宋子安的輩分叫人。「二哥，咱們可說好了。」

「那必須一言九鼎。」

林夫人細心問劉氏飯菜合不合口味，劉氏當然說合口味，別的不說，林家的廚子手藝都是極好的。

見大人們都在說話，大寶急了，抱著小肚子嗷嗷地叫。

林夫人哈哈大笑。「忘了妳這個小不點，來來來，外祖母餵妳吃蛋羹。」

大寶嗷嗚好大一口，一臉滿足了。小寶依舊是淡淡的，祖母塞給他一口，他滿足地咀嚼起來。

林秋江溫和地跟女兒說：「兩個孩子的性子，倒是不大一樣。」

「那可不，閨女像我，兒子像他爹。」林棲笑容越來越亮，就跟正午的太陽一般。

見娘親笑，大寶也跟著笑，笑得太狠了，後頭居然打嗝了，可把一家人弄得哭笑不得。

林秋江現在掌管著駐地的後勤，糧草都要經他的手，這兩年絕大部分糧草都是出自本地，春耕時節，他對耕種之事很上心，忙了公事還要去田間地頭轉一轉。

林棲見了石河的掌櫃和大丫鬟春黛，又約了陶潛談事情，等這些事都處理完了，林棲有了空閒，陪爹爹去巡視田地。

這天走得遠了些，中午沒法回家吃飯，父女倆在野外隨意吃點帶來的乾糧。

林秋江愛憐地望著閨女。「這幾年一個人在南邊辛苦吧？」

「辛苦什麼，都是我愛做的事情，還能掙錢，有什麼可辛苦的。」

林棲從來不覺得一個人帶著手下的人馬在商場、碼頭打拚有什麼辛苦，整日在家過官家小姐的日子她才覺得無聊。

林棲看懂了爹爹的心思，勸道：「您不必心疼我，我現在過得開心呢，就算成婚生了孩子，我也過得和以前一般無二，連舅舅和舅母都說，我這門親事選得好。」

「從小到大，我和妳娘沒管過妳什麼，我們只盼望妳好，長命百歲，妳過得快活，我和妳娘就放心了。」

「嗯。」

父女倆之間，淡淡的溫情流淌。

林秋江忙完耕種之事，帶著閨女去見人，還不是一家一家地拜訪，而是下帖子把好幾家長輩都請到屋裡來，林棲一起給見禮，帶著兒女、宋子安和謝重潤收了一堆見面禮。

收完禮，叫下人把孩子抱出去，林秋江才說：「咱們私歸私，公歸公，見面禮給了，欠我閨女的帳，什麼時候還？」

鬚髮半白的王老將軍鼻子裡發出一聲輕哼，抬起腦袋。「老林，咱們都是同甘共苦過來的，從姪女那兒借來的錢糧，我們還能賴帳？」

聽到錢糧這樣的敏感詞語，本來要走的謝重潤和宋子安停下腳步，悄悄站到角落裡。

關門的小廝看了他們一眼，輕手輕腳地關上門，叫外頭的侍衛守住了。

「您也是個將軍，怎麼賴我閨女辛辛苦苦掙來的血汗錢。」林秋江笑著看了一眼屋裡的老伙伴們。「咱們親兄弟、明算帳，以前都是一筆一筆地拿，這回咱們算個總帳，免得以後天長日久的說不清楚。」

旁邊的李副將幫腔了一句。「老林說得對，也該清一下帳。老林他自己就是大總管，銀錢又是他閨女出的，以後時日長了，真怕說不清楚。」

林秋江一拍大腿。「還是李副將明白我老林的苦處，今兒就是請大家來當個見證。」以後等四皇子發達那一日，也好給閨女謀個好處。

林棲不好搭話，就給她爹倒杯茶，免得她爹說話口乾。

林秋江做帳的本事有林棲的功勞，誰經手，誰簽字，一式三個帳本，互相對照，不太可能出錯。

林棲這些年從南方支援的錢糧、布疋，還有這兩年石河城外的良田耕耘的糧食，大部分都進了軍隊，以前還不覺得，現在算總帳，這些將軍、謀臣們都有些吃驚。

林秋江這個女兒，怕是抱著聚寶盆出身的吧。

帳本沒可能出錯，上面有他們簽字的日子，錢糧、布疋、數目，和他們手裡的帳本再對照，一個字都不差。

只是，欠這麼多，以後怎麼還？

林秋江呵呵一笑。「現在兵部有四皇子的人，以後糧草沒那麼缺了，咱們自己經營的生意也成氣候了。從去年開始，咱們勉強收支平衡，今年說不定還有盈餘，等咱們富裕了再還，反正我閨女不收利息。」

王老將軍是個耿介之人，直言道：「文武大臣給朝廷辦事有俸祿、有名望，這裡面還不提許多渾水摸魚的，大姪女這樣助咱們度過難關的，以後有機會了，老夫給大姪女請功。」

「好！」大夥兒齊齊讚了一聲。「還有我們，到時候咱們聯名上書。」

李副將笑著對站在角落的謝重潤道：「世子覺得我等意見如何？」

謝重潤點點頭。「叫我爹還。」

屋內眾人哈哈大笑起來，林棲看了眼總帳的數目，嘴角微微翹起。

今天屋裡的人說話真夠白的。也對，朝廷內誰不知道這裡駐紮的軍隊是四皇子的嫡系，不支持四皇子支持誰？

真有那一天，不知道這些籌碼能給她換來什麼……

今日見了石河駐軍的當權派，林棲看得明白，她爹的位置有多穩當。

又過了幾日，林夫人在家開宴席待客，讓閨女見一見石河本地的當家夫人們。不用說，林棲帶著孩子們又收了一輪見面禮。

謝重潤最高興了，沒想到來一趟還能發一筆大財。

林棲在石河待了一個來月，林夫人天天忙完家裡的事情，不是哄外孫們，就是領著親家出門逛逛，心裡是想留閨女住到孩子生日後。誰知道邊境打起來了，林夫人不敢再留閨女，當天夜裡就收拾好行李，第二天早上天剛亮，就叫小兒子帶隊護送閨女回京都。

出了石河後，林棲叫弟弟回去幫忙。「你們自己注意安全，還有陶潛那邊人手要是不夠，你派人照顧照顧。」

「妳放心，陶潛厲害著呢。」

來的時候不著急，回去的時候快馬加鞭，兩個小的都感覺到不對勁，看祖母和娘親都不說話，連最愛鬧騰的大寶都乖巧起來。

中午，停下休息，韓霜帶著護衛打了乾淨的水過來，專門留了一口鍋燒開水。兩個小主子下午會肚子餓，到時候給小主子煮米糊吃。

由於這個地方離邊境太近，他們要抓緊時間趕路。

「大嫂，咱們下午不休息？」宋子安記得這一段路沒有城鎮，他們來的時候在野外睡了一晚。

「不休息，我們趕緊一點，估計晚上能到下個縣城。」

他們來的時候走得慢，才會在半路上休息，這次他們趕路快，估計時間差不多。

吃了午飯，趕了一個時辰，他們路過之前駐紮的地方，馬車一下不停地往南奔。

這一路上快馬加鞭，路程走了大半，他們的速度才慢下來，快的話一天到京都，慢的話兩天也就到了。

「都辛苦這麼久了，不差這一天，咱們趕快一點，回家休息才舒服。」

「主子說得是。」

大寶坐在馬車上嘆氣，一雙小肉手抱著肚子，肚子都餓小了。

照顧她的丫鬟偷笑，劉氏也笑，幸好孩子身子撐得住，一路上沒得病，要不然還不知道怎麼樣。

吃了午飯後，又趕了一下路，沒在城鎮停留，今晚宿在郊外。明天早點啟程，說不定還能趕上家裡的午飯。

「娘，抱抱。」

林棲一把抱起閨女。「哎喲，趕路都沒讓妳瘦一點，等到冬天，妳別有妳弟弟兩個重。」

小寶露出個笑。「娘，抱抱。」

「哎，娘抱你們。」

兩個快兩歲的孩子，都健健康康的，還有一個特別能吃的小胖閨女，林棲抱得手腕疼。謝重潤和宋子安見狀，趕緊把小姪女和小姪子抱過來。

「娘。」兩個孩子不依。

林棲甩了甩手腕。「讓娘歇一歇，晚上你們都跟我睡好不好？」

「好呀！」大寶露出笑臉。

一會兒工夫，帳篷搭建好，粥飯半熟，去山上打獵的護衛回來，手裡提著野雞、野兔子，跟去的丫鬟用衣兜捧著一捧香菇。

「主子，這個好吃，一會兒剁碎了煮給小娘子和小郎君吃。」

「嗯，辛苦你們了。」

一群人各司其職，吃喝完，又燒水漱洗，這才有空休息。快到家了，三五成群聊天說笑的丫鬟，整理行李的小廝，還有安排好守夜的護衛，心情都不錯。

林棲側躺在床上，拍了拍兩個孩子。「睡吧，我們明天就到家了。」

夏夜的風一點不覺得涼，吹在人身上分外舒服，透過帳篷門口掛著的細紗，帳篷裡透進一縷縷涼風，讓林棲睡了過去。

「主子！」春朝低聲疾呼。

林棲猛地睜開眼睛，帳篷外傳來刀劍相接聲，利器刺破身體發出令人牙酸的聲音，受傷之人的悶哼聲，讓她瞬間明白事態。

「有人圍殺我們！」

林棲坐起身抱著孩子。「北方過來的？」

「不像。」

兩個護衛衝進來，林棲把懷裡的兒子和女兒塞給他們抱著。

林棲不知道從哪裡抽出一把劍，對兩個護衛說：「萬一擋不住，你們倆帶孩子走。」

「是！」

他們倆的任務，當初從京都出發的時候就安排好了。

林棲快步出去，見劉氏慌亂不已，林棲一把拉住她。「娘，別怕。」

劉氏緊拉著媳婦，看到媳婦身後兩個護衛抱著孫子、孫女，才勉強放下心來。

「大嫂，那些蠻子追咱們追到這裡來了？」宋子安和謝重潤被護衛護著跑過來。

「恐怕不是。」林棲站在暗處，前方還未熄滅的火堆照亮了來犯者露出的上半張臉。看眉眼，看身形，看出手的招式，分明是漢人。

霍英不愧是曾經江湖上排名第五的逍遙劍客，殺手多出護衛兩倍，還是被他們斬殺劍下。

剩下幾個不成氣候的，霍英就著地上的屍體擦劍，略微收拾了下才過來稟告。「不是一等的刺客。」

「呵，這是看不起我，想殺我派這些貨色來？」

圍在林棲身邊的管事和丫鬟都在努力想，要說家裡和誰有什麼深仇大恨，目前來看，也只有蕭家了。

「不用猜，問問不就知道了。」

只見韓霜手中利刃削掉一人胳膊，反手一刀扎進大腿。那人疼得渾身顫抖，牙齒咬得咯咯作響。

「拉過來！」

春朝趕緊送來兩把椅子，林棲先扶劉氏坐下，她這才道：「報上家門吧，讓我開心了，可以讓你死得痛快點。」

唯一的活口凶狠地瞪著林棲，一個字都不說。

「霍英！」

霍英得了主子的令，先搜身，在一具屍體身上找到一塊大拇指大小的令牌，上書一個「李」字。

韓霜握住刀刃的手一下攥緊。

林棲淡淡看了眼染血的令牌。「喲，三王府的人，還是個領二等令牌的。」

謝重潤和宋子安也湊過來看，謝重潤搖搖頭。「不是三叔府上的，這是三叔外家的令牌。」

「都一樣。」

那殺手咬死了不說，至少要得一個忠字，沒想到主子看不上這商賈家出身的婦人，居然認得令牌。

時候不早了，林棲揮揮手，叫護衛把人拖下去，她要知道更多消息。

「娘，您去我帳篷裡休息吧，咱們倆擠一擠。」

「咱們不趕緊走？萬一後面還有殺手過來……」

「放心，人家要殺我都只派二等的過來，還被咱們一網打盡，暫時連個報信的漏網之魚都沒有，很安全。」

霍英可不是什麼光明磊落的人，審問犯人的毒辣手段和監牢裡積年的獄卒有得比，不過一刻鐘，林棲想知道的事情都被他問出來了。

來的人確實是李家的人，下面有人報信，說宋家有個丫鬟叫韓霜，是當年韓家的漏網之魚。李家得到消息，害怕當年的事情洩漏，就想殺人滅口。

「都這麼久了，韓霜這幾年長相也變了，還有人認得她？」

「主子說得是，報信的必然是對咱們家知之甚多的人。」

林棲在腦子裡過了一遍：舅舅的張家，師父那邊的楚家，還有裴錦程、劉闊、葉明、江雲楓、四王府，這都是和他們家常來往的人。想來想去，林棲都覺得不可能是這些人……

忽地，腦子裡閃過蕭家。

「蕭培正真會算計，借刀殺人都能借到三王爺府上的刀。」

「不會還有萬家吧？」林棲觀察殺手的表情，又笑了笑。「嗯，看你反應，肯定有萬家那群不要臉皮的人。」

那人也豁出去了。「是又怎麼樣，君要臣死，臣不得不死，你們早點死了下去投胎也是你們的運道好。」

「呵呵，當上皇帝了嗎？對哦，當今身子骨兒還硬朗，那當上太子了嗎？是嫡還是長？什麼都不是，這就開始自稱君了？沒什麼好問的，處理了吧。」

「妳敢，賤婦！我是三皇子府的人，輪得到妳在這兒囂張？」

看著人被拖下去，林棲笑道：「殺手不都是鋸嘴葫蘆嗎？怎麼這個話這麼多，嘴巴不好使，腦子也不好用。」

韓霜也跟過去看，看著她單薄的背影，林棲回頭對霍英說：「都撕破臉了，誰怕誰？反正我肯定不退縮。」

霍英、春朝都是一個意思，人家都打上門來了，沒什麼好退的。

只能說什麼樣的主子就有什麼樣的下人，林家的下人過得好，心氣就高，骨頭也比別人家的下人硬一些。

謝重潤撇嘴。「就不能是來殺我的？我死了，萬側妃的兒子就能當世子。」

「你看你爹允不允。」

路上碰到事，第二天出發得更早一些，辰時就進城，宋家的車隊驚了不少人的眼。宋家的車隊一過去，暗中守在城門口的人趕緊回去報告主家。

宋家的當家人官位不大，這位宋夫人排場倒是不小，家裡養的護衛、駿馬，在京都怕是沒幾家能比得上。

韓霜到底沒跟著進城，林棲到家，先安頓好孩子和婆婆，這才把候在門口的宋石叫進來，打聽京都的消息。

「如今在聖上眼前，大皇子得了誇獎，有壓過另外三位的架勢。前些天大皇子的外家趙家辦了一場賞花宴，花團錦簇，門庭若市，京都有頭有臉的家族都去了，咱們這一條街上，就算沒去的人家，也送了禮過去。」

「咱們家去了？」

「主子沒去，吩咐送了一盆花去，給花宴添個景，微末小官多有送花的，咱們家也是隨著送。」宋石小聲道：「今兒天沒亮，四王爺那裡來人了，和主子在書房密談半個時辰。主子出門之前囑咐我，等您回來後別出門，在家等著他。」

昨晚林棲等人險些被暗殺，霍英派了兩人連夜回京都，家裡早就收到消息了。

三皇子這一脈，是給得罪死了，不過他們家這樣的情況，得不得罪也就這麼回事。

如今情勢瞬息萬變，宋槿安也有自己的打算。

上午皇帝忙完公事，得了空閒，叫宋槿安去下棋，皇帝正高興，宋槿安就潑了一盆冷水，彈劾禮部尚書萬集賢管教子女不力，縱容兒子強搶民女，女兒不敬婆母，一屋不掃何以掃天下？此等人品，不配為禮部尚書。

萬集賢是皇帝的人，輪得到一個翰林院的小官彈劾嗎？

宋槿安當場被訓斥，身為臣子，該踏實一些，去歲寫了幾篇文章，還未落實，這就心高氣傲，以為自己是不可多得的人才了？

好事不出門，壞事傳千里，宋槿安被訓斥的事，下午就傳遍了，笑話他的人不在少數。

宋槿安被陛下訓斥的事瘋傳，奉山書院的人都坐得住，連劉闊、葉明和江雲楓師兄弟都不曾安慰小師弟兩句。

下值回去的路上，師兄弟四個不懼他人眼光，眾目睽睽之下上了一輛馬車。

原以為他們師兄弟要在翰林院任滿三年，沒想到這麼快就要各奔東西了。

宋槿安回家，林棲帶著睡飽的閨女和兒子滿院子蹓躂。

兩個月沒見，大寶和小寶站在原地，看了許久，才小跑過去叫爹爹。

宋槿安一手一個，抱起兩個寶貝，笑著問：「回來了，外祖父、外祖母家好玩嗎？」

「好玩。」大寶重重地點頭。「好多好吃的，肉肉，豆豆，包包。」

小寶說了一個字。「馬！」

林棲慢悠悠地道：「宋大人，瞧瞧你兩個崽，一個愛吃，一個愛馬，可真好養活。」

夫妻倆相視一笑。

「娘呢？」

「在屋裡休息，她老人家陪我跑這一趟，可累著她老人家了。」

昨晚的事讓劉氏也受了點驚嚇。兩人很有默契地沒有提，一家人熱鬧地吃了飯，待到暮色四合，夜深人靜時，夫妻倆才說起外面的局勢。

「妳要做好準備，咱們可能要離京。」

林棲沈默了半晌才說：「定了嗎？」

「南方。」

大皇子動了，三皇子一直就沒消停，還有二皇子在一旁虎視眈眈，今年不安穩，但有些事還是要人去做。

四皇子既然想暫且退一步，宋槿安也同意。

第二天，林棲吩咐人做好離京的準備，等一切收拾妥當，宋槿安的任命也下來了——台州府知州，和他現在在翰林院的品級相同，外放的從六品，遠不及同品級的京官。

剛冒頭才一年的宋槿安就這麼被踢出京都，有心人盯著宋家的宅子，然而，等到人都出京都了，也不見陛下收回。

「今日宋槿安離京，你不去送？」

謝元顯道：「他走我不送，等他滿身功績回來，兒臣親自去接他。」

「哼，那是朕點的狀元，倒是便宜了你。」

「他也是被逼無奈，不得已。」

皇帝摩挲著手中的黑棋，看向窗外，才嘆氣道：「經書裡有載，帝王執政末期，精力不濟越發昏聵，再有皇子爭奪儲君之位，外敵入侵，家國天下搖搖欲墜。朕壯年繼位，前些年還有平定邊疆的雄心，現在，呵，身子不允許啊。」

謝元顯撩起袍子跪下。「兒臣願駐守邊疆，為我啟盛朝守國門。」

皇帝示意他起來。「我的幾個兒子，朕最信任你，望你記得今天說的話。」

「兒臣遵旨。」

蠻子從未在夏天水草豐茂的時候入侵，這是頭一回，父子倆都摸不準，必須慎重，謝元顯自請回極北之地駐守，算是父子倆的默契。

如皇帝所說，往年還有雄心壯志，現今越發不想興兵，要不然兵權也不會一點一點地落到謝元顯手裡，對邊疆的掌控力，皇帝遠不及在邊疆駐守多年的謝元顯。

謝元顯知道他的兄長們，其中有人和蠻子勾結上了，興兵又不猛攻，為的就是故弄玄虛，把他弄出京都罷了。

他順水推舟，不用他們多使勁，自己就走了。

謝元顯走了，但他在京都布置的人手還穩當著，他相當放心。

謝重潤不跟他爹走，昨日就去宋家睡覺，今日帶著人偷偷跟著宋家去台州。

「王爺，您回來了。」

萬側妃等了一上午，聽丫鬟來報，她趕忙過來候著。

正好謝元顯有事想跟萬側妃說，就去她的院子，表明想帶二兒子去石河，這孩子再不管，要被萬側妃教壞了。

萬側妃一聽到這話，哭泣起來。「阿佑如今才五、六歲的年紀，從小生長在京都，哪裡吃得了石河的苦處，您這是要我們母子的命啊！」

「石河除了冬天的時候冷一些，也不是什麼不毛之地。」

萬側妃不管，堅決不同意，孩子必須在京都養著，逢年過節還要去拜見陛下，這一走，不知道什麼時候回來，被其他堂哥、堂姊分了寵愛，那還了得。

萬側妃捏著絲帕拭淚，假惺惺地哭。「我知王爺捨不得孩子，不如……不如把世子帶去吧，世子年歲不小了，也該跟在您身邊好好學習。」

謝元顯招招手，叫躲在門外偷聽的謝佑進來。「你想不想跟父王去？」

謝佑怯怯地道：「我聽……我不去，叫大哥去吧。」

聽到這兒，謝元顯淺淺地說了聲。「罷了。」

第二十八章

入秋後，端午節宮宴上，三皇子攻訐大皇子收買朝廷官員，以賢王自居，分明有不臣之心。大皇子手下也不是沒人，立馬有官員站出來，引經據典地罵三皇子不敬愛兄長等等。謝元顯一走，四王爺一脈的人靜下來，大皇子和三皇子針鋒相對吵得熱鬧，更加顯得四皇子門下的官員沈寂。

皇帝氣惱，大皇子的生母趙貴妃，三皇子的生母李德妃，幫著兒子說話，前朝、後宮都牽扯進去，一時間鬧得不可開交。

這時候，清流一派的官員，以刑部尚書吳之孝為首，似有支持二皇子的態勢。二皇子行事不偏不倚，不爭權奪利，一心為陛下辦事，有這樣的繼任者，是朝廷之幸，是萬民之幸。吳之孝試圖拉攏工部尚書孟元遲，孟元遲裝傻沒有應聲。後又找到出身奉山書院的王長鳴，說宋槿安被貶出京，有三皇子、萬家和蕭家的手筆，他可以幫忙。

「宋槿安的老師都不管這些事，我一個外人管這些做什麼？」

董秋實其實也不是不管，宋槿安出京後，董秋實寫了一份言詞激烈的信給蕭培正，先是把蕭陌然逐出師門，後又把蕭家父子狠狠罵了一頓，兩方徹底撕破了臉，以後奉山書院的人碰到蕭家絕不會手下留情。

不過這些事不用告訴外人，王長鳴三言兩語就把吳之孝推出去，後頭稱病在家躲了半個月，吳之孝再也沒來找他。

可能現在手裡的籌碼已經不少了，二皇子門下的人並沒有著急拉攏奉山書院的人。他們沒辦法拉攏，其他兩個皇子也沒辦法拉攏，在奉山書院這裡，三家算是平手。

大皇子和三皇子鬥得越發激烈，看陛下態度曖昧，二皇子也放開了，明面上還是那個謙虛踏實的樣子，但私底下收買官員的事情不比大皇子和三皇子少。

有些官員甚至私底下聚會的時候，笑言還是二皇子辦事妥帖，厚待屬下。至於母族出身一般的二皇子，手裡如何有這般多銀錢，就不是他們要管的事情。

三個皇子互相攻防，朝廷內從上到下都不好過。

劉闊、葉明、江雲楓也不管什麼考察，等到過完年，都出了京。三個師兄弟倒也心意相通，都去了南方，還是沿海地帶。

踏上去南方的船，江雲楓壞笑。「師弟比咱們早去半年，想必事情已經理順，肯定有許多經驗可以借鑒給咱們。」

「那是肯定的。」

三人也不在乎師兄的身分，跟著老師讀書的時候就沒少占師弟的便宜，現在臉皮越發厚了。

宋槿安到台州府之後確實公務繁忙，用了一個多月熟悉台州府的事務，後又投入到處理公務當中。

主官台州府知州許大人，也是出身奉山書院的學子，按照輩分，宋槿安要稱他一聲師叔。許大人發話，宋槿安只能勤勤懇懇地去辦事，該他做的，不該他做的，都做了。

許大人有空，寫信給董秋實，謝謝他給自己送了個會做事的人來，他會好好教導的。

董秋實看到信氣得直哼哼，等到過完年開春後，專程從淮安府來台州府，當面罵了這個同窗一頓。

許大人倒是不生氣，笑呵呵地說：「我都這把年紀了，不把事情交給晚輩做，難道要我親自去？四王爺當初也說，叫盛之放開手腳做，不是？」

「由你看，放開得如何？」

許大人微微點頭。「我看他放得還不夠開，行事還不如他家夫人俐落。」

董秋實不高興了。「他是官身，朝廷內現如今又鬧成一鍋粥，哪裡能在這時候鬧出大動靜來？你也是為官多年的人，這點都不懂？」

「你瞧瞧，你的徒弟是心頭肉，說兩句都不成了。」

說句心裡話，許大人十分欣賞宋槿安，農家子出身能走到這一步，已經算是極其不容易了。他也看出宋槿安想做的事情，對朝廷有多少益處。

之前他在台州府，僅知道一些商人會冒險出海討生活，但不知道底細，直到宋槿安來了之後，透過宋槿安家裡能幹的娘子，知道出海的細節之後，真是驚得不知該從何說起。

「我為朝廷辦一輩子的事，得到的賞錢和俸祿，都不如人家出海隨便一條商船掙的銀錢。」

董秋實何嘗不知道。「你也看出來了，林棲帶著人已經把出海的路線早就摸清楚了，就等一個機會，朝廷頒發政令，出海富國富民。」

「我去林家的船廠看過，也細細研讀過他們夫妻寫的冊子，無論是出海的商稅、港口的管理等等，幾乎盡善盡美。」

說起這小夫妻，許大人不吝嗇溢美之詞。

「咱們做好準備，等消息吧。」

開春後，幾位尚書共同上書，為了朝廷和天下安定，該立儲君了。

無論是皇家還是民間，傳承家業，大都講究立嫡立長，到啟盛朝，皇后沒有子嗣，又沒有養育其他皇子，沒有嫡出，那就立長，顯然是對大皇子有利。

二皇子和三皇子咬死了要選賢任能才是對天下人負責，如若選一個庸碌的嫡長，萬一出現岔子，誰來負責？

大皇子占了個長，二皇子和三皇子站在一起，大皇子顯然爭不過，京都又鬧了起來。

鬧了幾個月，儲君之位依然空懸，逐漸讓朝廷上的聰明人意識到，陛下可能屬意的是四皇子。意識到這一點，朝廷內得到短暫的安寧，畢竟下一任皇帝沒有明確之前，爭鬥無止無休。

老天爺開眼，這兩、三年朝堂動盪，還算風調雨順，北方的蠻子也被四皇子牢牢地擋住，百姓過得還算可以。

三年轉眼而過，宋槿安帶著一眾師兄弟和好友的努力之下，以及出身奉山書院官員的支持，從台州府到寧波府，都治理得頗見成效。

對內，內河航運越發通暢，對外有四海商會領頭，林家船廠支持，每年出海的商船越發多了，百姓的日子過得越發好。

宋槿安、劉闊、葉明、江雲楓、裴錦程，以及孟元傑的兒子孟九志，共同被百姓譽為南山六子，深得當地百姓敬愛。

為什麼叫南山六子？因為這幾位都喜歡去一家南山飯館用餐。

南方飯館是林棲的產業，坐落在寧波府，無論是內河航運還是海運都要經過這個地方，宋槿安他們當然也常去。

以前各州府縣的官員都只管自家的事情，南山六子不同，他們任職的州府經常有交流合作，政令通達的程度讓人驚嘆。

這樣做好不好？從百姓的角度來看，當然好，但是從朝廷的立場來看，那肯定有問題。

董秋實不只一次提醒他們行事穩妥些，別被人抓到把柄，讓人參一本，攻訐他們搞小朝廷，那可是要掉腦袋的事情。

宋槿安他們不傻，當然也知道。

又是一年立秋，四海商會來報，這一批出去的船回來了，還帶回兩樣海外的糧食和幾樣果樹，叫他們去看看。

幾個人齊聚四海商會，辦完正事，前往南山飯館用餐。

「極北之地歇了兩年多，聽說又打起來了？」

「陶會長這些年在極北之地各個部落遊走，聽說成效頗豐，以牛羊換糧食都已經成熟例了，難道那邊反悔了，不願意交易？」

「我看不像。」江雲楓得到的消息更加準確一些。「我爹來信說，那些蠻子以襲擾為主，不像是想大動干戈的樣子。」

等上菜的工夫，幾人就聊上了，宋槿安聽他們議事，心裡有一種想法，或許儲位之爭該落下帷幕了。

第二天，宋槿安到台州府，先去公衙見了許大人才回家，還沒進門就聽到閨女號哭。

「宋清夏，妳現在是越發調皮了，敢偷妳小叔的書拿去點火，還有什麼妳不敢做的？」

林棲氣得暴走，今年已經五歲的宋清夏被揍哭了，嘴裡喊著叔叔。

初長成少年模樣的宋子安、擺脫小狗子賤名的董子歸、一臉同情的謝重潤，三人都不敢上前討罵。

命。

雙胞胎弟弟宋熠嘆了口氣，叔叔們都指望不上，還是得他來，扭頭跑去後院找祖母救命。

宋槿安最心疼閨女，連忙快步進去。哭得臉紅的宋清夏一看到爹爹，越發委屈，眼淚嘩啦啦地流。

「別看妳爹，就算妳爹回來了，妳今天也要挨揍。」

「娘，我再也不敢了，別打我了好不好？」宋清夏可憐兮兮地求饒。

宋槿安訕笑。「孩子都認錯了，妳就……」

林棲美目一瞪。「你閨女在園子裡烤雞腿，嫌柴火塊太大點不著，跑去書房偷拿一本千字文來點火烤雞腿，你說該不該打？」

母女倆都盯著他，宋槿安看一眼可愛的閨女，又看娘子，一咬牙。「該打，不過打都打了，這回，咱們就過了吧。」

見林棲雙手扠腰，宋槿安說話聲都低下來了。

「打什麼打？」劉氏小步疾走過來。

宋清夏看到救星一般跑過去喊了聲祖母。她算是看明白了，爹靠不住。

老太太心疼孫子、孫女，林棲不好跟婆母硬頂，暫且放過小丫頭一馬。

「明天開始，每天必須多寫一篇大字，作為妳燒書的懲罰。」

「寫到什麼時候呀？」

「寫到過年。」

剛雨過天晴，宋清夏險些哭出來，過年還有好久哦。

中午，一家人用了午飯，宋槿安陪林棲午休的時候，手臂內側被掐了一把。

心裡的氣順了，林棲才說：「霍英昨晚來報，小青山運走了一批銀子，估計至少有五、六十萬兩，走水路送去京都。我跟陶家打了招呼，路上都別攔，照常行事。」

「可能要變天了。」

北方興兵想拖住四皇子，二皇子從私礦運走大筆銀兩，恐怕到最後的時候了。

霍英親自帶隊去石河傳遞消息。四皇子布置在京都的人也傳來消息，京都守衛暗中換了人。

謝元顯招來林秋江父子，還有王老將軍等將領，商量後，連夜帶著人入京。

謝元顯帶著人剛抵達京都城外，等在林家別院的謝重潤、宋子安、董子歸都在。

林棲覺得一輩子碰到一件這樣的大事，還能參與其中，那肯定不能放棄這個長見識的機會。特別是謝重潤，他出身在皇權中心，多知道點東西總是好的。所以霍英剛走，林棲就吩咐人護送謝重潤他們三個少年北上，就在京都城外等著。

謝元顯看到兒子，只看了他一眼，扭頭問身邊人。「誰守城？」

「大皇子的人守城，剛才傳遞出來的消息，三皇子已經帶著人進宮，和大皇子的人打起來了。」

「二哥呢？」

「二皇子此時應該被大皇子的人圍困在王府，但是人不在府裡，現今在宮裡。」

謝重潤表情嚴肅，默默地聽他爹和其他人說話。

「父皇現在如何？」

「皇上病了小半年，不見好轉，前些天召了太醫院院使藍大人診治，說的還是將養身體那些話，皇上勃然大怒，把藍大人打入天牢。晚上人就昏迷了，一直是太后和皇后照料著，貴妃娘娘、德妃娘娘和淑妃娘娘去看望過幾次。」

「賢妃娘娘沒去？」

「沒去。」

侍衛猶豫了片刻才道：「二皇子和賢妃娘娘可能知道陛下和……」

「夠了！」謝元顯薄怒。「說正事，現在先進宮。」

「是。」

謝重潤眼睛尖，他分明看到侍衛剛才的嘴形，似乎是在說「太」。

難不成是太后？

謝重潤見他爹走了，趕緊跟上。

今晚護衛京都的人，是皇上麾下的衛皇軍，明面上聽皇帝的，暗中被大皇子收買，實際上頭的將領是謝元顯一手栽培出來的人。

謝元顯帶著軍隊過去，大門洞開，無人阻攔。

毫無阻礙地進到皇宮，守衛這兒的人是大皇子的死士，只能打進去。

烏雲籠罩夜空，夜空之下一片漆黑，暗夜中血腥的廝殺，照面就是殺招，不是你死就是我活。

謝重潤有些害怕，即使他見過再多慘烈的場景，看人死在自己面前，和親手殺人還是不一樣。

「阿潤！」

「爹，我在！」

月光穿過烏雲的縫隙，灑下一片銀輝，落在謝元顯的肩上，暗沈的鎧甲也帶著光。

謝元顯扭頭看兒子。「跟我去找你皇爺爺。」

「嗯。」謝重潤捏緊手中的劍。

謝重潤一走，宋子安和董子歸也打算跟上，突然被人拉住。

「霍叔？」

「別去，皇家的事情，不該咱們摻和。」

血氣上頭的兩個人停下腳步，霍叔說得對。

「走，我帶你們出去。」

「不等阿潤了？」

「不等。」

皇城被圍，皇城外的皇親國戚也都惴惴不安，家家戶戶大門緊閉。有些人家卻大門大開，護衛、士兵頻繁進出。

三皇子外家，今日晚上燈火通明，家裡人手都安排出去辦事了，主子們都焦急不安地等著最後的結果。

不過，不管結果怎麼樣，他們肯定是等不到了。

一個蒙面女人從後院翻牆進去，身法俐落，劍鋒銳不可擋，殺人如斬瓜果。

李家滅門。

韓霜和李家護衛拚殺的時候也身受重傷，撐著最後一口氣出了城，馬上被人接上馬車，送到林家別院。送進別院不過半個時辰，又趁天黑把人往南方送，沿著海岸線南下出海。

「這些年，韓霜也不容易，韓家的滅門之仇，今日總算報了。」

「還有兩個沒死。」

「呵，人在皇城，今晚不死，也活不過明天，早晚的事情。」

垂拱殿，皇帝臉如白紙，嘴唇黯淡，眼睛卻凶狠如利劍，顫抖著嘶吼。「是誰，是誰惦記朕的皇位？」

此刻的他，如同垂死掙扎的猛獸，身受重傷，連威懾之力都快沒了。

德妃和三皇子笑容滿面地走進來。

「皇上，今日大喜呀！欽天監算出今日是百年一遇的好日子，今日不立儲，錯過就可惜了。」

德妃揮手叫人進來。「快，內閣大臣們把立儲的聖旨都擬好了，就差皇上您點頭了。」

皇帝怒氣沖天。「德妃，妳敢！」

德妃笑著，也不說那些口不對心的話，直言道：「皇上，您是想今日有個太子，還是想今日換個皇帝？」

皇帝冷笑。「太子怎樣？皇帝又怎樣？都到這一步了，你們還能讓朕好好活著？」

德妃嬌俏地笑。「皇上不愧是當過皇帝的人，成王敗寇這四個字，比我們更明白。」

三皇子不耐煩。「別多話，趕緊拿玉璽蓋章，老大和老二還沒解決。」

皇帝不肯，德妃著人搜宮。

「找到了。」德妃跟前的大太監從櫃子裡捧出玉璽。

正在這時候，角落衝出一個宮女，右手一揮。大太監被割喉，噴出的鮮血灑向身旁人，掉落的玉璽正好落在宮女手裡。

宮女、太監慌亂躲避，尖叫聲響徹宮殿。

垂拱殿從裡關住的大門被打開，二皇子帶著人走進來。

皇帝冷眼看著，不聲不響的老二竟也是頭豺狼。

二皇子人狠話不多，揮揮手而已，帶來的人把三皇子母子當場誅殺。三皇子死不瞑目，眼珠子似要瞪出眼眶，二皇子都不曾看一眼。

捧著玉璽的宮女走過來，二皇子身邊的太監展開手裡的聖旨，蓋好玉璽後，把聖旨遞到二皇子手裡。

辦完這些事，二皇子身邊的人關好門窗，盡數退了出去。

「父皇，兒臣繼位，肯定比大哥、三弟做得好，您安心去吧。等您去了，我會讓太后給您陪葬，讓你們有情人終成眷屬。」

從三皇子母子進門就沈默不語的太后頓時驚慌起來。

「太后不必如此害怕，瞧瞧我父皇對您有多孝順，四個成年的兒子，全部封王趕出皇城，沒一個是儲君。這位置，不是留給您養在城外皇家寺廟裡的兒子？」

「老二！」皇帝怒吼。

「呵，父皇別急，人送下去了，到時候您肯定見得著。」

太后痛哭失聲，皇帝被氣暈過去，又被一盆冷水澆醒，狼狽地靠著太后苟延殘喘。

本以為把這些話說出來心裡會痛快點，此時說完了，又覺得挺沒意思，二皇子扯了扯嘴角。「剛才德妃有句話說對了，成王敗寇，自古如此。出身在這個皇城裡面，這是生來的命運，今日輪到父皇，幾十年後說不定就輪到兒臣了。父皇不必惱怒，您在地下等著兒臣，到時候兒臣也去找您。」

二皇子說話的時候，外面垂拱殿已經候著不少大臣。

三皇子只剩一口氣了，如同死狗一般被扔在垂拱殿門口，靜候的大臣們無人看他一眼。

所謂賢王的名聲，在真金白銀和實力面前，如此一文不值。

該說的話說完，二皇子轉身出門，身後的侍衛朝皇帝舉起屠刀。突然，一支利箭比屠刀還快，破開窗戶，扎進侍衛的心口。

二皇子扭頭，淡淡一笑。「四弟，是你？我早該猜到了，你不會不回來。」

謝元顯帶著人從垂拱殿正門殺入，二皇子就等在原地，站在臺階上，居高臨下，身邊站著朝廷重臣，身前圍著御前侍衛，即使有中途叛變的人，站在二皇子身前的人依然不少，都是這些年的銀錢餵養出來的。

奪嫡，聽起來很複雜，但做起來的時候，特別是到短兵相接階段，誰拳頭大誰有理。

廝殺一個時辰，流的血染紅了御階，二皇子已經不在原地。

「把人找出來，等候陛下發落。」

「是！」

天亮了，謝重潤擦了擦汗，擦下來一看，額頭上的濕意，不知道是誰的鮮血。

他站在鮮血染紅的垂拱殿門前，看一眼垂拱殿，又看向冉冉升起的朝陽，皇權交接的殺戮和血腥，在太陽底下無處遁形。
他握緊拳頭，如果他當皇帝，絕不允許兒孫這樣。

正午時分，皇帝顫顫巍巍地坐上皇椅。御殿前跪了一群官員，臉貼在地上，聽到殿外人頭滾落的悶哼聲，嚇得渾身顫抖。

「今日，不立儲，朕，禪位！」

從今日起，四皇子謝元顯為皇帝，太上皇帶著後宮眾人移居城外皇家寺廟，為天下祈福。

自古以來，皇宮裡不缺見不得光的事，謝元顯不想管這些，繼位當日，封嫡長子謝重潤為太子，林秋江為戶部尚書兼任吏部尚書，也是內閣首輔。

林秋江，當年的一條喪家之犬，現在身負從龍之功回來，直接登上頂峰，滿朝無人敢置一詞。

六部尚書，除了工部尚書孟元遲，其他都已經被誅殺，大皇子、二皇子、三皇子的人都被清算，現在朝堂之上，真是沒幾個得用的人。

謝元顯知道林秋江的能力，也信任他，將最重要的戶部和吏部先交到他手上。

「朕只要結果，朝堂上的空缺，你自己想辦法給朕填滿。」

不說外面看熱鬧的人，就連林秋江自己，都被皇上這話嚇得腿軟。

得了這麼大的好處，還不得被人恨死？以後要是有個萬一，他林秋江還不被攻訐，落到千刀萬剮的下場？

不管心裡怎麼想，皇上信任他，事情還是要辦好，但是不能就他一個人辦。

林秋江扭頭把太子拉到身邊。「反正您也無事，不如給陛下分憂。」

這會兒還不到年底，戶部的事情可以暫放一邊，先把吏部的事情弄清楚。

離開朝堂將近十年，林秋江認識的能人，大都做到了從六品、五品的位置，有才幹的外放官員皆召回京，本在京都的能人就先找個合適的崗位塞進去。

林秋江看起來像病急亂投醫，實際上被提拔起來的多是寒門出身又有能力的官員，其中奉山書院出身的人占了絕大部分，大多是年輕人，若有些辦事不夠妥當的，就把老人扶上去幫忙指路。

遠在台州府的許大人，都上了致仕的摺子，也被召回京都禮部任職，台州府知州由宋槿安接任。在翰林院蹲了大半輩子的王長鳴，被調任到吏部任吏部右侍郎。

其他有能耐且奉山書院出身的官員還很多，升官的人不在少數，連和宋槿安同期的熊伯龍都進了戶部，今年吊車尾考上同進士的孫承正，原本在六部當個從七品的小官，也被林秋江扒拉出來，送到台州去了。

孫承正笑得合不攏嘴，到台州府見到宋槿安後，笑話他道：「你看看你，辛辛苦苦地考上狀元，還進了翰林院，來了台州府才當上個同知，我一個同進士出身，現在也是同知。」

現今還是舉人的石川嫉妒到臉都歪了，酸溜溜道：「你小子也就是運氣好，趕上好時候了。」

孫承正哈哈大笑，他中舉人的時候吊車尾，原本對會試沒抱希望，沒想到又倒數幾名考上了。

宋槿安笑著拍了拍他的肩膀。「回家，我給你們接風洗塵，明天帶你們見見當地的其他官員。」

宋槿安早就做好了準備，如今陛下即位，他的岳父還是首輔，是時候放開手大幹一場。

當年四個同窗求學，現在相聚的只有他們三個，幾杯酒下肚，想起季越，他們都嘆了口氣。

三年前，宋槿安還在京都的時候招了萬菱的眼，她想方設法要嫁給宋槿安，甚至不惜借刀殺人，想弄死林棲。

宋槿安下放後，萬菱用的胭脂水粉裡不知道被誰下了毒，導致她整張臉爛了，治好了之後，也是坑坑窪窪見不得人，整日關在家，外面笑話她的人就更多了。

萬菱恨毒了宋槿安兩口子，拿宋家人沒辦法，就把主意打到出身寒門的季越身上。季越為了前途，去年和雲嵐和離，當了禮部尚書家的乘龍快婿。現在萬家沒了，他也被貶謫到不知道哪個偏遠地方去了。

萬家倒了，季越沒了好前程，季家人又想到會讀書的大孫子。然而，當初和離時，雲嵐開出的條件是孩子要跟著她，她受不了兒子在萬菱這樣的婦人手裡受苦。
孩子日後改名為雲求真，極度厭惡季家人，雖說有宋家人看顧，季家人不敢怎麼樣，噁心他們倒是沒問題。
雲嵐考慮再三，決定帶著孩子來投奔宋家。日子過得舒心，以後兒子讀書也有宋家照應著，兩全其美。
石川這回來台州府，一是想來見這位同窗，順便帶妻兒遊山玩水，二是護送雲嵐母子過來宋家。
「季越，走錯路了。」
「不是走錯路，那是他自己的選擇，只能說他原本心就不正。」
「不說這些，乾了這杯。」
第二天，劉闊他們來了，主要商量開海的事。
「岳父送信過來，皇上力主開海，大體定了，等旨意到了，咱們就開始。」
「就咱們幾個？」劉闊有點不放心。
江雲楓笑道：「師兄放心，拿主意的事情有盛之，咱們就是跑腿辦事的。」
「開海這事一開始就是他們夫妻倆搞出來的。林棲手裡的工匠、能人多，四海商會還那麼有錢，只要朝廷支持，我看這件事不難辦。」
孟九志笑道：「咱們現在是天時、地利、人和占全了。」

新的朝廷新氣象，現在就是他們最好的時機。

要開海了，四海商會的人齊聚此地，連如今四大皇商之一的陶潛也專程從京都過來，準備了這麼多年，等的就是今日。

除了大商會，沿海一帶買得起船的小商人也不少，宋家村的人得到將要開海的消息，也派了宋觀帶著宋家的商隊過來。宋家村的人頭一次參與到這樣的大事，有張家這樣既是四海商會的成員又和宋家有姻親的人帶路，買賣、備貨都算順利。

商人們到了，京都來宣旨的也到了。

謝元顯真信任宋家夫妻倆，象徵性地派了個官員前來監督巡查，其他事情叫他看著辦。

宋槿安感恩聖心，整日忙得家都不回，最後宋家老夫人不高興了。

宋槿安倒是好，整日不是在碼頭，就是在官衙。到後頭，涉及到出海航線和海船的時候，還把當家夫人林棲給拉去了。

林棲肯定是不幹虧本買賣，帶著管事和丫鬟，拍著桌子和朝廷談判，就一句話，別想把她辛苦培養出來的技術工人當他們工部的匠戶用，沒門兒！

若換作其他地方，朝廷這些官員肯定看不上婦人，別說坐在一張桌子上談判了，他們怎麼說，這些婦人就該怎麼做，但是這位不一樣，她親爹是當朝首輔，皇家人對她也親近。

此刻兩方人馬談判，太子就站在這個婦人身後搖旗助威。坐在他們身邊主導開海的宋大人，還是人家的夫婿，惹不起，惹不起。

「開海可不是一錘子買賣，你們這樣壓榨他們，他們死後，朝廷還有人可用嗎？別看不起技術，你們寫文章能為官，他們靠技術一樣可以。」

「宋夫人，您這話過了吧，自古士農工商……」

林棲冷笑。「沒有農工商，要你們幹什麼？」

不管這些京都過來的大人們臉色有多難看，林棲就一句話。「你們給的條件，我不滿意！」

「太子，您看……」談判陷入僵局，宋夫人那是惹不起，大家求救的目光落在太子身上。

謝重潤偷笑了一下，正經起來，對林棲說：「妳想怎麼辦？給個章程唄。」

林棲給他一個白眼。「早這麼懂事不就好了，浪費我時間。春朝！」

林棲要提高工匠的地位，推動工業發展，必然要靠朝廷的力量，辦工業大學，工匠子弟可入學學技術，畢業後可做官，提高社會地位，將會有更多的技術人才投入其中，形成一個正向循環。

林棲的工業大學計劃送到朝廷內，引起非常大的反對，不過反對的人再多，在現如今相當於一言堂的朝堂也掀不起什麼風浪。

來年十月，工業大學在京都建成，所有得秀才功名的學子皆可參加入學考試，入學考試通過後，可選一科學習，通過考試後，即可入朝為官。

考上秀才才能入學讀書，對於很多匠戶和普通人家來說，已經算是非常高的門檻，這已經算是互相妥協的最好結果了。

林棲其實也覺得，你學技術，至少要文墨通暢吧，按照秀才的考試水準來看，多是考基礎，這點能力還是要有的吧。

秀才這個門檻定下來後，在皇帝的授意下，秀才考試也放了水，大家都心知肚明。

林家手下造船廠、火藥廠的工匠們，現如今對主子真是感恩戴德，子子孫孫的將來，都因為主子的爭取改變了。

工業大學建好後，大夥兒精氣神都不一樣了，發誓要做出些成績，讓主子高興，也讓外頭人知道他們的本事。

坐在上面的人說一不二，下面辦事的人齊心協力，開海不過三、四年，即使賺回來的財富和糧食用做官道和河道建設，國庫裡的銀糧比起開海之前還是翻了三、四倍。

經過眾人這些年的冷眼旁觀，工業大學畢業的學生已經開始進入朝廷，散落在天南地北，他們的出現，顯然讓國家變得更好，紡車、農具等各種工具的革新，海船等利器的出現，讓周遭窺視的小國家不敢放肆。

真正的國富兵強啊！

技術發展帶來的好處，讓工業大學的名聲和太學、國子監並駕齊驅，甚至在某些方面略勝一籌。

董秋實定下的規矩，奉山書院的學子，在參加春闈之前，必須去工業大學學習，當官不懂民生，怎麼能行？

現在的奉山書院，是名副其實的天下第一書院，從學子的成才比例來看，說起奉山書院只有溢美之詞。奉山書院的規矩也得到陛下的認同，陛下甚至當著朝臣說，只會讀書的人就去當夫子，入朝為官看的還是辦事能力。

工業大學聲名大噪，林棲這個力主建設工業大學的婦人，被世人誇為婦之楷模，不輸男子的奇女子。

已經長成少女的宋清夏聽到外面的人這麼誇獎娘親後，不高興了，回家跟祖母說：「我娘可比那些男子厲害多了，怎麼說我娘只是不輸呢？應該說比他們都厲害。」

劉氏哈哈大笑。「乖孫說得對。」

宋熠嘆氣。「姊姊，船馬上靠岸了，妳別到處跑。」

宋清夏不高興，挽住祖母的胳膊。「我還是喜歡台州的家。」

「妳乖，京都也有咱們的家，你們都長這麼大了，也該回京都見外祖和外祖母了。」

說到外祖母，宋清夏高興起來。「前幾個月我和弟弟過生辰的時候，外祖母送給我的那箱魯班玩具，我可喜歡了。」

宋熠也很喜歡。「聽說是工業大學新出的東西。」

姊弟倆正在祖母屋裡說著話，大船慢慢靠岸了。

臘月裡，南方還看得到綠意，京都已經是白雪皚皚。

白雪映照下，明黃色的天子車駕，顯得更加高貴逼人。

看到熟悉的夫妻倆下船，天下最有權勢的父子倆露出笑臉。謝重潤小跑過去迎接。

宋槿安走到御駕跟前。「臣宋槿安，拜見陛下。」

「宋愛卿請起！」

多年未見，兩人既是君臣，也是好友，相視一笑。

當年他還是皇子的時候就說過，他走，他不送，他滿身功績回來，他親自來接，終於盼到今天了。

謝元顯心情甚好，看到林棲笑著說：「多年未見，宋夫人一如當年聰慧，你們夫婦皆是國之棟梁，有你們是天下之幸。」

「多謝陛下誇獎，我等當不起。」

謝元顯笑了笑，御前大太監捧著聖旨交到太子手裡，謝重潤打開聖旨朗誦。「奉天承運皇帝，詔曰……」

跪在後面的大臣和內外命婦們都聽傻了，誇獎一個婦人有八斗之才、博古通今、陶朱之能、女中堯舜，這是誰寫的聖旨？能這麼誇嗎？什麼品級的誥命夫人當得起？宋槿安還沒著落，這夫人就成了超品誥命？還有封地？

和陛下隔得最近的林秋江，笑得見牙不見眼。

他林秋江的閨女，就是這般出色！

唸完聖旨後，一旁的謝元顯笑道：「盛之可別惱，你的旨意回朝堂上再說。」

宋槿安無奈道：「臣不惱。」

謝元顯哈哈大笑。「放心，朕在位一天，有才能之人皆有施展的機會，你嘛，朕瞧著，史書上至少得寫滿一頁。」

史書能寫一頁，那不得官拜一品，位極人臣？

眾人的目光悄悄落在林秋江身上。老小子，沒想到以後把你從首輔的位置上拉下來的人，是自個兒的女婿吧！

林秋江看宋槿安一眼，宋槿安趕緊陪笑。

御駕走後，林棲放聲大笑，宋槿安無奈。「娘子，咱們回家吧。」

林秋江跺腳。「回什麼家，去林家。」

「岳父說得是！」

剛才還羨慕宋大人位極人臣的人，此刻覺得心裡好受一點了。

這位宋大人，就算當再大的官，那也是夫綱不振，比起自己可差遠了。

宋槿安淡淡一笑，位極人臣，從來不是他的追求，開海成事以後，還要進一步改革稅制和土地制度。

碰上一位這樣的陛下，他只恨自己不夠有才能，為天下萬民做得不夠。

「爹，走啦！」

宋槿安摸摸閨女和兒子的腦袋。

他不行，還有他的兒女，子子孫孫繼承遺志，何愁盛世不來？

第二十九章

草長鶯飛四月天。

春寒料峭已熬過，溫暖的陽光灑遍大地，京郊的荒地冒出新綠，京都城裡的少年們換上便利的馬服，騎著北方草原送來的駿馬，吆喝著跑出城。

街邊早市還沒散，賣早點的商戶們賣力地吆喝著，挑挑揀揀買早食的小民們還沒散。

「喲，這是哪家的公子哥兒？這駿馬不是昨天才從草原送來的嗎？」

「我剛才瞧著，後邊侍衛身上掛的腰牌，看著像是個孟字。」

「孟家是誰？」一個穿著藍色學子服的少年人好奇問道。

「小兄弟剛來京都吧？」

「老丈好眼力，小子剛來京都求學。」

「哈哈哈，挺好，少年人就該好好讀書，來京都你是來對了。這些年啊，京都出了不少人物，這孟家就是其中之一。」

年輕學子被挑起興致，身子往那邊靠近。「請老丈解惑。」

「這孟家呀，就是孟閣老家。」

「工部尚書孟元遲孟閣老？」年輕學子眼睛睜大了。

「正是。」

旁邊一大漢一口喝掉半碗稀粥，嘖嘖出聲。「與兵部尚書高家結為姻親的，怪不得能這麼快就拿到好馬了。」

老丈不高興道：「你這話什麼意思，昨天送進城的馬本來就是販賣的馬，又不是兵部的馬，你言下之意是暗指孟大人公器私用？」

大漢訕笑。「我隨口胡說的。」

「哼，胡說也不能在這樣的事情上胡說，現在當朝首輔是宋槿安宋大人，宋大人和孟家交好，你說孟大人的不是，焉知其他不明真相的人，會不會猜測宋大人徇私包庇孟家？」

旁邊其他食客連忙附和。「就是，就是，老丈說得對，可不能讓人誤會宋大人。咱們小老百姓這些年能過上這樣的好日子，多虧了宋大人。」

另外一桌，幾個打扮頗為體面的婦人不樂意了。「宋大人這些年開海、改革稅制、處理朝事確實很厲害，宋夫人也不差呀，你們怎麼不誇宋夫人？」

「就是，工業大學能建起來，最開始那批仁人志士，都是宋夫人手下的人。」

「這幾位娘子說得對，咱們宋夫人巾幗不讓鬚眉。」

聽到這話，幾位娘子心頭滿意了。「小二，結帳。」

等幾位婦人都走了，那年輕學子才問：「剛才那幾位是誰？」

「前頭桐花街的。」

哦，說到桐花街，年輕學子就明白了。

桐花街這幾年在京都聲名鵲起，在外地也有名聲，只因為桐花街被聖上在朝堂提起且大力讚揚，說桐花街是能讓女子挺直脊梁的地方。

林棲家大業大，手下的男女管事何止百數，管事手底下的丫鬟、小子加起來，更是不少。

這麼多年過去，最初跟著林棲的那一批人大多都結婚生子，等孩子大了，他們也看重教育問題。林棲注重培養手下的能力，這些人管教孩子也照著來，卻搞得一塌糊塗。家裡的小孩們哭著求到林棲面前來，林棲就把這件事接下來了。

桐花街位於京都南邊，靠近城門口，是一條比較僻靜的街道，原本這條街上的產業一小半都是林棲的，林棲吩咐人把街上的鋪子能買的都買了。

家裡原本就有教孩子讀書識字的學堂，不教考功名，只教怎麼經商。

桐花街上的鋪子都買下來後，林棲定下規矩，每個季度考試一次，排名前列的人可以從學堂領到初始資金和桐花街一間鋪子拿去做生意，賺到的銀子都是他們自己的。

誰不知道銀子是個好東西？這下，不只林家的下人，連宋清夏和宋熠姊弟倆也加入進去。只會死記硬背有什麼意思，關鍵是有機會實踐才行。

碰上林棲這樣不缺錢的主兒，那是家裡下人的福氣。

這十來年，從桐花街走出去的大商人難以數計，有幾位把生意做到海外，後來憑做生意的本事破格進了戶部，那才叫不得了。

讓陛下誇獎桐花街，不僅是桐花街培養出一眾大商人給國家賺來錢財，還因桐花街有個女子學堂，專門教導女子謀生之道。

國家興旺，商業大行其道，手工業發達，這些女子有機會走出二門外，憑自己本事賺錢謀生。

皇后娘娘也誇獎，不知世間之大、只拘於門內的婦人，是培養不出驚才絕豔的兒郎。

皇帝陛下深以為然，當朝誇獎桐花街，誇讚宋夫人驚才絕豔，才思不輸宋大人，當年才能帶著年紀尚小的太子走南闖北，教導他知事明理。

可以說，皇上有多滿意太子，就有多滿意宋大人夫婦。

皇上早上誇獎賞賜了宋夫人，中午太子就和宋熠出宮去宋府蹭飯，還睡了一覺才回去。

皇后知道之後，跟皇上說，宋夫人是太子半母。

宋大人和宋夫人賢伉儷的名號，就此傳遍了天下。

朝廷內外，長心眼的都知道，那時候宋大人奉命推行稅制改革，其中動了不少人的利益，針對宋大人的明槍暗箭無數。

皇上在那個風口浪尖大肆誇獎宋大人夫妻，還把皇宮裡的話往外傳，就是為了警告背後搞事的那些人，不管他們怎麼蹦躂，宋大人簡在帝心，改革稅制，也必須推行下去。

市井小民不知道這些，他們只知道這對夫妻有能耐，宋大人統領朝臣協助皇上管理天下，宋夫人是賢內助，改善女子處境，為國家培養人才。

噠噠的馬蹄聲又來了，這次過來的不是縱馬的少年公子，是一輛輛馬車。

走在前面的那幾輛馬車，外面雕刻著精美的花草紋樣。馬車前頭掛著五彩的香囊，香囊尾端綴著一個小金鈴，馬車走起來時，發出悅耳清脆的聲音。

只有最後一輛馬車，馬車通身全黑，但是，不知道為什麼，路邊的看客們都覺得最後那輛不起眼的馬車，看起來比前頭那些花裡胡哨的馬車貴。

為什麼貴？不知道，可能是拉車的馬特別健壯，也可能是跟在馬車兩邊的護衛特別英武。

馬車外的聲音小了，估計已經出城了，宋清夏大剌剌地掀開車簾。「霍叔叔，出城後還有多遠？」

「那得看妳弟他們跑了多遠。」過了十來年，霍英還是那副死表情。

「哼。」宋清夏放下簾子。

馬車不緊不慢地又走了半個多時辰，到了京郊外的小山坡。

山坡斜緩寬闊，適合年輕人跑馬，坡後還有山林，喜歡打獵的人也能小試身手。

不過那都是男子們的愛好，貴族女子們喜歡和閨中密友聊天，順帶賞景。

山坡下是一條小溪，小溪兩旁都是縱橫阡陌的農田，在坡上鋪墊子坐著閒聊，當是不負春光。

宋清夏不愛這些姑娘家的閒談。

「宋熠，讓我跑一圈馬。」宋清夏不淑女地從馬車上跳下來，跟在身邊的丫鬟連忙追上去。

宋熠無奈。「妳忘記娘說的話了嗎？罰妳兩個月不能騎馬。」

「你不說，娘又不知道。」宋清夏可喜歡騎馬了。

宋清夏前天犯了事，把娘親特別珍愛的一支簪子摔壞了，氣得她娘罰她兩個月不准騎馬。

那簪子是她爹親手雕刻送給娘親的，她爹知道後，還說罰輕了。要不是祖母幫她說話，只怕今天她都出不了門。

「我不說，你猜別人說不說？」

宋清夏扭頭，孟家的，裴家的，陶家的，王家的，江家的，還有她外祖林家的兩個小表弟，表舅家的小表妹。

張家小表妹張若溪自然不用說，只要大人不問，她肯定不告密。

「表姊放心，我們肯定不會告發妳。」林柏和林源兩個小傢伙才六、七歲，好不容易才跟著表哥、表姊出來玩，肯定不會告狀。

宋清夏才不擔心兩個小跟屁蟲，她揚起小臉。「孟旭，裴行甲，王令，江傲然，你們都不許告狀。」

幾個十來歲的小郎君都笑起來，孟旭笑著道：「妳擔心我們告狀，怎麼不擔心我妹妹她們？」

孟嬌嬌扶著丫鬟的手過來，白了她哥哥一眼。「我和清夏可是好姊妹。」

江傲然的妹妹江語年紀更小，梳著雙丫髻，小姑娘笑起來特別甜。「我站宋姊姊這一邊哦。」

宋清夏得意地雙手扠腰。「要是我娘知道，不用說，肯定是你們告發的，你們幾個連坐，同罪！」

孟旭笑著對宋熠說：「你姊整天在家學了些什麼，連坐都說出來了。」

宋熠嘴角微翹。「我爹和我娘說，我姊只要不殺人放火，想做什麼他們都支持。」

「你姊這樣的性子，以後成婚了，可有得磨。」孟旭不經意地提起。「說起來，你姊早就及笄了，還沒定下人家？」

宋熠嘴角微微下垂，表情嚴肅，露出不贊同的神色。「這不是你該問的。」

「抱歉，是我唐突，失了分寸。」孟旭道歉。

宋熠在他姊的催促中下馬，宋清夏欣喜地翻身上馬，俯下身子拍拍馬臉。「乖寶貝，咱們跑兩圈。」

駿馬發出嘶鳴，撒開蹄子奔跑起來。

孟旭騎在馬上，宋清夏騎馬飛奔的姿態深深地印在他的眼睛裡，也只有宋家那樣的當家夫人，才能不懼世俗的眼光，養出這樣的高門貴女。

可惜了，無論他多欣賞這樣的姑娘，爹娘都不會為他求娶她。

他出身工部尚書府，是孟家二房長子，這樣的身分，就算爺爺站在二房這邊，宋大人那邊是否看得上他還兩說。

宋大人還未發跡時，他爺爺孟元遲就已經和宋大人交好，再往前追溯，他的二爺爺，也就是孟元傑認識宋大人更早，宋大人還是秀才時，就已經與他相識，甚至姑姑孟倩娘，還是宋夫人的閨中密友。

陛下繼承皇位後，全力支持宋大人開辦工業大學，把工業大學提到了太學和國子監同等的高度，這十多年來工業大學出來的學子，遍及朝野，已經形成一股不可忽視的力量。

他爺爺是工部尚書，但是說到底，這些身上打著工業大學烙印的官員學子，他們只認宋大人。家裡的門人為爺爺叫屈，爺爺卻總笑著說，他這個工部尚書，當得比歷朝歷代的都舒服。

有這樣的情分在，原本他們孟家和宋家應該是世交。

可惜，孟家大房的當家主母高氏，也就是他大伯娘，出身兵部尚書府，兵部尚書高大人這兩年和宋大人關係不睦，已經是朝廷內外皆知的事情。

或許，再等兩年，說不定宋家和高家的矛盾就解了。

孟旭現在，特別擔心宋大人給宋清夏訂親。

孟旭長嘆一聲，清夏早已及笄，訂親也是早晚的事情。

一個錯眼，山坡下裴行甲、王令、江傲然三人策馬跑起來，江傲然力壓另外兩人，跑在最前面。

裴行甲的爹是裴錦程，和宋大人少年相識，五年前進京任吏部左侍郎。王令的祖父是王長鳴，出身奉山書院。這兩家都是文臣出身，騎射的本事自然比不上江家。

江傲然出生勛貴，從小跟著他爹駐守邊關，前兩年回京都讀書，因為他叔叔江雲楓和宋家關係親近，自然就玩到一起了。

不過幾個呼吸之間，江傲然已經催馬趕上最先出發的宋清夏，江傲然做了個鬼臉，宋清夏非常不悅。

「江傲然，你有本事就超過我！」

「我偏不，我就要和妳肩並肩！」

氣煞我也！

宋清夏身體貼著馬背，身下的馬再加速，江傲然不緊不慢地跟著，兩個人依然平行。

跑出一段距離後，宋清夏扭頭，江傲然依然在她的左手邊，調皮地眨眼。「清夏姊姊，我陪著妳。」

宋清夏輕哼一聲，趕緊催馬。

「小心！」孟旭驚呼。

已經晚了，前頭草地扎著一個小腿高的木樁，和草地幾乎融為一體，宋清夏沒瞧見，馬右前腿踩住拐了腿，猛地往下跪。

宋清夏沒夾緊馬腹，馬前低後高，騎在馬背上的宋清夏幾乎要翻跟頭過去。

遠處的宋熠飛奔而來。跟在江傲然身後的裴行甲和王令兩人，催馬往前趕。

正在這緊急的當口，一直和宋清夏並肩的江傲然，單手控馬，另一隻手拉住宋清夏的左胳膊，幾乎眨眼間，宋清夏裙襬飛揚，被他抱在懷裡。

「吁～～」江傲然控制著韁繩讓速度降下來。

「宋清夏，有沒有事？」宋熠一邊喘氣、一邊急忙問。

「懂不懂規矩，叫姊姊！」馬失前蹄，宋清夏心驚得怦怦跳。

宋熠見她還有心情挑刺，就放下心來，又怒火上頭。「妳多大了還這麼不知分寸，妳看看妳剛才多危險，要是翻到馬前摔下來，馬一腳能把妳肚子踩穿了。」

「都是我的不對，我不該和清夏姊姊比試。」江傲然乖乖認錯。

剛才人家救了她一命，此刻還在人家懷裡，再說，她摔馬也怨不著人家。

宋清夏不自在地輕咳一聲。「我要下去。」

江傲然戀戀不捨地放手，宋熠接著他姊。

孟旭趕過來，瀟灑地從馬上跳下來，關心道：「有沒有事？」

「沒事。」宋清夏擺擺手。「是我學藝不精。」

江傲然連忙說：「我的馬術好，下次清夏姊姊想騎馬了，就叫上我，我保護妳。」

孟旭抿了抿唇，不贊同道：「男女授受不親，傲然雖然年紀尚小，也不好單獨和清夏出來跑馬。」

江傲然瞥了孟旭一眼，似笑非笑。「娘子們都能光明正大地出門幹活，光天化日之下，我和清夏姊姊跑馬怎麼了？你就拿這件事去問宋夫人，宋夫人肯定贊同我們多活動活動身子。」

明明是平常的對話，裴行甲和王令兩個站在一邊的人，都聽出兩人對話中的火藥味，王令趕忙岔開話題。「咱們出城這麼久，都快中午了，我肚子都餓了，先去吃點東西吧。」

「那走吧，咱們再不過去，若溪表妹著急得都要過來了。」宋清夏看到不遠處的小表妹伸頭踮腳往這邊看。

護衛、小廝過來牽馬。宋熠走在他姊旁邊，孟旭、江傲然他們四人跟在後面。

「表姊，有沒有事啊？剛才我遠遠地看到妳的馬跪在地上。」張若溪擔心極了。

「別擔心，妳看我這不是好好的嗎？我騎馬的技術……」宋清夏心虛地看了弟弟一眼，她乾笑道：「也還行。」

江傲然偷笑，宋清夏不動聲色地踩了他一腳。

「什麼馬跪下了？」林柏和林源脫了鞋，盤腿坐在墊子上埋頭苦吃，根本沒看到剛才的情況。

宋清夏捏捏他們的胖臉蛋。「吃你們的吧。」

「哦。」林源賣乖。「這個牛肉乾好好吃喲，表姊吃一塊。」

「我嚐嚐。」

江傲然乘機靠過來。「我叫我娘送的，專門帶給你們，沒敢曬得太乾，比較好入口。」

林柏笑咪咪地對江傲然說：「傲然哥哥，我和弟弟也喜歡吃。」

林源點點頭。「比去年送的好吃，去年送的風乾牛肉太乾了，我咬不動。」

「哥，你來這裡坐。」孟嬌嬌左手邊坐著宋清夏和林家兩個小公子，孟嬌嬌拉著孟旭坐她右手邊。

踏青嘛，就該吃吃喝喝，打打鬧鬧，有林源和林柏兩個開心果在，還有江傲然這個喜歡逗他們的人，笑聲就沒有斷過。

不知不覺吃了許多點心，喝了茶水，宋清夏覺得有些膩味，招招手叫護衛過來。「霍叔他們什麼時候回來？」

「霍統領走之前說了，中午在這兒烤肉吃，估計快出來了。」

聽到有烤肉吃，林源和林柏兩個也不吃點心了，等著吃肉。

孟嬌嬌噗哧一聲笑了。「這麼嘴饞，你們林家還缺肉吃？」

林源仗著年紀小，絲毫不給面子，白了孟嬌嬌一眼。「我吃的也是我姑姑家護衛打的肉，又沒吃妳孟家的，妳管那麼寬，住海邊的嗎？」

「嘿，你這小子，說著玩罷了，你還氣上了。小郎君可不能這麼小氣。」

林柏幫腔。「我們林家和妳孟家不熟，妳要和人開玩笑，別找我們。」

孟嬌嬌氣憤，拉著宋清夏。「妳要給我作主，看看妳表弟，我說一句他們懟我一句。」

「小孩子嘛，妳別放在心上。」宋清夏明顯和稀泥。

孟旭皺眉。「嬌嬌。」

孟嬌嬌看一眼哥哥，又看一眼宋清夏，眼睛一轉，笑道：「我才不惱，以後宋姊姊肯定會站在我這邊，哼！」

張若溪拿一塊紅豆點心給孟嬌嬌。「說這麼多話，妳不餓？快吃一塊，妳不是喜歡吃紅豆點心嗎？」

孟嬌嬌笑道：「還是若溪體貼人。」

宋清夏有點不高興，孟嬌嬌這話什麼意思？她若溪妹妹皇商出身，兩個表舅身上也有官職，她孟嬌嬌配這般居高臨下嗎？

張若溪按住表姊的手背。「快看，霍叔叔回來了。」

年過四旬的霍英，一點都看不出年紀，領頭帶著幾個護衛騎馬從林子裡出來，馬背上掛著野雞、野兔子。

「霍叔叔，弄個五香的。」

「想吃來幫把手。」

「我來！」江傲然拍拍手站起來。

裴行甲、王令他們跟過去，宋清夏和宋熠也帶著表弟、表妹圍過去。

孟旭揮揮手叫丫鬟們退開，只留他們兄妹兩個。

孟旭壓低聲音。「注意分寸！」

「哥！」

孟旭搖了搖頭，朝人群走去。

孟嬌嬌的貼身丫鬟低頭走過來。「小姐別氣，公子有他為難的地方。」

孟嬌嬌一臉不高興，家裡的難處她又不是不明白，照她哥這樣瞻前顧後，還不知道為自己打算，別說攀上宋家這一門親事，其他好親事也別想了。

一場郊遊踏青，雖然有些許不愉快，最後的烤肉宴，讓一群小郎君、小娘子都開心起來。吃飽喝足後，裴行甲拿出一副白玉做的骨牌，一群人玩到下午，跟來的婆子催促起來，才收拾回去。

宋清夏也玩累了，爬上馬車，和表妹肩靠肩地睡了，一路進城了也不知道。

「多謝霍叔中午的款待，小子和家妹就先回家去了。」

霍英高高地坐在馬上，微微頷首。「孟公子再會。」

到了下個分叉路口，霍英拍了拍江傲然的肩膀。「你小子馬騎得不錯，回頭有空，叫上宋熠，咱們去林子裡打獵，活動筋骨。」

江傲然大方地笑了。「那我就等著了。」

繞了一圈，把林家兩個睡得打呼的小少爺送回去，又順路送了裴行甲和王令，這才到乾德門大街宋家。

「哎喲，誰打我？」

宋清夏睡得迷糊，突然背上一疼，翻身起來，看到站在馬車外面的人是她娘親，頓時傻笑起來。「娘，我回來了。」

當了多年的宋家主母，在家裡時，林棲還是一身簡單的裝扮，頭上的髮簪也只有一支簡單的玉簪子，但是，她穿著打扮再簡單，周身的氣度卻讓人無法忽視。

宋清夏見娘親不說話，她的心肝發顫，瞧這樣子，像是要教訓她一頓，她立刻反思自己又犯了什麼錯。

「聽下人說，妳今天差點被馬踩了？」

「沒有。」宋清夏反駁後又默默低下頭來，小聲道：「我就是，我就是，隨便騎……」

「去祠堂跪著，我沒叫妳，不准起！」

見表妹受罰，張若溪著急。「表姑，表妹她……」

「若溪別幫她說話，我看她現在越發無法無天了。」

宋清夏腦袋往下面又低了點，在他們家，娘親說的就是最終結果，沒啥好反抗的。

後院的下人們都心疼小姐，卻也不敢求情，最後想了個不是辦法的辦法，大管家宋石親自去後院提了幾樣點心送去前院書房。

宋石進去時，宋槿安正在和弟子魏誠商議朝堂上的事。

「外面怎麼了，剛才就聽到院子裡鬧騰。」宋槿安端起茶杯，刮了刮茶沫。

「小姐被夫人罰跪祠堂。」宋石就等著問呢。

宋槿安輕笑。「她犯什麼錯了？」

宋石不敢隱瞞，連忙把郊外踏青的事情說了一遍。

茶杯重重地放在桌上，嚇得魏誠連忙起身站好，宋石則低下了頭。

「清夏這丫頭被你們寵得越發不知道分寸了，以後你們再敢替她求情，就罰她多跪一會兒。」

「是，老奴不敢。」

略微思索了一會兒，宋槿安才道：「把霍英請來。」

霍英剛才把打到的獵物送到後院去，這會兒才過來。「見過大人，正有要事要跟大人稟告。」霍英隨意地行了個禮，說完話後，看了魏誠一眼。

魏誠識趣地出去，順手把門關上。

「是清夏的事吧。」

霍英應了聲，在宋槿安右下方坐下。「我看孟家二房那個小子……」

「呵，癡人說夢，我宋槿安的閨女，就算嫁給寒門士子，也不會嫁到孟家。」他捧在手心裡養大的閨女，絕不可能送到孟家那樣的人家去受折磨。天下之大，好男兒多得是，他的閨女，用不著去蹚孟家的渾水。

再說，孟元遲老了，底下的兒孫不爭氣，下一輩的當家人，娶了兵部尚書高進家的女兒，明眼人都看得出來，孟家肯定偏向高家。

霍英不屑道：「真要論起來，孟元遲如今還能入閣，也是沾了咱們家的光，現在您和高進還沒明刀明槍，他孟家就這般行事，真是有些靠不住。」

宋槿安擺了擺手。「也不怪他，人各有志。再說，我和孟知府一家有交情，至於孟尚書，當初也只是恰逢其會，算不得有多深的交情。」

霍英到底出身江湖，最看不上孟元遲這樣忘恩負義之人。

說到政事，霍英不懂，但還是想問一句。「您是皇上的心腹，皇上還是皇子時，高進跟著皇上南征北戰，也是心腹，你們要是鬧矛盾，皇上支持誰？」

宋槿安面容冷峻。「誰有理支持誰。」

這些年，隨著開海，朝廷內外的日子都好過不少，天下人都誇如今是盛世，國富兵強。只有皇上和宋槿安這些掌控全局的閣老們最清楚，他們發展的時間還太短，現在的國富兵強不堪一擊。

南方靠著海軍十分太平。北方這些年因為有陶潛坐鎮，貿易蓬勃發展，暫時還挺太平，但是萬一有個天災人禍，今天還笑著和你做生意的蠻子，說不定立馬翻臉騎馬南下打劫。北方的邊境線太長，有一個地方被突破，被南下的敵軍糟蹋一番，天下人對朝廷的看法又要變上一變。

霍英敲了敲桌子。「高進他們想帶著海軍去攻打海外，對當前局勢似乎也無關大礙。」

「你錯了。」

朝廷這幾年是富了，但是開辦學堂、修橋鋪路，哪裡不要銀子？國外運回來的奇珍異寶、金銀玉器確實不少，但是，錢多了，上哪兒買糧食去？

宋槿安認為，與其這時候出海去攻打別國，還不如先把自己發展好，就如同他夫人說的那般「攘外必先安內」！

「這就是您收魏誠為弟子的原因？」

「一小半的原因吧。」

宋槿安看中魏誠治水方面的才能，但是魏誠這個人胸有溝壑，是個有志之士，值得他推一把。

治理好河道，既能預防洪水泛濫，又能在乾旱時救災。平日裡，水道通暢連通東南西北，也有利於增強朝廷對天下的控制力。

這麼明顯的好處，宋槿安不相信高進為首的這些人不清楚，他們只是被自己的利益矇蔽了雙眼，不想考慮天下人的利益。

第三十章

宋清夏一跪就跪到晚上，已經到家裡平時用晚膳的時間了，還是沒有人來叫她。

突然祠堂的門推開，坐在後腿上偷懶的宋清夏，連忙端正跪好。

「行了，別裝了，祖母叫妳去吃飯。」

宋清夏欣喜，連忙站起身。「我就知道祖母最疼我。」

宋熠輕哼一聲。「也就疼妳一個時辰吧，吃了晚飯繼續來受罰。」

宋清夏高昂的情緒被澆了盆冷水。

用了晚膳，宋清夏依依不捨地告別全家人，見沒人留她，氣呼呼地走了。

「小娘子，祠堂走這邊。」春朝笑盈盈地道。

「春朝姑姑，我就是想散步繞點路。」

「奴婢陪您散散步。」

完了，躲不了。

兒孫們都大了，早已滿頭白髮的宋老夫人喝了口丫鬟奉上的消食茶。「大寶和小寶年紀不小了，特別是大寶，眼看著就十八了，再留下去就成老姑娘了。」

「娘，您別操心，盛之心裡有數。」林棲熟練地把鍋甩過去。

宋槿安瞥了一眼自家夫人，又頂著親娘期盼的眼神，他只好說：「看了幾個合適的小子，還沒定下來，等看得差不多了，再和娘商議。」

宋老夫人揮揮手，屋內伺候的丫鬟、小子們都出去後，她小聲問：「你們是不是選中魏誠？魏誠這個小郎君我看行，雖然出身差了點也不妨事，有你們拉拔著，以後少不了好前程。」

「娘，兒子沒這樣想，只拿魏誠當弟子培養。」

宋家人在商議兒女的親事，孟家二房也在發愁給孟旭選個什麼樣的姑娘。

孟嬌嬌直接挑明。「爹娘，你們別商量了，我哥看上宋首輔家的小娘子。」

孟二爺不贊同。「宋首輔家雖好，可惜不適合我們。」

「爹，整個京都，比宋首輔家好的人家有幾家？您別聽大伯一家的話，高家行不行還兩說，就算成了，大伯家能給咱們什麼好處？要我說，抓在手裡的才是自己的。大哥，你說是不是？」孟嬌嬌才不管什麼家族利益。

孟二夫人嚴厲呵斥女兒。「家裡的事情自有妳爹作主，用得著妳一個姑娘家指手畫腳？」

「我還不是為了咱們家好？」孟嬌嬌萬般委屈，眼淚濕了絲帕。

孟二爺嘆息道：「夫人別罵嬌嬌，嬌嬌也說得沒錯。」

孟旭眼睛一下亮了。「爹，您的意思是？」

「我的意思，孟家和宋家明面上還過得去，你如果真喜歡宋首輔家的姑娘，我親自請你姑姑出面幫忙說合，行不行，就看運氣吧。」

孟旭連忙說：「我親自跟姑姑去宋家拜訪，宋大人最注重品行，我承諾以後房內再無其他女子，宋大人肯定會對我高看一眼。」

孟二夫人眼裡盡是憂慮，既擔心和宋家走得近，得罪孟家大房的人，又擔心宋家拒絕他們家。

和大名鼎鼎的宋首輔家比起來，他們孟家二房不說籍籍無名，也能說是頗為平凡，人家真的肯低就？

待兒女都走後，孟二爺才道：「一家有女百家求，咱們託人去問問也沒什麼。再說，阿旭有心結，不讓他走這一遭，以後一輩子都惦記。」

孟二夫人惆悵。「也罷，盡快去問問吧。就算不成，我也不怕丟臉，就怕大房那邊……」

「不管了，咱們爹娘還在，就算大哥、大嫂有意見，也就是說兩句酸話，再不行，我們分家搬出去，我再沒用，也能養活妻兒老小。」

孟二夫人笑道：「你倒是想得明白。」

翌日，孟二夫人還沒寫拜帖，就聽說朝堂上吵起來了。

「陛下明鑑，我朝從建立開始，歷代君王勵精圖治，到今天才養得這般兵強馬壯，又有強大炮火支援，有這等勝利之師在手，正是開疆拓土的好時機啊，陛下！」

大朝會，高進帶著一眾武將跪下請旨。

謝元顯有些猶豫。他十分清楚朝廷的情況，但，當朝海軍之強盛未遇敵手，如果真如高進所說，出海也是好事。

宋槿安不這樣認為，拱手道：「陛下，現如今並不是出兵的好時機。」

高進寸步不讓。「宋首輔覺得什麼時候是好時機？」

「國家真正兵強馬壯的時候。」

「呵，宋首輔這是推託之詞罷了，難道就為了捧你那個徒弟上位，天下百姓都不顧了？這還是咱們天下為公的宋首輔嗎？」

宋槿安不惱，嘴角微翹。「陛下，臣不同意出兵有兩點。一是商業發達，但是沒有厚實的農業底子在，哪裡能弄來這麼多糧食養活天下人？二是就算要打，也不能咱們親自動手，就算咱們親自動手，也要人家求上門來才行。」

謝元顯連忙追問道：「首輔有何良策？」

一句話：代理人戰爭！

林棲早就知道，國富兵強後肯定有這麼一天，早前夫妻倆就商量過，林棲一提起代理人戰爭，宋槿安就明白了大半。

目前這大半個世界還處於填不飽肚子的時候，貨幣不是國家真正的底氣，武器和糧食才是。

有工業大學一代代學子前赴後繼搞研究，朝廷的武器一直在更新迭代，那麼就剩下糧食了。

全天下的糧食如今僅夠自己吃，碰上災年怎麼辦？這麼點家底，根本不可能把糧食當作武器去海外擴展。

不管是為了自己，還是為了擴張，都必須種糧！要想好好種地，水道是不是該好好規劃？

現如今官道四通八達，朝廷研究出來的最新船隻，全速行駛起來不比陸路慢，還能載許多士兵和物資。

要想朝廷內外安穩，水路是不是更該修？

謝元顯和謝重潤父子倆對視一眼，這兩位的內心發出同一句感嘆：首輔始終是首輔！有遠見！

「陛下，三思啊！」高進不肯放棄。

謝元顯心裡已經有了定論，散朝後叫五個首輔去商議。高進還不是內閣大臣，連進內門的資格都沒有。

五個內閣大臣，孟元遲態度曖昧，其他三個內閣大臣，一面倒地支持宋槿安。

「孟大人，你怎麼說？」

孟元遲蒼老的身軀跪下。「臣認為，高大人提出的出海策略有可取之處，請陛下明鑑。」

謝元顯身居高位，不用低頭就看到孟元遲花白的頭髮、稀疏的鬢角，孟大人確實老了。或許，該把孟元傑叫回來，那也是一位可造之材。

朝會結束，陛下未下旨意。中午時分，太子殿下毫不掩飾地出宮去宋家蹭午飯，在有心人眼裡這就是大局已定。

高進不信邪，只要還沒下旨，就還可一試。

高進授意手下人遞摺子，他在家繼續等消息，他相信陛下肯定能明白他們這一批武將的心思。

武將們的摺子剛送到陛下案頭，從全國各地快馬加鞭送來的摺子也到了。

按照以往的規矩，下午送來的摺子，若非緊急，必定要等到明天才能送到陛下面前。

今天不一樣，負責此事的官員加班把摺子分揀好，貼上條子，趕在宮門下鑰前把摺子送進去。

放在最上面的那份摺子，來自江南。自從宋槿安入閣後，自請去江南管理開海事宜的林秋江，他是真有大才能的能臣。謝元顯信任他，很重視他的意見。

摺子上面寫到，他從出海歸來的商人那裡打聽到的消息，海外缺糧。其中意味，謝元顯很明白。

另有孫承正、裴錦程、宋子安、董子歸、陶潛、劉闊、葉明、江雲楓、熊伯龍等人紛紛上摺子，不贊同海軍出海。

除了這些和宋槿安交好的親朋好友，和宋槿安不睦的蕭陌然、季越也認同宋槿安的看法。

看過這些摺子之後，謝元顯叫來太子謝重潤，問他怎麼看。

「天下萬民過得怎麼樣，京都的官員說了不算，蕭陌然、孫承正這些地方官員才最清楚。」現在的謝重潤早已及冠，跟父皇處理政事這麼多年，已經十分老練。

「吾兒聰慧！」

謝重潤哈哈大笑。「父皇，兒子都已經有兩個孩子了，您還這般誇我。」

「不管你多大，都是我的孩子，孩子就該多誇，不能因為習慣了，就看不到你的優點。」

謝重潤又笑了起來。「您就把林姨的話記得牢牢的，林姨還說要對孩子多寬容一些呢。您不知道她就是嘴上說說，清夏今天還在祠堂罰跪呢。」

「哦，清夏那丫頭怎麼了？」

聽兒子說完，謝元顯笑道：「宋熠沈穩，清夏的性子卻很跳脫，有生氣。」

「那是太有生氣了，宋家老夫人天天愁找個什麼樣的孫女婿。」

「哦，有人選了嗎？需要朕賜婚？」從小看著長大的孩子，謝元顯挺樂意幫忙。

「您先別急，等林姨他們定下再說。」

謝重潤覺得，按宋家人的想法，說不定要把清夏再留兩年，等到宋熠成婚了，她才出嫁。

宋熠從小擅長讀書習字，前些年就中了解元，宋叔不肯讓他早早出仕，把他拘在身邊學習。他的婚事已經定了，就在今年秋天。

謝元顯處理完政事，回後宮見皇后，天家夫妻也議論起宋家小娘子的婚事。

不知不覺間，宋清夏的婚事入了許多人的眼。

且說因為孟家大房的警告，爺爺不幫他們二房，如果不分家，他孟旭連去宋家提親的機會都沒有。

孟旭一言不發，孟二老爺看得直嘆氣。

這就是命！

孟旭折戟沈沙，和孟家距離兩條街遠的江家，此刻一片忙碌。

江家當家人都不在，現在家裡能作主的主子就江傲然這個還未及冠的小郎君。

宋首輔和高尚書對峙，宋首輔略勝一籌，宮裡面傳出宋家小娘子要開始相看了，動心的高門大戶還不少。

江傲然等不了，就算爹娘還沒回來，他也要先去提親占個先。

江家老管家忙得一頭熱汗。「公子，咱們這般不合規矩啊，咱們等老爺、夫人回來再說？至少您給老爺和夫人寫信知會一聲吧？」

「哎呀，來不及了，萬一宋大人答應把清夏姊姊嫁給別人可怎麼辦。」

「少爺，您之前不是說，等明年奪得武狀元再說這件事嗎？現在您……宋大人看不上您可怎麼辦？」

江傲然長身玉立，不屑道：「老管家，咱們江家出身行伍，別的不懂，是騾子是馬拉出來遛一遛，這話懂吧。我對清夏姊姊一心一意，宋大人不可能看不上我。至少……至少我比孟旭那個假正經強多了吧。」

江傲然太知道孟旭的心思了。孟旭那樣行事瞻前顧後的人，去了軍隊，別說當將軍，當個小兵，他江傲然都看不上。

霍英閒著沒事，聽說這幾日京都在傳他們家的消息，等晚上天黑了，他仗著自己輕功好，到處亂竄，跑到江家，聽到江傲然這一番言論，笑著走了。

江傲然跑到一棵樹下。「剛才誰在樹上？」

老管家跑過來。「沒人。大晚上的，誰在樹上蹲著，您肯定看錯了。」

霍英回去報告消息，宋槿安和林棲在書房整理圖紙，聽到江傲然對他們家小娘子有意。

宋槿安眉頭皺得能夾死兩隻蚊子，就那還沒長大的渾小子？

林棲倒是覺得江傲然不錯，一片赤誠。

至於孟家，夫妻倆都沒多說。

「還有其他家嗎？」

「另外還有幾家，不過他們幾家的孩子都不怎麼樣，不學無術。勉強有幾個還行的，讀書也不行，最好的才是個舉人，估計在等老丈人提攜吧。」霍英似笑非笑。

「去你的！」林棲笑罵一句，扭頭問丈夫。「叫清夏都去接觸試試？咱們也不求其他，只求她過得順心，也別太在乎那些繁文縟節。」

宋槿安滿心不情願，還是點了頭。「霍英，你辛苦幫忙把關了。」

「這事交給我。」

朝廷上，宋槿安占上風，宋槿安一派的人都覺得大事定了，魏誠也在做準備，沒想到第二日朝會，高進參了宋槿安一本，參他結黨營私，黨同伐異！

高進公然提出奉山黨，可把出身奉山書院的官員們氣得不輕。

宋槿安不慌不忙地道：「高大人此言差矣，工業大學和宋某人也有千絲萬縷的關係，怎麼不聽你提起？」

當然是因為工業大學的成績看得見、摸得著，提起工業大學，那是給宋槿安臉上貼金。

「皇上……」

謝元顯已經聽夠了，到此為止。

武將的心思大體躲不過「狡兔死，走狗烹」的擔憂，高進也是跟了他幾十年的老將，謝元顯也願意成全他，現在既然不能去攻打海外，那就去北方吧。

高進心裡不服氣，卻也知道，大勢已去！

宋槿安是當朝首輔，不論是人脈還是其他，他高進都比不過，唯一能比一比的，就是他在陛下心裡的位置。

現在看來，這也比不過。

既然如此，不如識趣點，鎮守一方終老也是好結局了。

高進一離開，京都的大小官員們再次確認一件事，陛下對宋首輔的信任不一般，高進這樣陪陛下打仗一路走過來的人，都無法撬動宋首輔的位置。那些暗中挑事以期尋找機會的人，又毫無聲息地沈下去。

而孟家，就沒有那麼好的運氣了，等到年底，孟元遲再三請辭，陛下再三挽留沒有留住，厚賞孟閣老，孟閣老就此回鄉養老。

幾天後，孟家另一個能臣，孟元傑來到京都面聖。孟元傑之妻攜女兒上門拜訪，林棲帶著兒女在大門外歡迎。

孟倩娘哈哈一笑。「咱們都是當祖母的人了，妳瞧瞧妳，看著還跟小姑娘般好看。」

林棲問候完孟老夫人，才回好姊妹的話。「我兒女都還沒成婚，孫輩還早呢，不著急老。」

孟倩娘笑道：「滿京都裡，也就妳不著急當祖母。」

迎著客人說說笑笑地進門，都是老相識了，沒那麼多講究，聊了會兒，孟倩娘又說起兒女婚事，林棲給她遞話。「說吧，妳想說誰？」

「哈哈哈，還是妳明白我。」

高家人走了，孟家現在她爹上位，那邊孟家二房請託，雖然她覺得希望不大，但是也要來說一說。

林棲沒跟她打謎語，直接說不行。

孟倩娘八卦道：「你們夫妻選了誰？」

「到時候妳就知道了。」

「喲，還跟我說半句、藏半句的。」

孟元傑見了陛下後，沒有回家，而是和宋槿安到宋家。

孟倩娘是當祖母的人了，見了孟元傑後，跟小時候一樣甜甜地喊了聲爹爹，孟元傑高興地多撫了幾下鬍鬚。

貴客到，家裡小輩都來拜見。見過魏誠之後，孟元傑忍不住考校了幾句，發現魏誠有真才實學，高興地撫掌大笑，說不枉費他上摺子幫他說話。

魏誠恭敬地謝過。他知道，這都是因為老師是當朝首輔，他才會有在孟大人這樣的實權官員面前露面的機會。

他不能有愧於老師的教導，見過人之後，魏誠回房間看書。他已經熟悉回院子的路，即使晚上花園裡掛的燈籠不甚亮堂，也能走回去。

大晚上的，聽到細碎的哽咽聲，魏誠連忙問道：「誰？」

魏誠聽到一絲熟悉的聲音，是她嗎？

站在原地等了會兒，沒聽到動靜，魏誠準備要走，他想見的那個人卻出現了。

「見過張小姐。」

張若溪微微蹲下回禮，回禮的姿態再端莊，也沒法讓人忽視她眼裡的水光。

「妳……」

張若溪微微側身，偷偷擦眼淚。「我明天會跟姑母說，我要回淮安。」

魏誠著急。「怎麼就要走？」

「我走不走，關你什麼事。」

「我……」魏誠急得滿頭大汗。「妳……妳走就關我的事。」

張若溪回頭瞪他，目光如火。「還請魏大人自重，你既然在和我表姊商談婚事，就不該跟我說這些不著邊的話。」

見她如此在意，魏誠稍微緩解了緊張的心情。「我沒有，妳誤會了，我從來只想和妳談婚事。」

但是，他出身低微，又還未有半分功業，哪裡有臉面談婚事。

「真是個呆子！」張若溪生氣跺腳跑了。

「別跑，小心摔倒。」

「啊！」

真摔了，魏誠沒趕上，讓躲在花叢裡的宋清夏一把扶住了。

宋清夏身後的陰影裡站著江傲然，兩人尷尬地笑了笑。

「那什麼，你們聊你們的，我們逛我們的，就當沒見過，哈。」

張若溪張大眼睛。「表姊，妳……」

「噓……小聲點！」

「江傲然！你怎麼這時候在我家？」宋熠想到了什麼，憤怒不已。

「糟了，糟了，快走！」

「這就走！」江傲然摟住宋清夏的腰，一借力飛過牆頭，牆頭外就是江傲然的馬，兩人騎馬跑了。

宋熠氣得頭頂冒煙。「霍叔，你們只管看熱鬧是吧？我姊的名聲不要了？」

魏誠和張若溪跟著宋熠的方向看上去，那棵高大的香樟樹上，掛著一個、兩個……四個人！

張若溪崩潰，剛才他們不是全看見了？她姑娘家的臉面都丟光了！

霍英幾個被家裡小郎君一頓罵，偏生他們還不好回嘴。

紙是包不住火的，畢竟是高門大戶，多少要點臉面。

江傲然也不敢拖延，連發幾封急信送去給爹娘。

江傲然爹娘一個月後趕回京都，頭一件事就是去宋家賠罪，等親家大人把自家小子狠揍一頓出了口惡氣，兩家才能坐下來好好談婚事。

另外一邊，魏誠已經南下去淮安提親回來了，林棲的二表哥張紹光一家也已經到京都了。

兩家都談喜事，謝元顯乾脆大方地發了兩道賜婚聖旨，當朝首輔宋大人的名聲越發大了。

沾光的魏誠和張若溪，鄭重謝過兩位長輩，他們又蹭了好處。

謝重潤有空，換了便衣來宋家蹭飯吃，直言道：「魏大人，父皇給你這份體面和尊貴，望你好好為朝廷辦事，不要辜負了父皇和老師對你的期盼。」

魏誠跪地行了大禮。「臣遵旨！」

這一對未婚夫妻非常懂事，另外那對未婚夫妻臭味相投，早就騎馬出去玩了。

謝重潤笑話宋熠。「在你們家還是生成小娘子好，被寵愛著長大，想做什麼就做什麼。」

「姊姊該過這樣肆意的人生。」他是家裡唯一的兒子，父親的志願，有他傳承就夠了。

宋槿安正值壯年，位極人臣，至少十年內肯定不會退。

宋熠和爹娘商量好了，等明年春闈後，辦完婚事，他帶著新婚妻子去外任。

讀萬卷書，還須行萬里路！

在行萬里路方面，宋家姊弟倆目標相同。

來年初夏，姊弟倆一個帶著新婚妻子南下，一個和新婚丈夫北上。

兒女都已離家，京都宋家，當朝最有權勢的一對夫妻，都覺得有些寂寞。

精神矍鑠的宋老夫人興奮地問兒子和兒媳。「再生一個？我覺得自己還能再活二十年，我幫你們帶孩子。」

林棲連忙搖頭。「娘，真生不了。」

「娘，我想起來還有公事沒處理，我先去書房了。」

一會兒工夫，兒子、兒媳都跑了。

宋老夫人笑了笑。「這兩個，兒女都結婚了，怎麼臉皮還這麼薄。」

初夏的陽光正好，院子裡伺候的丫鬟、婆子們，都笑了。

——全書完

2023年7月出版

妝點好日子

文創風 1180～1182

女子無論身處於怎麼樣悲苦的境地，
若打扮得漂亮體面，心情都會好些。
多了一抹顏色，就能為生活帶來希望！

妝點平凡瑣事，編織濃厚深情 ／顧紫

賀語瀟慶幸上輩子是化妝師，所以這世還能走妝娘這條路，
在嫡母為她挑選婚配對象之前先壯大自己，爭取一點話語權。
於一場妝娘因故缺席的婚宴中，她把握住機會出頭，
卻也莫名被忌妒的少女盯上了，挨了頓臭雞蛋攻擊……
不過是因那日新郎好友，京中第一美男、長公主獨子——傅聽闌，
借馬車送她這個妝娘回家，她一個從四品官庶女不可能也沒想要攀！
不過另類攀高枝嘛……做生意又能利民的單純金錢交易她倒不排斥。
所以開了妝鋪後，她藉由傅聽闌的商隊將面脂平價銷往乾燥的邊疆，
平日除了賣胭脂、面脂、化妝刷具，她妝娘的手藝也打響了名號。
事業得意，感情方面，她與入京投奔嫡母、準備秋闈的遠房表親初識，
這人舉止有度、懂得體恤女子生活難處，她便不排斥對方守禮的示好，
誰知這人竟是要她當妾？真是不要臉的小人，還不如傅聽闌低調為民呢！
不過傅聽闌還真是藍顏禍水，逛個集市都能被姑娘使計碰瓷要蹭馬車，
看在他是她的生意夥伴，眼見他有名聲危機，只好換她出車相助嘍～～

2023年7月出版

老古板的小嬌妻

文創風 1177~1179

穿越成被夫家集體霸凌的小媳婦，新時代女性簡直不能忍。
她硬起來要求和離，包袱款款回家當她的大小姐去。
結果娘親生怕她大齡滯銷，整天催婚，
開玩笑，不婚不生，幸福一生！人不能笨第二次——

妙趣橫生，絲絲甜蜜　／清棠

顧馨之一覺醒來，發現自己穿越成功臣孤女，已婚。
欺她娘家無人撐腰，丈夫厭棄她，婆婆苛待她，
就連府中下人都能踩在她頭上，當真是活得不能再憋屈。
氣得顧馨之一把揪住渣男丈夫的領子，逼他簽下和離書，
她大小姐揮揮衣袖，不帶走一點嫁妝，下鄉重溫農莊樂去了。
只是快樂的單身生活才過沒幾天，當初替她主婚的謝家家主，
竟帶著她的前夫登門謝罪，要她重回謝家當大少奶奶，
顧馨之看著眼前嚴肅正直的謝家家主——謝慎禮，
靈機一動，語出驚人的要求他娶她，她才願意回去！
果然嚇得這循規守禮的讀書人大罵荒唐，氣沖沖走了。
誰知，她親娘卻把她的胡言亂語當真，亂牽紅線——
別別別，她才沒有想嫁給那個老古板呢！
可他竟當著滿朝文武百官的面承認，是他違禮背德，心悅於她。
讓她一下成了京城的大紅人，眾人圍觀的焦點——
顧馨之傻眼了，這、這，不嫁給他，好像不能收場啊？

1190

女子有財便是福 下

國家圖書館出版品預行編目資料

女子有財便是福 / 竹笑著. --
初版. -- 臺北市 : 狗屋出版社有限公司, 2023.08
冊 ; 公分. --（文創風 ; 1189-1190）
ISBN 978-986-509-451-5（下冊 : 平裝）. --

857.7　　112011058

著作者　竹笑
編輯　黃鈺菁
校對　沈毓萍
發行所　狗屋出版社有限公司
地址　台北市104中山區龍江路71巷15號1樓
電話　02-2776-5889～0
發行字號　局版台業字845號
法律顧問　蕭雄淋律師
總經銷　知遠文化事業有限公司
電話　02-2664-8800
初版　2023年8月
國際書碼　ISBN-13　978-986-509-451-5

本著作物由北京晉江原創網絡科技有限公司授權出版

定價280元
狗屋劃撥帳號：19001626
網址：love.doghouse.com.tw　E-mail：love@doghouse.com.tw